太陽的痕跡

【作者序】

人生就是不斷留下足跡並前進

當我在觀賞英雄電影時，看著螢幕裡那些倒塌的建築物，不由得心想「這些房子該怎麼辦……」，藉此獲得了這部作品「修復師」職業的創作靈感。

這項能力帶有非常耀眼的特性，我賦予它金黃色的主色調，與史賢的色彩呈現截然不同的對比。

光與暗雖然彼此對立，但都無法單獨存在，兩者必須維持平衡，所以在故事的前半段，那個喜歡操控鄭利善的史賢，隨著故事的推進，最後也選擇跟隨鄭利善的腳步。

我認為人會在生命裡不斷留下足跡，並且前進。所以懷抱過往傷痛的鄭利善，經過這段時間的淬鍊之後，他也能與史賢並肩而行，腳步不停地繼續活下去。

小說的開場描述鄭利善背對斜陽，凝視地上的影子；但來到小說的最後一幕，他選擇抬頭直視太陽，背對細長的黑影，我非常喜歡他的這項轉變。

這本書我寫入許多喜歡的劇情、人物設定以及想傳達的寓意，看到這本小說受到廣大讀者的喜愛，我感到非常欣慰。

如今甚至能在臺灣出版！會不會是利善替我開創的一條光明道路呢？（在小說裡，利善可是受到了全世界的喜愛，或許也是託他的福吧，哈哈）

作者序

創作小說的過程雖然不簡單（我很怕黑），但努力戰勝過後，全新的未來就在眼前展開了！

其實，我首次的海外旅遊就是獻給了臺灣，臺灣帶給我許多美好的回憶，因此這部作品可以在臺灣出版，對我來說別具意義。

謝謝各位讓我有機會用文字與大家見面 :)

同時也歡迎臺灣所有成為太陽捕手的會員♡

도해늘 :)

CONTENT

目錄

✦ 第一章 ✦

提案

那是太陽逐漸西沉的時候。

鄭利善呆愣地盯著前方拉得細長的影子，從腳底蔓延的影子似乎連夕陽的光照都能吞噬殆盡，他背對太陽直盯地上的黑影，此時口袋傳來震動。

瞧見螢幕顯示的名字，鄭利善輕嘆一口氣，接通電話。基本上結束工作後要馬上聯繫，但今天一整天他都魂不守舍。

「十六號公路修復完成。」

「啊，好的，利善，每次都麻煩你，因為你的能力太好了，身邊的人都在好奇你是誰，以後工作別接這麼勤。」

「不接勤一點的話，大叔就不會給我工作了吧。」

「唉唷，這小子！怎麼這麼死腦筋。」

鄭利善對電話那頭打趣的平淡回應，讓對方笑出了聲，其實說到底，這對話內容一點兒也不有趣，但另一頭的人仍被逗得哈哈大笑，相當符合對方的個性。鄭利善依然盯著前方的黑影，輕輕舉起手上的蛋糕盒，普通的蛋糕盒格外沉重。

「我要掛電話了，下次有工作請再聯絡我。」

「我們才講不到一分鐘吧？你怎麼這麼無情？利善，這樣真的很奇怪，我是發案子給你的人，照理說我是提供案源的上司，但每次都是你先掛電話，其他的修復師不會這樣，都會喋喋不休地問候我，有沒有吃飽穿好……」

聽到對方話越來越多，鄭利善在心裡嘆氣，大叔會這樣遲遲不掛電話，代表他有其他想說的話，「大叔，你想說什麼？」

「你也真是的，就不能閒聊嗎？」

「如果沒有其他的事，先這樣。」

「等一下！我說！我說就是了！」

大叔焦急地大喊，不知道是不是用雙手抱著話筒急忙站起身，電話那頭傳來乒乒乓乓的聲響。

「就是啊……這次我們拿到了一件大案子，你知道前幾天在松坡區發生的A級副本吧？但位置偏偏落在市政府別館的前方，有些建築倒塌了，雖然損害等級評估是B級，但獎勵卻是A級水準，我們成功拿下了修復權，如果你可以……」

「我不去。」

「等一下！別掛！利善！你先聽聽這次的報酬再說！」

「我先掛了。」

「我是真的擔心你才這樣說的耶！」

鄭利善正打算切斷通話的手，聽見「擔心」兩個字的瞬間停住了，他凝視著螢幕，手機傳來對方的懇求聲。

或許是因為沒有放在耳朵邊，也可能因為對內容的抗拒，對方的聲音像是從遙遠的地方傳來般。

「你還住在龍仁，我怎麼可能不擔心你。利善，我知道你想盡可能低調，所以這次賺多一點錢，就可以搬家了，好不好？如果不喜歡首爾，京畿道還有許多不錯的房子。」

「……」

「之前我提議你來我家住，但你拒絕了，說想一個人待在家裡，你年紀輕輕就希望有自己的家真的很不簡單，不過要實現這份夢想得先賺錢啊！再說你也確實有賺錢的能力，為什麼不利用它呢？如果我是你，早在江南蓋三棟大樓，不是，蓋五棟大樓了！」

大叔越說越鬱悶，傳來捶胸膛的聲音。鄭利善深吸一口氣，拚命忍住，胸中有種情緒無法宣洩，只能哽在喉頭間。

他沉默片刻，最後才喃喃自語般開了口：「……因為我比較喜歡安靜的地方。」

「不是啊，就算再怎麼喜歡安靜的地方，為什麼要住在龍仁……」

「謝謝大叔替我著想，但我不會接那份工作，再見。」

「等一下，利善！那、那麼ＨＮ呢？ＨＮ公會怎麼樣？」

「……什麼？」

突然，一個出乎意料，不，應該是完全意想不到的名字冒了出來。

ＨＮ公會，目前韓國排名第一的公會，同時是世界排名第五的大型公會，就算鄭利善再怎麼不關心世事，並且不以覺醒者的身分在大眾面前露臉，也不可能不知道ＨＮ是什麼來頭，再加上那裡的代表獵人是……

「今天史賢打電話給我，問你的電話跟住處……」

「什麼？為什麼要找我？」

「我怎麼知道？一開始我還以為是惡作劇電話，但聽到聲音就知道是他。那個ＨＮ，那個『Chord 324』的史賢竟然打電話給我，我真的以為自己在作夢。」

「那你給他我的資料了嗎？」

「你把我想成什麼人了！我當然說不知道啊，但是他竟然又再問一次，我全身起雞皮疙瘩，口氣聽起來像是知道我在隱瞞。」

「……」

「然後他問我，可不可以打電話給你，詢問一起工作的意願，我還是說不知道你的號碼，最後他只丟下一句『請你打給他』就掛斷了，真是令人無言。」

鄭利善是從「那天」之後就銷聲匿跡的覺醒者，絕對不出現在人多的地方，他躲開那些引人矚目的修復案件，雖然有許多人與公會想找到鄭利善，但他從不在外面露臉，只向現在電話那頭的大叔接案，而且還是小案子。

「我知道你現在想避人耳目，但這次可是HN公會耶，還是史賢親自找上門，他是不是想找你進Chord？」

「他們為什麼需要我，善後處理不是HN全權負責嗎？」

「是這樣沒錯……總之HN是排行第一的公會，你考慮一下吧？」

鄭利善陷入沉默，大叔認為這個空檔表示有興趣，繼續說下去：「聽說HN公會會買房子給覺醒者，他們可是以業界福利最好而聞名。」

「我不接。」

「啊？什麼？利善，我聽錯了吧？」

「不管是不是要招攬我，我不會加入公會，如果他再打電話來，請告訴他你什麼都不知道，再見。」

「等一下……」

大叔的吶喊瞬間被切斷，當鄭利善打算將手機放進口袋時，看到了訊息，大概是發得太匆忙，錯字很多。

一善，該便想法ㄉ話，打這支店話！

訊息附上史賢的電話號碼，鄭利善瞄了一眼就關閉螢幕，無動於衷。

史賢，ＨＮ公會的代表性Ｓ級獵人，更是Ｓ級裡排名第一的知名獵人，雖然在Ｓ級裡進行排名毫無意義，但在大眾公認的Ｓ級排行榜中，史賢永遠是第一名，他是ＨＮ公會特殊菁英團隊 Chord 324 的隊長，Chord 324 隸屬於ＨＮ公會，但感覺更像是一個獨立的組織。

ＨＮ公會可以躍上韓國排名第一，全都仰賴 Chord 324，基本上所有獵人都想加入他們，一般大眾也對他們心生敬畏。

但是 Chord 的隊長竟然在找鄭利善，這可說是超乎現實的事情，再加上希望和鄭利善一起工作，就代表邀請他入隊，可是特殊菁英團隊其實根本不需要修復師。

鄭利善是一位Ｓ級修復師。

幾十年前開始，世界各地陸續出現「副本」，並且也發現覺醒者的存在。當副本生成時，周圍會變成廢墟，即使將副本清除乾淨，至少也會有十平方公尺被破壞，副本的難度越高，損害就越嚴重。

而負責修繕損害地區的人就是修復師。他們的修復能力，是將標的恢復至事故發生「之前」，但是要將建築完全恢復原狀是很困難的，因此大多由修復師修復基本構造，再讓建築公司接手。

然而修復師中唯一Ｓ級的鄭利善可以徹底修復建築物，甚至不需要建築公司，他的出現可謂改變了世人對修復師的看法。

不過鄭利善的能力著重在副本生成「之後」的作業，所以對要進入副本進行戰鬥的獵人史賢而言，沒有需要鄭利善的理由。

不過鄭利善不想猜，更對理由不感興趣，他不想費神想這事情，必須趕快回家，鄭利善瞥了一眼手上的蛋糕，加快腳步。

可是越接近家附近，鄭利善的腳步就漸漸放慢，最後停了下來。龍仁曾經人口眾多，但現在杳無人煙，猶如一座被拋棄的城市。然而在荒涼的馬路邊，一個既陌生又突兀的事物映入眼簾。

「……」

那輛黑色中型轎車，是連對汽車不感興趣的鄭利善都知道的頂級豪車，而那個背靠著轎車的人，更是無人不曉。

「你好，鄭利善先生，要見你一面還真不簡單。」

史賢。

黑色髮絲彷彿蘊藏暗黑般整齊地梳起，露出光滑的額頭，白皙的臉龐給人冰霜般的感覺，他的雙眸漆黑而銳利，乍看之下散發著一種冷酷的氛圍，但那雙彎眸和翹起的唇顯示他在微笑。

只有鄭利善察覺到這股冰冷又奇特的感覺，他的目光瞬間就鎖定在史賢漆黑的眼眸，那是一張任何人看了都會讚嘆的美貌。

「你應該接到元泰植先生的電話了……」史賢緩緩地一步一步靠近鄭利善，元泰植是不久前與鄭利善通話的大叔，雖然他瞬間閃過是不是大叔洩漏自己的個人資料的想法，但他知道認識很久的大叔不是這種人。

那麼史賢是怎麼找到這裡的……

鄭利善忽然喘不過氣來，難道史賢暗地調查自己？如果是他，的確可以不費吹灰之力就得到他的資料，鄭利善感覺鬱悶，史賢已經知道自己住哪裡了？甚至看過屋內了？

現在他與史賢所在的地方，不是在家裡附近，而是在地鐵站前，但鄭利善仍然無法放鬆警戒。

不知不覺間，史賢已經來到他的面前，向鄭利善伸出手。

「打個招呼吧，鄭利善先生？」

他的聲音溫柔無比，舉止鄭重，鄭利善看向史賢伸出的手，細長的手指看起來乾淨整潔，還有一種實在的感覺。

鄭利善緩緩抬頭，直視微笑的史賢，「不了，我沒有話要跟你說，應該不需要握手。」

「嗯。」

「慢走。」稍微點頭道別的鄭利善，走往史賢的一側。

但鄭利善走一兩步後就被擋住了去路，史賢自然地向前走一步，擋在鄭利善的前方，通常被拒絕談話後會心情不好，但史賢臉上的微笑卻不曾改變。

「至少先聽完條件再離開吧。」

「我沒興趣，不管是HN公會還是Chord，簽約金、年薪、房子、福利……等等，我全都沒興趣，請離開。」

「那麼你能告訴我，你對什麼感興趣嗎？只要你開口，我都可以滿足你。」

「讓開，然後從此不再打擾我。」聽到鄭利善說的，史賢依然保持笑容，他看來絲毫沒有想讓開，最後鄭利善皺起眉頭問道：「你們為什麼需要我？清除完副本後，HN公會不是有專門的修復師會負責善後嗎？」

「好奇嗎？好奇的話，你應該跟我簽約。」

「先告辭了。」

「我沒有在開玩笑，是因為這次的戰役非同小可，況且也沒人能保證，你不會洩漏我來找你的原因，不是嗎？」

鄭利善想往旁邊挪一步，史賢卻微笑地往前靠近他，露出期待對方答應的目光，但鄭利善一點也不想給這個人任何的反應，只是緊閉雙唇。

他心想，若這場戰役需要「那個」史賢親自出馬，而且是無法隨意對外公開的案子，那麼最好不要扯上關係才是上策。

鄭利善往後退一步，史賢隨即貼了上來，鄭利善閃過轉身逃離的念頭，但想到史賢的能力，馬上放棄這個想法。

因為史賢的能力是「影痕」。

他能隨心所欲移動到任何有影子的地方，甚至能賦予影子物理性，確切來說是將力量轉移至影子，依據轉移程度，有時他本人會因此被削弱力量或失去控制，所以為了保護他，隨時有一位如護盾般的祕書與之同行，想必此時也在車上等他。

只要影子越多、越漆黑，史賢的能力就越無可匹敵，他身上那把黑色短刃，如同暗黑的凝結，雖然鄭利善就算逃走，也不至於被那把黑刃所傷，但他只要走幾步就會被抓到，不，其實一步也走不了。

再加上現在是黃昏了，建築物的影子逐漸拉長，隨著時間過去，史賢的力量只會越來越強大，鄭利短促地嘆了口氣，開口說道：「不好意思，讓你特地跑一趟，但我沒有意願加入公會。」

「基本上，我的隊伍與ＨＮ公會是分開的組織。」

「我不想參與公開活動，如果跟在你身邊，不管怎麼樣一定會被討論，我不喜歡那樣，如果可以在安靜且無人察覺的地方工作，我還可以考慮……」鄭利善直視史賢的雙眼，果斷地說著：「但你的表情看來並非如此，所以我先告辭了。」

這次史賢沒有追上來，但在鄭利善朝對角線邁出一步時，「看你拿著蛋糕呢，因為要去慶生，所以趕時間嗎？」

聽到這番話，鄭利善停下了腳步。

在鄭利善慢慢轉過頭時，史賢也轉過身來面對他，史賢瞇著眼睛笑了起來，雖然他的笑容很美麗，但鄭利善卻對眼皮底下的漆黑瞳孔感到窒息。

「據我所知，今天不是你的生日。」

「一定要在生日才能吃蛋糕嗎？」

「我不是那個意思，但是……我不知道對你而言是什麼特別的日子，有什麼值得慶祝的事嗎？還是因為修復了十六號公路？」

「我有必要告訴你嗎？」

「因為我想跟你簽約啊，關於你的事情知道得越多越好，不是嗎？」

「因為我不想跟你簽約，所以不想告訴你任何事情。」

史賢的嘴角勾勒出微妙的弧度，面對鄭利善逐漸冷酷的反應及譏諷的回答，他眉頭都沒有皺一下，他盯著鄭利善，繼續隨意提問：「為什麼一個人住在這裡？這個城市在第一次大型副本後就成為廢墟，大家都離開了。」

第一次大型副本，指的是韓國首次發生的S級副本。

由當時排名第一的大韓公會，誤判難度為B級所造成的悲劇，雖然一部分是難度探測器無法測出它是S級導致的，但也因為當時將奇特的能量誤當成是幻覺。

認為是B級副本，而進入作戰的特攻隊，理所當然全軍覆滅，錯過清除副本的黃金時間，使副本損害的範圍擴大，即使趕緊召集S級與A級的獵人再次組隊進入，最終還是全滅。當時公會為了阻止趨於嚴重的損害，並且急於平息輿論對大韓公會的譴責，在未經審慎評估之下就派員處理，進而造成慘劇。

而解決逐漸擴大的S級副本的人正是史賢，那次戰鬥是史賢作為獵人的出道戰役，他的首次副本出道戰就獲得驚人的戰績，讓他轉眼間躍升為家喻戶曉的人物，史賢所屬的HN公會也因為他成為韓國第一公會。

但就在公會排名重新被推翻，大眾陷入混亂時，龍仁市錯過了修復的時機，一開始修復師最多可以恢復三天內的損失，但龍仁市因為S級副本，被封鎖了半個月，使得修復師完全無法提供協助。

即使鄭利善的能力可以修復將近一週前，但他當時還不是覺醒者。

龍仁市差不多被毀了一半以上，很難找到完好無缺的建築物，就像被颱風或地震肆虐過，市容不復存在，當時的死亡人數超過兩千名。

人們因災禍感到傷心欲絕，紛紛逃離這片首次出現S級副本的不幸地區。雖然有些人對大韓公會提起訴訟，但那也只不過是讓瀕臨解散的公會更快消失而已，對於都市重建毫無實質意義。

雖然京畿道後來重建了部分的建築物，但已經離開的人不會再回來，因此現在留在這座城市的人們，大多是只住得起便宜房子的窮人，這裡就連警察也不願巡邏，已經被當成貧民窟對待。

「鄭利善先生本來就住這裡，但在八年前第一次大型副本時父母雙亡，之後與同樣失去雙親的朋友們住在一起……而在一年前，龍仁附近又發生了第二次副本，朋友們也在那時喪生了。」

面對史賢親切地細數過往，鄭利善的表情逐漸僵硬，就算史賢講的是只要在網路上搜尋「修復師鄭利善」就會出現的資料，但直接親耳聽到的感覺截然不同。

「第二次副本以後，你就此銷聲匿跡，沒有人知道你去了哪裡，不過最危險的地方就是最安全的地方，沒想到你竟然繼續待在了龍仁，但我還是無法理解，你為什麼要獨自留在這裡呢？」

「……」

「而且還是繼續住在跟朋友之前同居的房子，我知道修復房子的費用很高，但不是有很多新房子嗎？」史賢的語氣聽起來似乎是真的很困惑。

鄭利善緊抿嘴唇，最後長長嘆了口氣，呼出一口氣想要緩解鬱悶，卻也讓人更加沮喪，那股情緒充塞著整個喉頭，讓喉嚨更緊繃。

最後，鄭利善用疲倦的聲音說道：「……我先離開了。」

他的聲音很低，彷彿沒有力氣譏諷史賢，鄭利善沒有回答史賢的提問，躲到了一邊，他以為史賢也許還會用能力威脅自己。

但意外的是，史賢二話不說地放低了姿態。

「抱歉，鄭利善先生，想必這是你不願提起的回憶，我卻一直追問，可能因為好不容易見到你，所以有很多話想說。」

鄭利善對於史賢的道歉感到慌張，史賢甚至還微微低下了頭。

「我突然出現應該打擾到你了……那麼，之後請鄭利善先生告訴我方便的時間與地點，到時候再碰面吧。」

史賢迅速從身上拿出名片遞給鄭利善，即使鄭利善沒有想再聯繫史賢的念頭，但如果拒絕收下史賢遞出的名片，可能會更加難以脫身，他只好乖乖收下。

——Chord 324 Leader. 史賢

全黑的美術紙，燙金字體，鄭利善禮貌地看過名片後，只想用眼神示意後就離開，但他被對方視線抓住了。

史賢伸出手，想要再次握手，鄭利善一點也不想握，不過史賢的視線卻緊盯著他，看著他嘴角的微笑，鄭利善不情願地說：「我雙手都拿著東西，無法跟你握手。」

鄭利善委婉地拒絕，他一手是蛋糕盒子，一手是名片，但史賢絲毫不在意，一把就將那盒蛋糕拿走，「那麼這個我拿就行了。」

吃驚的鄭利善雖然用眼神問這是在幹什麼，但史賢仍然伸出了手，鄭利善最終無奈地跟他握了手，那隻手雖然白淨卻不冰冷。

這樣的感覺太陌生，鄭利善頓了一下，就在搖了兩下之後試圖抽手時，史賢卻不放手。

「……你還真喜歡握手。」

「因為真的很希望可以跟鄭利善先生共事。」

史賢的眼睛笑成彎月狀，那笑容確實有點奇怪，雖然是俊俏的臉蛋和笑容，卻散發難以接近的氛圍，與其說是難以接近的距離感，更像某種泥沼的感覺，這不是一個魅惑的眼神，但也不是能輕易擺脫的。

鄭利善大概與史賢握手超過五分鐘之久，鬆手後，史賢對著擺脫束縛但一臉疲累的鄭利善說道：「鄭利善先生，下次見。」

待鄭利善回到家，天色已暗，明明打算傍晚到家就可以吃晚餐，卻被史賢意想不到的出現耽誤了行程。

史賢，是他曾經想見上一面的獵人，因為是他解決了導致父母身亡的第一次副本，鄭利善原先對他心懷感激，不過實際見到後卻只覺得疲憊不堪，如果在一年前見到史賢會比較開心嗎？鄭利善問了自己一個沒有意義的問題，打開了蛋糕盒。

「對不起，我太晚回來了。」他匆忙地擺好晚餐，雖說是晚餐，但也只是把微波食品放進微波爐加熱，頂多有幾樣用平底鍋處理一下而已。

「因為要慶祝生日，所以今天準備得比較豐盛，你們看這九楪飯床①。」鄭利善用俏皮的口吻說道，將一道道菜放在餐桌，他特地將塑膠容器裡的食物移至餐盤上。

然後，鄭利善把家裡的「存在們」一一安置在椅子上，雖然廚房不是很寬敞，但至少可以讓六個人都坐在餐桌旁。

「去年我忘記了，所以沒有替你慶生，為了表示歉意，我買了最貴的蛋糕回來，你說過很想嚐看看這間的……只聽說很受歡迎，沒想到實際上這麼漂亮。」

「……」

「我們就省略吹蠟燭跟唱歌的部分吧？你總說那是在蛋糕前面浪費時間，要趕快開動才對，吃下去才是最對得起蛋糕的行為。」

鄭利善走向餐桌中間的存在身邊，開口說：「既然你是壽星，那你來切吧？我拿蛋糕刀給你……」

咚，聲音在空氣中迴響，帶出一片寂靜，那是鄭利善身旁存在手中的蛋糕刀掉在地上的聲音，鄭利善站在原地，盯著地板，然後若無其事地俯身撿起刀子。

「你在模仿我不會用刀嗎？真過分耶。」

但是俯身撿刀子的鄭利善沒有起身，他就這樣拿著刀子，蹲在那裡盯著地面。

他在桌下看見椅子兩側垂著蒼白的雙手，一時非常茫然，不知道該怎麼稱呼的那個東西，刺痛了他的心。

那手蒼白得幾乎不能算是活人的，上頭能清楚地看得見血管，鄭利善靜靜地盯著它，最終抓住那雙手讓它握著刀，但刀子又掉了好幾次，鄭利善最後決定自己握住對方的手，假裝是那個人在握刀。

「喔喔——喔……」感覺到外在壓力後，那隻手的主人發出了聲音。

這聲音聽起來很空洞，像是在空曠的地方迴盪著，雖然鄭利善不想這麼做，但他還是看向那個存在的雙眼，那雙眼睛沒有焦點，像是被濃霧籠罩般地混濁。

鄭利善像被追逐一般，迴避了那個目光，但就算他避開了視線，他還是只能看到現實。圍繞餐桌的六名存在，全部都是同樣的雙眼，他們並非活著，而是被迫移動著的死人。

最後，鄭利善低頭握住那隻拿著刀的手，切開了蛋糕，雖然蛋糕被切得歪七扭八，醜陋不堪，卻沒有人笑。

注釋① 九楪飯床：韓國傳統料理，「飯床」指放置菜餚的移動式小桌，以菜餚的數量區分，有三楪、五楪、七楪、九楪，宮廷料理可達十二楪。一般家庭較常出現三楪、五楪。

那隻手太冰冷了，根本不是人類的手，好像在摸矽膠娃娃那種無機體，在這道熟悉的觸感下，他靜靜地向他道賀，像是嗚咽般地喃喃自語：「……勇俊，生日快樂。」

突然，鄭利善不悅地回想起一個小時前，觸碰到的那隻有著溫度的手。

天亮。

鄭利善過了中午才起床，一年前的他不會睡那麼晚，但自從那天後，他每天大部分時間都在睡覺，或許是因為想要逃避現實，所以一直在睡覺，即使睡了十二小時，他仍然臉色疲倦地走出房外。

事情發生後，他會習慣性地確認陽臺的窗簾，那道遮光窗簾徹底隔絕外在視線，永遠是緊緊拉上的。因為家裡的存在們偶爾會撞到窗簾，所以要確認是否被拉開，鄭利善確認窗簾是拉上之後，來到廚房。

「大家昨晚睡得好嗎？」

他一邊開口問著這個不會有答覆的問題，一邊走向餐桌。看到蛋糕掉在地上，他馬上停下，大概是因為他們半夜在家裡走來走去，碰撞餐桌後導致蛋糕掉落。

蛋糕沒有吃過的痕跡，雖然鄭利善沒有打算吃蛋糕，但他望著地板的眼神也沒有一絲可惜，只是短暫沉浸在漆黑的情緒，隨後輕嘆一口氣，著手收拾地板，或許是因為鮮奶油的關係，地板變得既油膩又濕滑。

「又不是小孩了，怎麼還在玩砸蛋糕。」

沒有人理會鄭利善玩笑式的責怪，他習慣了自言自語，將地上的殘餘清理乾淨，把昨晚餐桌上原封不動的食物放進微波爐微波，歷經反覆加熱、冷卻，再加熱後的即食食品一點兒味道也沒有，但鄭利善卻像機器般開始吃起來。

就算如此，他也只是吃了幾口，就全部丟進垃圾桶，呆立在垃圾桶前的鄭利善，用一副若無其事的臉轉過身，正確來說不是若無其事，而是太多情緒糾結在胸口，導致他無法辨別心情。

「大家過來，我昨天買了新的藥水，不知道這次的有沒有效。」

鄭利善坐在客廳的沙發上，家中各處徘徊的存在一邊發出「喔──喔喔……」的聲音，一邊聚集到鄭利善的身邊，鄭利善握住其中最靠近他的人，讓對方坐在他身旁。那隻手像橡膠般冰冷又堅硬，雖然外表像人，卻也是異於「人」的奇怪存在。

他們瞳孔混濁，全身蒼白像是血液早已不再流動，這些偶爾發出虛弱怪聲，四處走動的存在，就是鄭利善的朋友。

一年前還一起住在這個家，但現在，鄭利善不知道是否該用死亡這個字詞形容他們。他們是已死，但被鄭利善復活的存在。

第二次副本，雖然該戰役不是S級副本，但仍被稱為大型副本，因為是韓國首次發生的連續副本。當所有獵人清除完副本各自離去後，副本卻再次發生，導致大混亂，C級副本後接連發生了B級副本。

當初鄭利善與朋友們以為戰役順利結束，準備過去收拾善後，卻被接續的戰役波及，所有的朋友都命喪其中，而鄭利善因為無法接受這個事實，所以第一次將修復能力使用在了生命體上。

雖然倒地的朋友們再次站了起來，但卻成了無法被稱為人的存在，他們無法擁有人類般的思維，身體也像屍體般蒼白，猶如喪屍。

鄭利善付出許多努力，想將他們復原至人類的狀態，他不指望他們能再次復活，至少讓他們能安心地離開人世，但如果只是要讓他們安息的話，找到殺死他們的辦法不就行了嗎？

身為S級修復師的鄭利善，其能力有一個限制，那就是「無法傷害同種生命體」，雖然他想過，這群人比起人類更接近喪屍，但鄭利善還是無法拿刀傷害他們，對於他們仍是生命體的事實，鄭利善感到安心的同時也萬般自責，那是個喜劇，也是個悲劇。

所以鄭利善能做的就是收集藥水，他搜刮市面上所有可以消除異常狀態的藥水卻未曾見效。這種藥水主要針對在副本因為怪獸的詛咒或攻擊而受傷的獵人，但鄭利善卻將這種藥水，用在因自己的能力而復活的朋友身上。

「這是樂園公會製造的藥水，很貴的。」

樂園工會是韓國排名第三的公會，大型公會很接近企業，他們招募職業治癒師，製作藥水並販售。在難度高的副本可以獲得上級魔晶石，魔晶石可以加工製成藥水，不過大多被大型公會所壟斷。

這種藥水的價格昂貴，鄭利善只要存到錢就會拿去買藥水。如果像以前一樣，以修復師的身分公開接案，很快就能賺進大筆財富，但他現在無法在外面拋頭露面，因為這樣藏在家中的朋友，可能很快就會被公諸於世。

鄭利善抓住朋友的手臂，注射藥水。

「如何，有感覺比較好嗎？」

「……喔喔，喔……」

「明明回答『喔』，但怎麼沒有效果。」語帶疲累的鄭利善，最後把一旁的藥水全都推落在沙發旁的地上，他沒有起身撿拾，就算買到了價格昂貴的樂園公會藥水，依然不見起色，他灰心不已。

其實他早就知道，市面上販售的藥水不會有任何效果，或許打從一開始，搜刮解除異常狀態藥水的行為就是錯誤，但鄭利善無法放棄薄弱的希望。

鄭利善把頭靠在沙發上，皺緊眉頭，緩緩呢喃：「ＨＮ公會的藥水也很有名。」

雖然只要是大型公會都會製作品質優良的藥水，但ＨＮ公會副會長史允江製作的藥水特別有名。每個月僅能製出一至兩罐，相當稀有，聽說效果也非常優異。由於數量稀少，不會在市場上公開販售，得在拍賣會上出價競標。

事實上，網路流傳史允江的藥水其實沒有顯著的效果，只是他因為不想輸給史賢，所以祭出製作珍稀品的模式，以提高自己的地位。一直以來人們喜歡討論ＨＮ副會長史允江與ＨＮ特殊菁英團隊史賢的對立關係，他們同為會長的兒子，是同父異母的兄弟。

不過再怎麼說，史允江仍是Ａ級獵人，也是韓國數一數二的藥水專家，鄭利善心想「說不定……」

鄭利善想起昨天傍晚拿到的名片，但並沒有找出它，與其冒險公開露面卻得到效果不明的藥水，倒不如賺錢買藥水比較實在。

鄭利善拿出手機，撥了電話。

「大叔，我願意接修復市政府別館的工作。」

凌晨兩點的公路，靜默無聲。

站在路邊的鄭利善悄然呼吸著凌晨的冷空氣，他雖然盡可能避免出沒在人口眾多的首爾，但可以賺錢的工作基本上都在首爾，所幸倒塌的市政府別館附近相對寧靜無人。即使如此，他為了不遇到任何人，刻意選擇凌晨工作，還拜託泰植大叔先確認周遭有沒有人。

大叔抱怨著自己像個小囉囉般被使喚，但還是巡視了環境，可能因為幾天前才發生過A級副本，大半夜的，連隻螞蟻都沒看到。

不過鄭利善還是怕被人撞見，緊緊壓著兜帽，望著眼前的廢墟。判定為B級損害的別館已經傾頹了一半以上，鄭利善為了不被大眾注意，大多承接D級的修復案件，這是他久違站在受損如此嚴重的建築物之前。

呼——深呼吸過後，鄭利善再次環顧了四周，確認沒有任何人之後，他伸手放在坍塌的牆上。

轟隆隆，地上的斷垣浮在空中發出巨響，沒有多久，幾塊需要大型機具才能移動的殘壁全都浮在空中，透過殘破碎塊，鄭利善望向建築，稍微瞇起雙眼後驟然睜大。

周圍颳起一道風，這是修復師將建築物的時間倒回過去的現象。陣風以順時針的方向吹來，再以逆時針的方向聚集，空氣反覆被勒緊、扭曲。

在這超現實的景象裡，鄭利善的眼神從未動搖。他的瞳孔在月光下是淺褐色的，開始發光，懸浮在空中的磚瓦殘壁開始復原到建築物上。

巨大的殘垣如拼圖般黏在建築物上頭，磚瓦間的縫隙猶如沾水的顏料在圖畫紙上流動般連接起來，只靠散落在地上的碎塊是做不到的，這就是鄭利善S級修復能力的力量。

隨著建築修復逐漸完成，周圍盤旋的狂風也隨之消失。最後，突然一陣風將鄭利善的兜帽掀掉了，他短促地嘆了一聲。

「咳……」或許因為很久沒有這麼使用修復能力，他的頭有點痛，雖然修復程度只有50％，但一般修復師頂多只能修復至20％，鄭利善的修復能力已經相當驚人。

要趕快戴好兜帽才行，但頭痛使他捂著額頭，好不容易戴好時，後方傳來鼓掌聲。

鄭利善瞬間臉色發白，迅速轉過頭。

「利善，你真的很厲害。」

史賢在他的身後，鄭利善倉皇地環顧四周，沒有看到其他人，只有史賢獨自站在黑暗中稱讚他，好像他一開始就在那裡一樣。

鄭利善微微皺眉問道：「你什麼時候開始看的？」

「這個嘛，大概在你確認有沒有人之前，我就在這裡了。」

「我明明確認過沒有人了。」

看著喃喃自語的鄭利善，史賢靜靜露出笑容，鄭利善感到一陣心煩，面對S級排名第一的獵人，而且能力還是影痕，影子越漆黑能力越強，鄭利善很惱火。

這根本是跟蹤狂的能力。

鄭利善伸手整理兜帽，廢墟附近的路燈光線薄弱，在四周都是黑暗的情況下，面前的史賢使他心生警戒。

「你怎麼知道我在這裡？」他尖銳問道。

這明明是跟元泰植大叔接的案子，也強調過好幾次希望附近不要有人。就在他思考大叔是不是被史賢威脅的時候，史賢輕輕笑了。

「鄭利善先生，你真特別。」

「什麼意思？」

「你竟然假設我什麼都不知道。」

「……」

「啊，我不是在取笑你，只是單純在想，是不是獵人以外的人才會這樣思考，覺得很神奇罷了。」

簡略說明的史賢，臉上露出笑容的弧線，進入副本裡的覺醒者稱為獵人。在副本外的世界活動，並且像鄭利善一樣擁有能力的人，則根據自身的能力而有不同的稱呼。

因此主要與獵人相處的史賢，確實可能為與鄭利善的對話感到新奇，他的表情看起來是真心訝異，即使知道史賢的驚訝並非虛假，還是讓鄭利善覺得不舒服。

雖然兩人只有幾句對話，但鄭利善感覺得出來，史賢總是熟練地掌握對話的主導權，鄭利善不想被他牽著鼻子走，他瞥了一眼史賢打算直接離開。

這次史賢沒有擋住他的去路，只是跟在他身邊溫柔問道：「可是鄭利善先生，你為什麼只將那棟建築物修復至50％呢？你不是可以完美修復它嗎？」

史賢將頭稍微前傾望向鄭利善，然而鄭利善一點也不想看他，史賢不為所動繼續說道：「我看過很多關於你的影片，你不是被稱為副本外的英雄嗎？你明明可以一鼓作氣把比別館還大的建築物修復完畢，為什麼這次只修復了50％？是不是害怕如果完全修復，大家就會知道S級修復師鄭利善回歸了，所以故意保留實力？」

「……」

「但是你在修復後似乎會頭痛……看來能力降低了。」

鄭利善忽然停下腳步，史賢一步步緩慢地走向鄭利善的前方，悠然轉過身，看著鄭利善，這裡僅靠清冷的月光照亮四周，史賢帶著他特有的微笑開口說道：「我見過獵人們有時能力會減弱，大部分的原因都是PTSD（創傷後壓力症候群），看來你也是。」

史賢的語調聽起來像是在哄孩子般地溫柔，聽見這話，鄭利善皺起了眉頭。頓時想起大叔說過「口氣聽起來像是知道我在隱瞞」那句話，或許就是這種感覺。

在第一次大型副本中他失去父母，又在第二次大型副本失去摯友，他的能力降低被視為PTSD是正常的。

事實上鄭利善也無法義正辭嚴地反駁自己不是PTSD，他只是不想輕易認同史賢的話，因此喉嚨乾澀地回答道：「我不知道說出這句話的你對我的瞭解有多少。」

「我會這樣說就是因為想了解你，如果有錯，你可以糾正我嗎？」

看著史賢彎起的眼角，鄭利善終於忍不住了。

「沒錯，正如你所說，我的能力下降了。我只能使用以往一半的能力，有時候甚至復原30％就已經精疲力盡、頭暈目眩。既然我只能恢復A級損害的30％，也就沒有挖角我的意義了吧？HN公會應該有很多A級修復師，請找他們，別來打擾我。」

「聽到你明白我如此費心地找你，真開心呢。」

鄭利善放棄與史賢交談，他想過是否因為自己快要一年沒有跟其他人「對話」，所以才會發生溝通障礙，但並非如此，看來問題出在史賢身上。

「然後，你剛才說的話與事實有著極大的出入，如果說A級的能力最多只能修復30％，那代表鄭利善先生的能力至少確保有30％，再者，我需要的是你的能力，是A級修復師身上找不到的能力。」

即使知道在黑暗中想逃離史賢是件徒勞無功的事，但鄭利善還是大步離開，意外的是史賢沒有擋住他或隨即跟上前，就只是跟在他身後輕緩地說道：「但是鄭利善先生，如果重新評估那些得了PTSD、無法使用與之前同樣能力的獵人們，你認為他們的等級會降低嗎？」

「……」

「他們的等級不會降低，絕對不會，因為等級猶如一個人的潛力，雖然鄭利善先生現在只用了30％就感到疲累，不，就算只修復到10％的程度，也不會改變你是S級的事實，同樣地，也不會改變你是能夠修復至100％的修復師。」

史賢果斷的話語帶著無謂的溫柔，不知道是真心話還是偽裝，更驚人的或許是兩者皆是，鄭利善轉過頭開口問道：「所以你想說什麼？」

「據說罹患PTSD的人，需要接受心理治療，更要長時間的照護精神創傷、心理諮商……等等。」

「你想表達的是如果我加入你們的隊伍，就會配給一位最厲害的心理諮商師嗎？」

「不是，我打算直接照顧你。」

「瘋子，不是……對，你瘋了嗎？」

「怎麼不改口了呢？」

史賢似乎覺得很有趣，露出微笑，但鄭利善完全沒有跟他一起發笑的心情。

剛好這時候，凌晨的風迅猛颳起，鄭利善看到史賢黑色的外衣在風中搖晃的樣子後，隨即低頭緊抓帽沿，他擔心兜帽被風掀開，等他抬頭時，仍然不得不面對眼前的人。

沒有一絲腳步聲，或說運用能力在黑暗中移動的史賢，就站在鄭利善的面前。突然，鄭利善的目光被史賢所束縛，這並非出自鄭利善的意願。

史賢漆黑的瞳孔彷彿能壓迫人，視線緊緊纏繞鄭利善，或許因為這段期間以來只看著混濁的瞳孔度日，鄭利善不知道自己是否因為看到人類完整的瞳孔而感到畏懼。

看到鄭利善就連正常呼吸都有困難，史賢輕柔地呢喃：「我其實很會照顧人喔。」

一絲人類的氣息與溫度隨著話語觸碰至鄭利善的臉頰，他嚇得退後一步，瞬間放大的瞳孔帶著近乎衝擊的恐懼，對於早就與人類隔絕的他來說，活人的溫度太過可怕。

因為這股陌生的感受，讓他顯得更加悲慘。

鄭利善馬上轉身離開，即使看起來像逃跑，但史賢沒有追上來，只是留在原地，笑著說：「下次見喔，鄭利善先生。」

鄭利善沒有回答，他腦中閃過一個念頭，想跟史賢說，因為與你見面太令人厭惡，請不要再出現了。

完成市政府別館的修復作業後，鄭利善打電話告訴大叔要休息幾天。確認完別館修復狀態的大叔，雀躍地告訴鄭利善，想休息多久都沒關係。

大叔開心地說，幸好鄭利善有刻意保留實力，所以沒有人起疑心，只是羨慕他遇到一位能力很好的A級修復師。

雖然有的修復師隸屬公會，但大部分的人會透過業主接受委託。因為只有大型公會有能力雇用修復師，其他的中小型公會沒有多餘的資金，所以副本發生後，獵人協會會判斷損害等級，讓這些公司進行投標以取得修復權。

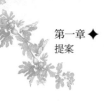

有些公司會專門聘請修復師，也有像泰植大叔這種一人的小型公司，因此這次泰植大叔得到優良的績效後開心的不得了。

鄭利善看著存摺裡入帳的金額，癱在家中。雖然他不會懷疑大叔，但每次外出工作結束後就會遇見史賢，讓他打算這陣子都不要接工作。

雖然他不想外出，但問題是鄭利善不擅烹飪，他沒有煮飯的才能，再加上朋友都成為喪屍，沒人一起用餐，所以他大多都是買微波食品或外帶回家。

鄭利善決定出門外帶晚餐，順便補充家裡的微波食品，社區沒有仍在營業的超市，需要去較遠的地方，就這樣，他回家時又在地鐵站前遇見了史賢。

「鄭利善先生，又碰面了。」

他不知道史賢究竟從何時就在那裡，史賢的穿著好似剛在ＨＮ公會的公司打卡上班那樣地整齊，他向鄭利善問好。雖然附近沒有車子的蹤影，但可能是把車子停在某處走過來的。

從上次凌晨相遇之後還不到一天，鄭利善一點都不想回應，他一句話也不說，但史賢毫不在乎，笑得很燦爛。

「聽說偶然遇見三次就是有緣，看來我們很有緣。」

「最近連跟蹤狂都講緣分嗎？」

面對鄭利善的嘲諷，史賢的微笑沒有動搖，鄭利善覺得與他交談的話會扯上麻煩，況且也不想被史賢的玩笑牽著鼻子走，這只會讓自己疲憊不堪，他打算就此劃清界線。

「你不斷打擾的行為讓我很不舒服。」

「我也希望跟你有場愉快的會面，但因為你不主動聯繫，我只好出此下策。可能會讓你有點不舒服，請忍耐一下。」

鄭利善發自內心覺得疲累，這一年來他抱著沉重的心情過活，一看到史賢的臉就讓他渾身不自在，這份心情帶來的情緒消耗，使鄭利善更加無力。

「我現在很忙，以後再聯絡。」

「忙什麼？你不是不接案了。」

「你竊聽電話嗎？」

「不至於竊聽，但請想成是希望與你一起工作所付出的努力。」

史賢避重就輕地回答，並且露出微笑，鄭利善對他的說話方式漸感不耐，既無法果斷劃清界線，又不在乎對方的意願，史賢真的是很厲害的人。

「我已經說過好幾次，我不會跟你一起工作，無論你要給多少報酬，我都不願意，我也已經重複過好幾次，不想公開露面，但你不斷地打擾我，真的很令人反感，這已經不是提案，更接近強迫或威脅了！」講完一連串話語的鄭利善氣喘吁吁，得要深呼吸才行，那嘆氣充滿疲累。

「我還有其他事，非常忙，告辭了。」

「你要忙什麼事呢？鄭利善先生。」

「我不想提，請讓開。」

「你好像對藥水很感興趣。」

「……你說什麼？」

越過史賢的鄭利善，轉身面向史賢，臉部逐漸失去血色。

「你接案只接D級損害的案子，然後存到一定的錢又拿去買藥水，而且還是消除異常狀態的藥水，你應該不是用那種藥水治療自己因為PTSD而造成的能力降低。」

「……」

「不知道你為什麼每次都匆忙回家，你明明獨居，卻仍然不想跟我多說幾句……」史賢語調緩慢，露出微笑。

「彷彿家裡藏了什麼東西，對不對？」

鄭利善無法回答，他感覺自己被看穿，而史賢的視線緊盯鄭利善，鄭利善感覺自己再度受到威脅。

史賢俯視鄭利善蒼白的臉頰，慢慢露出笑容，低下身子與鄭利善平視，開口說道：「利善，在你回去之前，容許我再說一句。」

史賢背對陽光，鄭利善覺得自己好像被他的影子所困。逆光中的史賢明明帶著笑容，卻令人發寒。

他用手輕拍鄭利善的肩，猶如警告。

「我還沒有開始強迫或威脅你。」

鄭利善從那天起就足不出戶，他原本以為史賢所散發的戰慄感是來自眼神，但他第一次從史賢的話語感受到不寒而慄，雖然語調慎重，但卻像是寒冬的空氣般，一聽就會讓人全身凍結。

鄭利善不由自主地感到抗拒，與其說因為害怕那雙眼神而感到不舒服，倒不如說，更像是遇見其他生物界獵食者般的詭異感受，光是跟史賢交談就如此讓人精疲力盡，他更確定自己的涉入程度越高就會越痛苦。

獵人都是這種個性嗎？由於鄭利善是在副本外面活動的覺醒者，幾乎沒有機會與獵人共事，頂多只有加工師或道具製作師為了購買從副本內帶出的魔晶石，會與獵人碰面交易，基本上修復師沒有與獵人碰面的機會。

有時候獵人們會向擁有知名度的S級修復師鄭利善打招呼，但從未進行過有意義的交談，因此鄭利善嘗試用史賢的個性套用在獵人的身上。

假裝尊重、假裝重視對方意見，但其實全照自己的主觀意識帶領對話的獵人，熟練地混淆對方的視聽，並且覺得理所當然，明知對方不情願卻絲毫不在意。

鄭利善想到這裡，判定史賢是個極其怪異的獵人。

他時隔許久打開了網路，搜尋關於史賢的資料，發現自己與大眾的想法相差無幾，就連其他的獵人也是這樣想，史賢是S級的第一名，其個性與做事方式也是無人能比，這樣的看法猶如定論般在網路上流傳。

就在他打算一週都不出門的第四天，鄭利善接到一通意想不到的電話。

「利善，過得還好嗎……？」

「請問是哪一位？」

「我是勇俊的叔叔，姜勇俊。上一次見面應該已經是兩年前的事了，畢竟告別式的時候沒有看到你……」

鄭利善在第二次大型副本後換了電話號碼，看到未知來電的他心生警戒，但那道渾厚的聲音以及對方主動表明的身分，讓他失去力氣，手機差點掉落。

姜勇俊，那是不久前鄭利善準備生日蛋糕，替他慶生的壽星。

他聽不清楚手機另一端的叔叔在說些什麼，自從聽見告別式一詞，他好像開始耳鳴。

鄭利善沒有向任何人透露，朋友們在第二次副本時變成異常狀態的事實。雖然表面上是怕朋友們被協會捉去做實驗，但其實只是藉口，鄭利善深怕自己被追問，為什麼朋友們會變成這樣，他沒有自信可以回答。

因此他告訴所有人，朋友都被怪物殺害，這是一個拙劣又令人厭惡的謊言。

住在一起七年，包含鄭利善的七個人，全都在第一次副本中失去了父母，也沒有至親，當中唯一偶爾會聯絡的人就是姜勇俊的叔叔。

「那天以後你應該也很難熬……」

鄭利善啞口無言，面對一早醒來就失去姪子的人，他無話可說，然後叔叔對鄭利善說道：「利善，我們碰個面吧。」

鄭利善與勇俊的叔叔約在社區一旁的咖啡廳，鄭利善已經許久沒有踏進咖啡廳，他感到陌生無比，環顧周遭。由於下午茶時段已過，下午五點的咖啡廳客人較少，顯得有些安靜，但這幅寧靜的風景對鄭利善而言也很生疏。

雖然他左顧右盼，但也沒有持續多久，鄭利善隨即戴上帽子低頭快步走入，甚至又再套上外衣的帽子，從側邊完全看不見他的臉。

「好久不見。」

「叔叔好。」

時隔一年六個月，鄭利善極力低頭問候，叔叔說了三次許久沒見了，希望可以看看鄭利善的臉之後，他才好不容易抬起頭，望向叔叔。

「臉色怎麼那麼蒼白，有按時吃飯嗎？」

「有，我沒事。」

「怎麼會沒事，整個人瘦成這樣，你好像沒有繼續做修復師，那現在做什麼工作？有好好賺錢吃飯嗎？」

姜勇俊的叔叔個性直爽，雖然語氣聽起來較直接，但鄭利善早已習慣了，因為叔叔是在他們失去雙親後，照顧這群青少年直到高中畢業的人，雖然經濟上無法給予太大的支持，但至少對當時仍是未成年人的他們來說，是最大的依靠。

當他們二十歲成年後，雖然一年僅會聯絡一兩次，但鄭利善還是喜歡叔叔。只是在第二次大型副本之後就失去聯繫，追根究柢是因為鄭利善主動更換號碼，所以才斷了消息……

不停說著沒關係的鄭利善，突然向叔叔問道。

「不過叔叔怎麼知道我的電話號碼，以及我繼續待在龍仁的事……」

「啊？我打電話問元泰植的，我說因為聯絡不上你，拜託他告訴我你的聯絡方式。你怎麼可以只跟元泰植聯絡，卻不告訴我新的電話號碼呢？」

聽到這番話，鄭利善感到有些怪異，叔叔雖然知道泰植大叔，但兩人並非熟識關係，況且叔叔的居住地離龍仁有段距離。元泰植大叔是鄭利善和朋友們曾隸屬公會的修復隊隊長，所以照理說他們兩人也只是聽過對方名字而已。

雖然如此，但或許因為自己擅自斷絕聯繫，叔叔可能幾經詢問下打給了泰植大叔吧，鄭利善安撫了心中的懷疑。

可能因為許久未見，叔叔有很多想說的話，講了超過一個小時，一開始叔叔問候了幾句鄭利善的近況，然後說起自己女兒即將要上大學的事，鄭利善默默聽著叔叔講話，沒有提起姜勇俊任何隻字片語。

但就在叔叔滔滔不絕講了兩個小時後，叔叔用餘光看了一下手機的訊息，接著起身說自己該離開了。

「我占用你太多時間了，應該跟你吃頓晚飯的。抱歉，我晚上還有點事……」

「嗯，沒關係。」

鄭利善今天光是沒關係三個字就大概說了二十幾次，他木然地向叔叔點頭道別，叔叔臉上閃過複雜的表情，他盯著鄭利善，拍了一下他的肩膀。

「抱歉，我真的疏忽了，這陣子都沒有聯絡你……你明明還是個孩子。」

「沒事的，我沒事。」

叔叔的女兒快要二十歲了，而鄭利善今年二十五歲，但在叔叔的眼裡，鄭利善或許仍是個孩子，他不斷搓揉鄭利善的肩膀。

叔叔說要去趟洗手間，暫時離位，鄭利善認為已經聊得夠久了，便起身走出咖啡廳。雖然叔叔說晚上有事，卻遲遲沒有離開，鄭利善擔心是不是自己的眼神透露出異樣，因此看到叔叔猶豫不決的樣子，總讓人七上八下，所以乾脆自己率先行動。

但就在他走向路邊時，有人出現在他的面前。

「利善。」

那道謹慎的聲音聽起來並不陌生，那是叔叔的太太，叔叔的車子停在後方，雖然他訝異原來阿姨也有與叔叔一同前來，但對他們兩位沒有一起進咖啡廳的事實並不意外，因為阿姨與他並沒有這麼親近。

阿姨並不喜歡叔叔幫助他們，畢竟叔叔家境並不富裕，家中還有一名女兒，因此阿姨受不了老公總是幫助姪子和他的朋友，雖然阿姨未曾透露這份不滿，但隱約能從眼神感到她心中的芥蒂。

雖說如此，但鄭利善不討厭她，而是充分理解阿姨的心情，所以對於阿姨主動向自己打招呼感到訝異。

「阿姨，好久不見。」

鄭利善向她點頭問候，但是阿姨卻用複雜的神情望著他，與剛才叔叔望著他的神情如出一轍。

「我原本打算不說的……但還是很在意，我老公沒有多說什麼吧？」

「多說什麼？我有聽叔叔說藝瑟要上大學了，恭喜。」

「喔，那個……」就算聽到祝賀女兒入學的消息，阿姨的神情仍帶著異樣，不知是不是腦裡有諸多想法，她眼神飄忽，最後嘆了口氣開口說道：「幾個小時前有個人打電話過來，要我們約你。」

「什麼？」

「他要我們約你出來，關心你的近況，一開始我們以為是你的朋友，但是……對方卻給了錢。」

阿姨低聲說了「四千萬②」，然後她被臉色發白的鄭利善嚇了一跳，像是在找藉口一樣說道：「抱歉，利善，對方用『兩小時』的名義匯來了款項，我們真的很苦惱，我女兒上大學需要學費，住宿舍也要繳交費用，還有以前的貸款……」

鄭利善無法再聽進一字一句，拔腿奔回家中。

他喘不過氣，難以換氣而乾燥的喉嚨好像就要撕裂。

阿姨的話在鄭利善耳邊縈繞，使他暈眩，他絲毫不責怪支開自己離開家裡兩小時的叔叔與阿姨，但對於製造這種機會的人感到無比憤怒。鄭利善太過氣憤，腦袋好像要爆炸了，他不僅生氣，還有巨大的不安感。

他奔跑在漆黑環繞的街道，氣喘吁吁。想讓自己離開家，而且有能力支付龐大金額的人只有一位。

「你明明獨居，卻仍然不想跟我多說幾句……彷彿家裡藏了什麼東西，對不對？」

鄭利善發瘋似地奔跑，太久沒有跑步使得雙腿無力，感覺自己就快要摔倒，但他沒有停下來。

最後他到達所住的公寓。

他急忙抓著欄杆跑上階梯，雙手顫抖得無法將鑰匙順利插入，就在他奮力嘗試時，家裡的門被打開了，鄭利善愕然望著眼前的景象。

玄關的感應燈發出薄弱的光線，在似乎隨時會熄滅的燈光下，屋裡的朋友們盯著鄭利善，外頭走廊的燈似乎有些故障，緩慢地一閃一閃，鄭利善覺得時間感異常，猶如停滯。

微薄的月光無法照亮屋外的走廊，空間被黑暗吞噬，被遺棄的城市散發特有的陰森氣息，走廊的燈響起故障的聲音，屋內只有朋友們的呼吸聲與玄關微弱的光亮，在燈火閃爍之間，鄭利善揪住史賢的領口。

「你為什麼在這裡？」激憤的聲音顫抖不已，不停地奔跑讓鄭利善上氣不接下氣。

史賢用眼神逐一端詳，徐徐勾出微笑，走廊的燈光照亮他的表情，隨著啪滋的聲響又再度熄滅。

鄭利善的視線裡，燈火突然映照出史賢的笑臉。

「我來跟你的朋友們打招呼。」

光線又再次熄滅。

「你的朋友們真是沉默寡言。」

好似一座黑暗在跟鄭利善說話。

注釋② 根據時下匯率四千萬韓幣為九十三萬台幣左右。

【PLUS 01.】

鄭利善

八年前的第一次大型副本，是鄭利善與朋友們一起去畢業旅行的那天。

他們好不容易獲得父母的許可，十七歲的他們選在高中入學前的一個月出發，雖說是旅行，其實也只是在首爾玩一整天，不過光是如此就讓他們很開心了。

包含鄭利善的七個人自小一起長大，就讀同一所國小、國中，預計要一起讀高中，就算他們彼此嫌棄這樣黏在一起長大很噁心，但總是形影不離，開玩笑地說成人之後，如果「覺醒」了，要組一支隊伍。

當幾十年前首次的副本與覺醒者出現時，世界陷入混亂，但人們很快就適應，建立管理覺醒者的覺醒者本部，在那之中由管理獵人的獵人協會成為政府機關的核心。

人類被分成完全沒有能力的一般人，以及即使只有些許能力，也能登錄的覺醒者，覺醒者占人口的10%，當中又只有10%是負責戰鬥的獵人。

覺醒者可以賺取許多金錢，每個人各有不同的能力，顯現的時間點也不一。過往曾發生壓榨未成年覺醒者的事件，因此檢查日期訂在二十歲之後，雖有傳聞指出有錢的上流階層，

會悄悄讓子女早一步進行檢查，但是否屬實目前尚未查明。

只不過偶爾會有人在成年之前就突然爆發能力，進而登錄成為覺醒者，只是這種機率極低，比如像是八歲被發現是S級覺醒者的HN會長的兒子史賢，當然連續兩日成為了新聞媒體的焦點。

青少年在二十歲之前，擁有兩種人生規劃，分為一般人的人生計畫和以10%機率成為覺醒者的人生計畫。

其實就算身為10%的覺醒者，也將嚴格區分等級，若想賺錢，最少要C級以上，所以就算是覺醒者，但如果被分成F級，生活也跟一般人無異。

即使如此，大部分青少年還是會希望成為覺醒者，累積知名度。

在畢業旅行的那天，他們曾這樣討論。

「說不定我以後會成為S級，所以你們要趁現在多看幾眼，如果以後我的粉絲增加，可能就很難跟你們出去玩了喔。」

「什麼啊，即使是S級，也要長得夠帥才會有粉絲。」

「你看過史賢嗎？他才剛滿二十歲，甚至還沒有透過副本出道，就已經有眾多粉絲了，至少要長得像他那樣才有可能出名吧？」

「勇俊如果想要長得像他那樣，就得要重新出生了，啊，如果S級能賺到富可敵國的錢，那你應該要重新投胎了。」

「喂！」

「嘖嘖，這些傢伙真是夠了，如果我有錢，要先買一棟百坪以上的房子。」

大家不斷說著如果成為S級要做什麼事，你一言我一句地熱烈討論，鄭利善在一旁聽著大家的討論，呵呵笑著，突然有人問他道：「利善，那你想做什麼？」

「如果鄭利善覺醒的話，感覺會變成治癒師。」

「我不大想進入副本……」

「唉唷，利善！成為治癒師能以己利人，又可以行善耶！」

「別開玩笑了！」鄭利善制止大家，朋友們仍笑得東倒西歪。

每當鄭利善的父母管教他時，習慣說這句由他名字所衍伸的叮嚀，因此朋友們也喜歡模仿他父母的語氣捉弄他。

「不過如果真的成為治癒師，真的就人如其名了。」

「他爸媽一定會很開心，會在龍仁掛布條——**龍仁的驕傲，以己利人，行善大眾，鄭利善治癒師**。」

「別鬧了！」

朋友們愛拿鄭利善開玩笑，雖然鄭利善的外表容易讓人產生距離感，但與之對話後，會發現他是個單純又善良的人。

這六名少年一開始大多因為鄭利善散發的奇妙氛圍，而不知如何與他相處。他的皮膚近乎蒼白，帶著一頭咖啡色的頭髮、一雙淺褐色的眼珠，讓他有一股神祕的氣息，眼角往下垂，表情一如既往的冷漠，形象猶如安靜的貴公子。

但其實他的個性一點也不冷酷，所以朋友們很喜歡開鄭利善的玩笑，而鄭利善則鬧著脾氣似地拍打他們的背部。

那是個再平凡不過的一天，總是聚在一起的七名少年，以畢業旅行這樣浩大的名義出發前往首爾，一路上講著日常的對話。

但他們不得不同時對轉播的新聞畫面感到詫異。

【原在龍仁發生的B級副本，證實是S級副本】

【突然擴大的S級副本，吞沒住家，造成大量死亡】

【韓國首次S級副本，大韓公會該如何處理】

當他們一早出發前往首爾時，有看到居民較少的山間小鎮發生B級副本的消息，雖然B級算是較危險的副本，但因為是由韓國第一名的大韓公會派出隊伍，所以眾人沒有放在心上，而且名單上還有A級獵人，少年們更確信大韓公會可以完成任務。

可事到如今，卻發現是S級副本，一旦錯過清除的黃金時間就會爆炸，擴張至驚人的規模，新聞畫面依序顯示受災的社區。

七名少年呆呆望著畫面好一陣子。

那天，才剛滿十七歲的少年們，首次經歷了生命中的死亡。

在一瞬間失去所有的少年們，能依靠的對象只有彼此，他們沒有多少親戚，大人們也對突然要照顧十七歲的少年感到無法勝任。

未能處理S級副本的大韓公會，喪失所有精銳獵人，徹底跌至谷底，雖然賠償了大筆的損害賠償金，但仍無力修復整座毀壞的城市。

少年們將國家賠償的補助金集中後，好不容易住進市政府提供的公寓，但政府也只有一開始會向災民發放物資，過了半年就沒人理他們了。

少年們仰賴成年前能領到的微薄生活費過活，從來沒有同居過的他們，在第一年經歷了許多磨合、感到憂鬱、流了許多淚水，但最後紛紛接受現在他們只有彼此可以依賴、一起生活的事實。

就這樣來到了二十歲，他們接受了覺醒者的檢查。

意外的，七名少年全都是覺醒者，甚至最驚人的是，鄭利善被判定擁有S級的修復能力，這也是修復師有史以來第一次出現S級。

大家瞠目結舌地看著鄭利善的能力判定結果，開心地笑了。

「原本以為人如其名要做治癒師，結果是修復師呢。」

「總之不枉費這個名字了。」

「唉唷，叫你們別鬧了。」

除了鄭利善的六名少年，全是C級或D級的獵人，他們對往後充滿改變的未來感到期待，但僅在一天之內，這樣的期待隨即破滅。

「這是你們要償還的債務。」

一票人湧進他們住的公寓，這些人拿著「宏信公會」的名片，向鄭利善的朋友們說明他們繼承的債務，由於他們沒有在父母死亡的三個月內提出放棄繼承，因此必須承擔為數不多的遺產與龐大的債務。

比起公會，宏信其實更像是以公會之名進行貸款的地方，公會會長說七名少年中有六名的父母向宏信公會借款。

雖然對少年們在喪失雙親的情況下獨自長大成人表達遺憾，但償還債務的時候到了，他口中的債務金額總計甚至超過數億元，這對剛滿二十歲的少年們，根本是超乎想像的鉅款。

「不過，聽說你們全都是覺醒者。」

公會會長笑著向他們提出方案，他說少年們可以加入宏信公會替他工作，償還債務，還可以降低利息。

少年們聽到工作賺的錢都要被宏信拿走時，幾名朋友提起鄭利善並反駁會長，因為鄭利善沒有繼承債務！

六名少年要求強制扣押收入必須排除鄭利善，但鄭利善想幫朋友們還債，他們紛紛表示，身為S級修復師的鄭利善，一定會有其他公會邀請他，他不需要進宏信。

原本掛著親切笑容的會長突然臉色大變，他身旁的人馬上亮刀並且語帶威脅，警告他如果不跟宏信簽約，就會妨礙鄭利善，使他絕對無法與其他公會簽約，還表示要將過去三年推遲收取的利息全都加上，原本公會會長是出於善意刻意延遲收取利息，這並不是少年的權利。如果將負債加上利息，那麼他們應還的貸款數字將會大幅增加。

他們才剛滿二十歲，沒有大人可以討論，無法分辨參雜謊言與事實的威脅，最後只能與宏信簽約。

那是份詐欺契約。

之後，他們在宏信公會工作了四年，因為不想讓唯一有在聯絡的姜勇俊的叔叔擔心，所以對他絕口不提與債務相關的事情。

即使一開始少年們對現實感到悲傷，但很快就擺脫了愁雲慘霧，因為鄭利善的能力超乎想像的強大。

他只要伸手就能完美修復建築物，那模樣猶如神的再臨，讚許他的人比比皆是，很多人敬畏解決副本的獵人，但那是因為一般人只能透過影像看見副本裡的轉播，然而鄭利善是在副本外展現能力的覺醒者。

鄭利善是全世界第一位登錄為S級修復能力的修復師，他本身就是一個奇蹟。

他所屬的「宏信公會」原本是個相當小型的公會，但在他開始工作後，比起獵人公會，宏信更以「修復師鄭利善所隸屬的公會」而聲名大噪，甚至還有人宣稱這座公會是由鄭利善撐起來的。

既然知名度到達如此地步，那麼再不清楚修復師收入的朋友們，也很快明白當初簽了一份詐欺契約。

「還好只要做到這個月就結束了。」

「幸好我們抓到那傢伙想偷偷延長契約，不然要繼續當奴隸了。」

那天是去修復C級副本的日子，精確來說當時的副本尚未完全清除，只是剛好副本發生在某間企業大樓的旁邊，一旦副本發生，周圍十公尺都會遭受波及，造成房屋倒塌，所以該企業的社長，趕緊要求宏信公會的鄭利善來修復建築物。

鄭利善因此提早來到附近待命，等待副本結束。

自從鄭利善成為宏信公會的搖錢樹，他的一舉一動都受到公會的人關切，正確來說，是受到流氓們的監視，甚至連C級獵人的公會會長也會跟著他，但現在鄭利善與朋友們不再像以前那樣懵懂無知地受騙。

朋友們總是像鄭利善的保鑣圍繞在他的身邊，偶爾為了壯大聲勢還會辱罵旁人，他們不像公會會長幾乎沒有進過副本，毫無實戰經驗，他的朋友們都是有經驗的C級或D級的獵人。

「如果沒有泰植大叔的幫忙，我們該怎麼辦。」

「對啊……」

元泰植大叔是宏信公會修復組的組長，他也是因為債務問題而簽署強制契約，所以總是特別疼惜鄭利善與少年們，大叔會躲過那些監控的目光，偷偷地買飯給少年們吃，也會私底下和他們碰面。

大叔的債務已經快要還清，他簽署的契約跟少年們不合理的血汗契約不同，很快便能脫身，他悄悄向少年們透露，上次去還款時在辦公室裡偷看到一份文件，上頭寫著要與少年們延長契約的內容。

大叔表示，覺醒者管理本部有權利保障中心，要他們向那裡申訴，得益於此，少年們才能結束那份可怕的契約。

「到現在我們被吞了多少錢？光是用想的就覺得噁心。」

「應該至少有數十億，該不會有數百億吧？」

「哇，真是不敢想像……下個月我們就搬到首爾最好的地方吧，房價最貴的地方是哪裡？

江南大浦洞？」

「那裡的月租我們負擔不起，可不是開玩笑的……」

「喂，你一定要這樣潑冷水嗎？」

「拜託，要以鄭利善的意見為優先啊，我們怎麼擅自討論起來。」

聽到其中一名少年這樣說之後，大家忍不住嘆氣，明明是他們的父母欠債，卻連累S級的鄭利善，不但無法拿到應得的報酬，還要辛苦工作，這讓他們在鄭利善面前形同罪人，尤其是三年前，當他們知道自己簽下了詐欺契約後，就對鄭利善更感到愧疚。

「抱歉……」

當中一人開始道歉，大家也接二連三地向鄭利善道歉，原本只是傾聽大家對話的鄭利善，對於突如其來的道歉笑出了聲並且搖頭說道：「反正這個月就結束了，大家想想下個月要搬去哪裡吧。」

看著鄭利善輕鬆地回應，大家面面相覷，馬上又一起開心地大笑，著手開始找尋新家，正好這次的副本在龍仁附近，把今天最後一項工作執行完後，就可以回家一起討論新住處。

此時副本也差不多清除完畢，他們走向大樓，副本入口附近有幾名特攻隊的公會成員。

一般而言，清除副本的作業會在99％就停下來，因為如果將副本的怪物清除至100％的話，入口就會關閉，所以獵人會先把魔王級的怪物清除，並將最低等的怪物攻擊至瀕死狀態後限制行動。

在這段期間，會讓開採團或收集團進入副本收取魔晶石。

魔晶石是獵人們所持武器的主要材料，雖然有時魔王等級的怪物也會掉落珍貴的道具，但這是C級副本，魔王身上不容易掉落道具，就算有也是較低等的道具。

視副本的難易度，可以採集到的魔晶石數量與品質也不同，或許因為這次副本能採集的特別少，開採團很快就出來，特攻隊也撤出了。

副本內所有的怪物清除後，入口變為藍色逐漸縮小。

此時公會會透過清除探測器，判斷副本是否全數清除完畢，系統運作需要相當時間，入口要一至兩個鐘頭才會完全消失。

那間企業的社長希望在入口消失後，馬上修復建築物，因此鄭利善提早抵達，確認房屋的狀態。

但當他靠近時，卻聽到周遭的談論，那是在外頭等候的其他公會成員。

「修復不是我們來做嗎？」

「聽說那間公司的社長聯絡了宏信。」

「又是鄭利善？」

「每次都是他自己吃下來。」

那些人不滿地抱怨，踢著地上的石頭，然後猛然發現鄭利善從面前經過時，無不驚呼一聲，即使鄭利善的朋友們回瞪那些人，但本人卻沒有太大的反應。

雖然鄭利善的出現改變了修復師的地位，但也不乏忌妒他的修復師，因為他能獨自完美修復建築，使其他修復師的工作減少了。

然而鄭利善一點也不在乎，或許是天生的性格，就算在意他人的不滿，鄭利善也無法幫上忙，他不可能因為其他人抱怨就不工作，因為他還有要還的債務。

鄭利善與朋友們環顧四周，掌握自己該運用的能力程度，因為副本發生後，建築物四處坍塌，因此圍起了黃色的封鎖線，他只能在外面確認狀態。

特攻隊的獵人結束了任務，全都退出了副本，附近一些普通民眾則因為好奇副本入口的模樣，在一旁圍觀，幾名公會成員負責維護周遭安全，將他們擋在封鎖線外。

不知道是不是傳出有宏信公會的成員在此，民眾想來看一眼鄭利善本人，很多人喜歡圍觀S級修復師鄭利善執行任務時的模樣，若將這過程拍成影片放在網路上，點閱率很快就會超過百萬。

不久前辱罵鄭利善的公會成員，瞄了一眼周遭民眾，便低頭確認探測器的狀況，鄭利善明明與他四目相接卻沒有任何反應，這使他感到不被尊重，羞愧感油然而生，再加上周圍的人都是為了看鄭利善的修復過程，使他心情更加惡劣。

他希望探測作業趕快完成，只要副本清除100％後就可以開始修復，他就可以趕快離開，一點也不想留下來看鄭利善如何修復，因為那只會讓他覺得無地自容。

天氣有些灰暗，似乎就要下雨，天空烏雲密布，就連黃昏的夕陽也看不到，整片天空黑壓壓的一片，那個人拿著探測器焦急地走來走去。

100％。

不久後機器發出嗶聲，探測器的螢幕出現100％的數值，那個男人為了趕快告訴鄭利善，匆忙起身，但當他走出一兩步後，數字出現變化。

99％。

男人露出訝異的神色，他搖晃幾下探測器，然後轉身回到原本的位置上踱步，但數字仍然維持在99％。

不過此時副本入口已經完全消失，在這一小時內也沒有其他可能生成入口的跡象，男子認為是探測器故障，反正剛才都出現了100％完全清除的通知聲，應該沒問題。

「可以進行修復了。」男子向鄭利善高喊，然後急忙離開，他收起其他公會成員在四周放置的封鎖線，鄭利善與朋友們一步步走向建築。

天色漸暗，少年們打鬧地說道：「下個月開始要不要開場ＢＪ[3]直播，鄭利善的修復任務直播。」

「買一臺無人機來錄影的話，一定會吸引超高的點閱率。」

「鄭利善從未接受過任何採訪對不對，我們成為ＢＪ之後要讓我們採訪喔，知道嗎？」

「你們這些人，根本把他當搖錢樹。」

「這不是定論了嗎？」

「沒錯，我們不是都把利善當成飯票了嗎？他是績優股呢！」

雖然姜勇俊喝止其他人，但大家都異口同聲地說著這是已知的事實，用著「竟然有人想反駁學界定論」的眼神看著他。

最後鄭利善笑出聲，爽朗的笑聲使朋友們彼此對視後也大笑起來。

鄭利善笑了一陣子發現周遭還有圍觀民眾，這才停下笑聲走向建築物。

注釋③　ＢＪ：Broadcasting Jockey，指在網路上做直播的人，也就是直播主。

就在他伸手要觸碰斷壁時。
「天啊！那、那、那是什麼？」
「鄭利善，等等！」
「喂，不行！」
一旁的空間開始扭曲，一陣旋風吹來，大氣開始震動，空間如紙張產生皺摺，那是幅怪異的場景，所有人嚇得愣在原地。
那是副本生成的前兆。
通常副本生成至少三十分鐘前會有這樣的前兆，但這次有別於以往，這和人們看過的副本前兆截然不同，在一個小時前才剛清除完畢的空間，生成了全新的入口，猶如漩渦般席捲而來，爆炸似地吞沒周遭。

附近的人們全都掉進了副本，在沒有特攻隊的陪伴下進入副本，形同步入被追殺的屠宰場。入口開啟時，周圍的獵人只有鄭利善的朋友們，為了監視他們而跟過來的宏信公會會長。
剎那間，許多人失去了性命，鄭利善感到頭昏眼花，他只能被朋友們緊緊抓著，然後在副本裡發瘋似地奔跑。鄭利善一直以來只擔任修復師，只有少數幾次靠近過副本入口，最多也只進入過已經毀壞的副本而已。
「再撐一會兒就好。」

「這是第一次副本剛消失，就馬上生成另一個副本的情況，大型公會一定會緊急動員，我們只要安全待到特攻隊進來就好。」

兩名朋友安慰慌張的鄭利善，雖然鄭利善隱約知道他們比自己還要害怕，但只是表情僵硬地點頭回應，被捲進副本的人們有80％以上已經死亡，有兩名朋友負責保護他，其他四名朋友則是保護剩下的人們。

由於前一個副本是C級，因此他們認為這次的副本也是C級，然而少年根本難以招架副本裡的怪物，即使只是保護民眾不受傷害的防禦式戰鬥，對少年們來說仍然相當吃力。其實六名少年沒有太多進入副本戰鬥的經驗，所以無法負荷戰況，但是就連想要逃跑，也是難上加難。

宏信公會會長早就被怪物咬去上半身，他原本獨自喝下透明藥水，打算藏匿蹤跡，卻還是被怪物發現，因為他的藥水太過初階，無法隱藏影子，最終命喪黃泉。

少年們逐漸感到筋疲力盡，副本內無法與外面取得聯繫，所以無法發出救援協助，雖然懷抱著大型公會很快就會趕來的希望，但就連這一絲可能性也即將消磨殆盡，因為兩個小時過去了，也不見任何救助隊進來。

只要找到出入口就可以逃出副本，但怎麼找都找不到，不過朋友們沒有開口提這件事，在所有人都陷入恐慌的情況下，沒有必要講出這個悲慘的事實。

「喂，利善、鄭利善，你先在這裡躲好，我看我們還是得過去幫忙才行。」

「你說什麼？沒看到外面很多怪物嗎？」

「我知道，但如果我們不去幫忙，有可能在瞬間就全軍覆沒了……唉呀，你不要擺出那副表情，我們是為了不讓那種事發生才去的。」

「我們不在他身邊，他可能會哭。」

少年們安慰內心不安的鄭利善，然後將他留在原地。

他的眼前分為兩條岔路，鄭利善躲在左邊，少年們說要往右邊去確認狀況，要他在他們給出訊號前，都不要出來。

雖然鄭利善不放心，但也只能相信朋友們，這群人不僅是獵人，更是一起住了七年的朋友，鄭利善當然相信他們，就算再怎麼險峻的情況，他們都一起經歷過，相信這次也是如此。

但是，現實總是殘酷。

當鄭利善越懷抱期待，相信事情會順利解決，這個世界就越嘲笑他，像是恥笑他怎麼會在這般絕望的環境下，還抱持著希望一樣。

這個世界踐踏他的盼望。

鄭利善曾反省自己做錯了什麼事，但找不到答案。

「不會的、不會，不會吧……」

朋友們離去的方向異常安靜，明明剛才仍有打鬥的聲響，但從某個時刻開始，詭異的寂靜籠罩四周，即使鄭利善認為是不是魔王被解決了才會如此安靜，不過副本卻沒有任何結束的跡象，朋友們曾說清除100％時，副本內部會開始震動。

可是，現在整個副本出奇地安靜，鄭利善小心翼翼地往那個方向走，隨後發現朋友們無一倖存。

鄭利善對眼前景象不可置信，有的人手臂被撕咬、腿部被拋至遠處，大量的鮮血差點使鄭利善當場昏厥。

「怎麼會……」

當時的鄭利善失去判斷能力，他認為朋友們還沒有死，得趕快救他們才行，於是，他滿臉淚水，用沾滿血的雙手把屍塊組合起來，並且第一次將修復能力運用在屍體上。

但是修復能力限定只能用在「事物」上。

覺醒者本部嚴格禁止修復師修復活物，國外發生過實際案例，有人修復受傷的生命體，結果造成異變；曾有人提出修復能力是否可用於處理屍體，但本部表示，只要將能力使用在人體，皆會造成特殊的異變，因此全面禁止。

但鄭利善仍不得不使用能力，他懷抱稀薄的期待。

說不定S級能力可以出現不一樣的結果？

或許當時的他陷入了自滿。

他修復了骨頭碎裂、肋骨折損、手臂與雙腿被撕裂的身體部位，鄭利善短暫沉浸在喜悅之中，但隨即就陷入絕望。

因為修復完畢的他們，不再是能辨別周遭環境的「人類」。

他們猶如喪屍，抑或是形同行走的屍體。鄭利善雖然不知該如何是好，但他沒有時間思考，因為原本離開的怪物又回來了。

被恐懼籠罩的鄭利善躲在牆壁之間，他原本打算帶著朋友一起逃跑，但成為喪屍的朋友無法聽話跟著他，只能發出怪聲站在原地，並在遭受怪物攻擊後倒下。

如果要說這過程有什麼奇怪的事……就是他們仍保有一半的覺醒能力，意思是身體裡殘留的本能，發揮了一定的作用，再加上倒臥在地的屍體，明明受了致命傷，卻還可以蠕動身軀，這是鄭利善施加修復能力後產生的怪奇現象。

他們成為了不死的存在。

即使眼前是駭人的場景，但當時的鄭利善還是想活下去，比起意志力，更接近人類本能的執著。

他因朋友的死亡陷入恐慌狀態，腦子拒絕接受朋友已經失去生命的事實，思緒一片混亂，他告訴自己必須到副本外面，才能確認大家的狀態，因此在心底下了結論，必須要將朋友帶出，無論如何都要先清除副本。

所以，鄭利善再次修復地上散落的屍體，然後躲起來，屍體受到怪獸攻擊，倒地不起的話，他就再次修復、修復、修復……

最後，終於清除了副本。

副本傳來震動，代表怪物已經100％清除完畢。

鄭利善看著陸續崩塌的牆壁，這才恢復理智，陷入恐慌狀態的他終於清醒，真正認清眼前的狀況，他因為衝擊而放大的瞳孔不斷縮放。

他想不起來自己將屍體修復了幾次，數百遍？數千遍？

他用雙手摀住嘴巴，突然一陣濃烈的血腥味傳來，使他甩開了手，手上滿是凝固的血塊，最後他用那雙布滿黑紅色塊的手撐在牆上乾嘔。

「呃嗯、嘔，嘔嗯……」

但無論他怎麼作嘔，推滿在體內的情緒仍無法排出，第一次進入副本的恐懼，與怪物對望的驚悚，還有目睹朋友們死狀的衝擊。

以及對修復朋友後湧上的極度自我厭惡。

雖然想把內臟全都吐出來，但什麼也沒出來。

所有的情緒糾纏成一塊，堵住喉嚨使他難以呼吸，他胡亂地抓住喉嚨咳嗽，然後厭倦亟欲想吸一口氣的自己。

鄭利善靠著牆倒臥在地，身邊佇立著發出怪聲、四處遊走、全身蒼白的朋友們，毫無血色的雙頰，混濁不清的瞳孔。

「大家，求求你們……」

鄭利善連向他們乞求原諒也做不到，他能做的僅是呼喊他們的名字，然後啜泣，即使如此，也沒有任何的回應。

到頭來，鄭利善還是得認清現在的處境，與他一手造成的可怕後果。

那令人作嘔的人生，使他喘不過氣。

第二章

強迫

在那之後一年，鄭利善在家隱居。

那場C級副本結束後隨即發生B級副本的戰役，稱為第二次大型副本，是史上首次連續發生的事件，備受眾人關注，遭受波及的民眾大多是一般人，死亡的覺醒者總共有七名，全是C級或D級的獵人。

獵人協會了解事態後，急忙聯絡公會讓特攻隊進入，但入口卻被堵死，這種情況偶爾會在A級以上的副本出現，只有當副本清除完畢，或是裡頭的人全軍覆沒，入口才會再度開啟，這使到場救援的特攻隊無法進入副本，而人們猜測副本裡的人大概都死了。

但是，鄭利善以唯一生存者的姿態，走出副本。

當他出來時，正好是下著雨的漆黑凌晨，入口只有一名協會的工作人員在場看守。一般人倘若被副本捲入必死無疑，所以沒有人敢靠近，除了是對大型災難的哀悼，也因為協會對媒體下達警告，不許將這件憾事公諸於世。

鄭利善活著走出了副本。

他告訴臉色發白的工作人員，自己是唯一的倖存者，朋友們直到最後一刻都謹守崗位與怪物對戰，最後同歸於盡。

這是鄭利善最後一次的露臉。

從那天之後，鄭利善就完全消失，他不與外界聯繫也足不出戶，甚至沒有出席第二次副本的受害者聯合告別式，此舉讓許多人難以接受，也有人為此憤怒不已，憤怒的人大都是受害者的親友，他們責怪鄭利善，他既然是唯一的倖存者，就該出面向大眾說明當時的情況。

但也有不少人同情鄭利善，他為了還債，才在宏信公會工作一事，在大眾面前曝光，大家對即將脫離苦海、卻在一天之內失去所有朋友的鄭利善感到萬般憐惜。

鄭利善隱身在所有的疑惑、責難與同情之中。

前半年他窩在家裡像個死人般度日，他記不清楚是怎麼熬過那些日子，半年後他才好不容易打起精神，著手打聽消息，該怎麼做才能讓朋友們恢復正常，該如何才能使他們安心嚥下最後一口氣。

鄭利善就這樣再度消失半年，他無法從事任何對外的活動。雖然他修復死人的行為，說不定會讓大眾讚嘆無比，但這份未知讓他感到萬分恐懼，再加上從那天起他的能力就無法徹底發揮。

所以，他抹去自己與朋友們的存在，形同死去之人。

「你瘋了嗎？把別人說的話當耳邊風了？」鄭利善無法接受自己一手造成的後果，他害怕自己隱藏的真相被世人所揭穿，也對用這種偷偷摸摸的方式發現祕密的史賢盛怒。他討厭史賢與朋友們共處一室，抓起史賢的手腕就往外走，史賢順從地跟著他來到公寓後方的廢棄建築物。

鄭利善確認四下無人，打算向史賢狠狠發洩怒火，雖然鄭利善這一年以來，不，甚至是超過一年，鄭利善幾乎沒有發過脾氣，但此時此刻，他的腦海裡充斥憤怒，除此之外一片空白。當他想對史賢大吼時，史賢主動開口：「利善，我只是單純想接近你而已。」

「什麼？」

「一年前，第二次大型副本發生後你就銷聲匿跡了，你因為在一瞬間失去了所有朋友，陷入悲痛，沒有參與聯合告別式還算合理。不過，第二次副本時，你親口說了『朋友們直到最後一刻都謹守崗位，與怪物對戰，最後同歸於盡』。我認為這句話背後，還發生了其他的事情。」

史賢緩緩地來回走著，地上布滿灰塵的廢棄物與他形同兩個世界，但這座漆黑的空間，卻像是為了他所搭建的舞臺。

「當時僅有一支影片拍攝到你從入口走出來的畫面，就算畫質再怎麼差，還是能看到奇怪的東西。當時是下著雨的凌晨，所以沒有影子，但你身後的確有幾個淋雨的人影，雖然沒有證據，但說不定是喝了透明藥水的人跟你一起出來。」

講到一半的史賢笑了，從那部影片發現異狀的人相當稀少，而大多數也只開玩笑地認為是鬼魂而作罷，鄭利善臉色蒼白，緊盯著史賢。

「再加上，那天利善你拿蛋糕回家，調查之後發現當天是『姜勇俊』的生日，我認為一個人住的鄭利善，會提著蛋糕回家的舉動有違常理，因此找到了姜勇俊的親戚，拜託他們幫忙而已。」

史賢一臉泰然，不認為自己的行為有何問題，鄭利善眉頭深鎖，壓抑怒火開口說道：

「你為什麼要做到這個地步，陰險地背地調查別人，而且還找上門擅自進入屋內！」

史賢對鄭利善顫抖的聲音感到訝異，他並非對鄭利善的怒氣感到訝異，而是因鄭利善所說的話感到意外。

史賢發出長聲的嗯，溫柔地再次說明：「因為我是來挖角你的。」

「像你這樣不要臉的挖角方式，應該任何人都會答應吧？」

「利善好像不知道怎樣才算不要臉的挖角……」

面對鄭利善首次的重話，史賢毫不在乎，他似乎很享受鄭利善的反應，史賢的嘴角勾起圖畫般的弧度。

「我們簽約看看吧？」

「我對簽約真的一點興趣都沒有，拜託不要再跟著我了，請你別……」

「我會替你殺死他們。」

「什麼？」

帶笑的雙眼直視鄭利善，分明是副帶笑的臉龐，眼神卻讓人背脊發涼，史賢一步步走向鄭利善，低頭呢喃，用無比溫柔、親切的口吻說道。

「你家裡的那些屍體，我可以替你殺死他們。」

鄭利善頓時覺得無法呼吸，史賢的話根本毫無根據，甚至是足以讓人破口大罵的程度，但在那雙眼神的背後，鄭利善沒有喘氣的餘地。

雖然只是閃過的念頭，他也想反駁史賢，朋友們已經被怪物殺死好幾次了，就憑你怎麼可能真的取走朋友的性命？但想到這裡又十分厭惡自己，罪惡感勒緊喉嚨。

鄭利善緊咬下唇，他好不容易才張口吸氣，氣呼呼地說：「你明明什麼都不懂，難不成耍嘴皮子是你的習慣嗎？」

鄭利善語氣尖銳，極盡全力想羞辱對方，但史賢不以為意，興致高漲似地觀察鄭利善的反應，然後和藹地說：「要不要讓我猜看看？那些屍體們，我是說鄭利善先生的朋友們……應該在副本裡死過好多遍了，要在B級副本裡，以四名C級獵人與兩名D級獵人的陣容清除所有怪物，一定是以反覆受傷，但仍死不透的喪屍狀態才有可能攻破。」

「……」

「如果他們能夠被殺死，早就死在副本了，不然就是扛出來火葬，但你卻能帶他們出來，甚至一起住到現在……」

史賢說到最後逐漸含糊，看著鄭利善嘀咕：「那些屍體之所以可以活動，全都是因為你的修復能力。」

「這不需要你說……」

「然後，我的隱藏能力是『無效化』。」

鄭利善頓時啞然，所有想法與動作全都停下，盯著史賢，史賢享受著他的反應，瞇起眼睛微笑。

「像我一樣的S級覺醒者會擁有一、兩項隱藏能力，就像鄭利善先生一樣，即使在沒有建築殘骸的情況下，只要周圍有部分建材或復原圖，就可以修復建築物，不是嗎？不過前提是你要身處在該建築物裡。」

史賢沒有說錯，S級都有隱藏能力。

一般的修復師最多只能將建築物恢復至三天前或幾個小時前的情況，而且必須要有該建築物的殘骸才能完成；鄭利善的一般能力雖與大家相似，但可以回到過去的時間點較遠，而且就算殘骸斷面不完整，他也能使之順利相接，修復建築物。

然而鄭利善的隱藏能力比一般人更強，就算該建築物在幾百年前就被燒毀，只要周圍有所需的建材，在看過復原圖並且完全熟記的話，鄭利善就可以完整復原該建築物。

其實這項能力已經近乎憑空創造，但重點是，鄭利善必須接觸該建築物才能完成，只要離開建築物一公分，那整棟樓就會像海市蜃樓般消失。

之前他初次發現自己的隱藏能力時，文化財產廳馬上向他提出委託邀約，但副作用相當強烈，執行完畢後他會虛弱到躺在床上一整週，能力也下降到50%。

即使S級覺醒者各自都有隱藏能力，但如果不是顯性的能力，大部分不會對外公開。將隱藏能力公諸於世，就像是把底牌全都攤在陽光下，再者，因為副作用強大，絕大多數的人

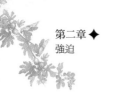

不會透露。

但史賢卻欣然地將自己的隱藏能力告訴鄭利善。

「或許因為漆黑形似無，所以我的隱藏能力是無效化，只要我伸手能及，能使該物喪失效力五分鐘的時間，無論是事物或是人類都可以。」

「五分鐘過後呢？」

「如果是活人，那他的效力就會恢復，但你的朋友是死亡狀態，如果你不使用恢復能力，不至於會恢復成喪屍吧？他們已經死亡一年多，現在應該也無法恢復了。」

鄭利善仍然瞪著史賢，史賢用委屈的語氣說道：「我真的是出於善意，利善，使用隱藏能力的副作用是很大的。使用能力後的二十四小時我無法使用能力，在之後的二十四小時裡，我的能力也只能恢復50％。」

「這是很致命的弱點，為什麼要告訴我？說不定我會反過來威脅你要公諸於世。」

「因為我想和你簽約啊。」

「……」

「利善你的戒心那麼重，如果我只說因為想簽約，所以透露我的隱藏能力，你一定不會相信我，所以我老實告訴你吧……」

史賢笑得燦爛：「你覺得，你公開我的祕密比較快，還是我阻止你會比較快？」

「……」

「況且就算你公開，也不會造成我的困擾，因為獵人們不公開隱藏能力是為了避免在對戰中處於劣勢，但我就算不使用無效化，也可以打贏對方，所以不會落到二十四小時無法使用能力的副作用之中。」

史賢一臉理所當然，鄭利善無言以對，他咬了一下嘴唇陷入思考。

假使真的讓史賢替朋友們使用無效化，使他們變回正常的人類，然後寧靜地閉上雙眼，他當然樂見其成，但鄭利善一直對史賢的好意有疑慮。

可以釋出如此大的利多，那麼他藉「契約」之名要執行的工作，究竟有多危險？甚至願意坦承隱藏能力，藉此招攬鄭利善？這項工作想必非同小可，還有，史賢說的隱藏能力是真的嗎？難道不是說謊？

史賢不知道是不是讀出了鄭利善的心思，他快速俯身，湊近鄭利善的臉頰，鄭利善感受到史賢的呼吸，反射性地嚇了一跳。

「鄭利善先生，你上次說過我不是在提案，比較接近是強迫或威脅？」

史賢緊盯著不發一語的鄭利善，在四周漆黑的廢棄建築物間，室內的唯一光源是從老窗灑下的朦朧月光，即使只能隱約望見對方的身型輪廓，也足夠讓鄭利善清楚直視史賢那雙深黑的瞳孔。

那雙黑瞳也冰冷無情地望著他。

「如果你不跟我簽約，我會告訴獵人協會你隱藏這些活死人屍體，並揭開第二次大型副本的真相——這是強迫。」

「……」

「如果你仍然不理會，我會偷走你的朋友們，將他們分屍，放任置之，或是進行各種實驗，看他們的生命跡象可以維持到什麼時候——這是威脅。」

鄭利善原本就蒼白的臉失去最後一絲血色，史賢看著他，眼睛瞇起彎度，銳利的眼角上下折起，發出笑聲，那笑容與初次見面時一模一樣，彷彿宣告著這座泥沼從一開始就不可能掙脫，也沒有盡頭。

「如果你現在與我握手，答應入隊共同合作……那我會讓你的朋友一個接一個，平靜地閉上雙眼安息。」

史賢伸出手，笑了。

「這是我給你的提案。」你打算怎麼做？

面對史賢接續的提問，鄭利善無法立刻回答，他只是呆楞望著史賢深黑色的瞳孔沈默不語，而史賢不急不徐地等待回應，宛如把獵物逼入絕境的獵食者，眼神從容不迫，像是施捨好處般地溫柔不已。

到目前為止，鄭利善認為自己在黑色汪洋裡載浮載沉，那是一種不能單純被視作絕望深淵或骯髒淤泥的感覺，他雖然不曾期待自己的人生可以照進一道曙光，卻也沒料到自己會撞見偽裝成光芒的黑暗。

但是，鄭利善在這無法用言語形容的迷惘間，找到了低劣又膚淺的希望，乍看是一絲慰藉，但另一方面也是一種自私的喜悅，認同心中這份感受的瞬間，他感到自我厭惡同時又覺得解脫。所以，他最後——

「利善，以後請多指教。」

他握住了史賢的手，雖然鄭利善在剎那間覺得手心傳來的溫度使他備感悽慘，但他沒有鬆開那雙手，耳邊傳來的笑聲，讓他思忖自己踏進了何種處境。

那是個沒有答案的夜晚。

✦ 第三章 ✦

回歸

隔天，鄭利善和史賢一同前往HN公會的辦公大樓。

史賢一早就來了電話，鄭利善徹夜未眠，接通電話後，另一端的史賢一派輕鬆地說：

「有好好休息嗎？」

對於史賢的問候，鄭利善不發一語，史賢東翻西找地發出窸窸窣窣的聲音，然後說一個小時後會去接他。

就在鄭利善踏進原本以為這一生都不可能搭上的黑車後，莫名其妙地被塞了一張卡片。

「以後用這張卡。」

「這是什麼？」

「你家，我就住在隔壁，有需要時隨時叫我。」

鄭利善露出不可置信的神情，史賢若無其事地告訴他的公寓名稱與地址，是只要在首爾打聽過房子的人，都會知道的知名豪宅，也是鄭利善曾跟朋友一同為高額房價驚呼的公寓。史賢就住在那棟房子的頂樓，他不喜歡隔壁有鄰居，所以將兩戶全都買下。

在這種情況下，鄭利善腦海裡先浮現了房價，他替自己感到一絲可悲，然後指出這番話的問題點。

「我為什麼要住在你隔壁？我不打算搬家。」

「利善，很遺憾，這是強迫。因為我需要你100%的S級修復能力，如果你繼續住在原本的家，對你的精神健康毫無幫助，你不覺得嗎？」

雖然鄭利善想回嘴說住在你家隔壁也不會有起色，但因為史賢提到了「強迫」二字，他也只能閉嘴，不過內心的不滿沒有完全消弭。

剛開始他以為朋友們也可以一同搬到新家，但從史賢的語氣來看，似乎並非如此，他的目的是要徹底隔絕鄭利善與他們，因為那些會動的屍體，以史賢的形容來說，必須斷絕讓那些支離破碎的活死人，繼續帶給鄭利善罪惡感。

比起搬家的反感，鄭利善更擔心留在家中的朋友們，雖然他們不用進食，也沒有任何一般生物的生理需求，不需要有人在旁照料，但鄭利善還是無法放心。

鄭利善偷瞄幾次司機與副駕駛座的隨行祕書，小心翼翼地靠向史賢一側，雖然他一點也不想離史賢這麼近，不過史賢見狀，也配合地低下頭湊近他。

「那我的朋友怎麼辦？他們如果撞到家具或是跌到書桌底下……」

「他們會死掉嗎？」

「……」

史賢一臉理所當然，讓鄭利善無法出言駁斥，如果他們會因這些危險而死的話，早就死了，然而鄭利善還是無法放下擔憂，緊抿雙唇，史賢察覺鄭利善的想法，堅決地警告他。

「有兩種情況可以回家，一種是當你的能力恢復至100％時，以及你完成我的要求時，除此之外都不能貿然行動。」

明明是自己的家，卻無法自由進出，雖然鄭利善對史賢的作法極度不滿，但他也只能順從對方。

史賢那俊俏的臉露出微笑，鄭利善瞪著控制人性弱點的能力想必也是S級的史賢，開口問道：「那什麼時候開始？」

史賢的雙眼眯成彎月狀。

「待會兒就會知道了。」

鄭利善深吸一口氣，移開視線，想到以後要跟這種人一起工作，就覺得前途茫然，甚至還不知道要共事到什麼時候，他的內心一片混亂，窗外卻是晴朗無雲的天空。

這是一個令人無奈的早晨。

首次踏進只在電視與網路上看過的ＨＮ公會辦公大樓，而且還是跟在不可能一起工作的人身邊，鄭利善不明白史賢為何堅持要走在他身旁。

原本鄭利善想跟那位看起來像是隨行祕書的人，一起跟在史賢的後面，但史賢卻理所當然地叫鄭利善到他的身邊，從走進大廳到 Chord 使用的樓層為止，他們一行人吸引了眾人的目光。

不久後，他們抵達了隊伍所使用的四十二樓。

電梯門敞開，鄭利善睜大眼睛看著面前的黃金招牌，上頭優雅地雕刻了「Chord 324」的字樣，拐過一旁的轉角，大理石地板在眼前展開，一行人繼續走著，他看到玻璃隔間包圍的獨立辦公區，隨行祕書率先打開玻璃門。

對於眼前所見，鄭利善無法掩飾心中的讚嘆，雖然聽說大型公會與資本薄弱的中小型公會不同，擁有傲人的企業規格，但沒想到會是這種規模。

整體裝潢以黑白作為主軸，用金黃色點綴，乾淨大方，辦公桌的間距也寬敞舒適，採光得宜，玻璃門旁還有專門的接待櫃臺。

這裡與鄭利善那四年所隸屬的宏信公會，格局截然不同，甚至是無法相比，但他不想對這個連氣氛都與史賢相似的空間表示出驚嘆之情，他絲毫不想多說一句話。

此時有人跑到他的面前。

這裡似乎不是看到隊長回來，就需要出來迎接的古板組織，但是卻有一名隊員快速奔向他們。

「哇！真的把人帶來了，可是他怎麼毫髮無傷？我還以為會半死不活，或是被五花大綁……」

「奇株奕獵人。」

「怎、怎麼了？」

「這可是利善第一次來到我們的隊上，難道他一踏進來，就要聽到你這種低級又幼稚的話嗎？」

「不、不好意思，是我失言了。」

男子隨即彎腰道歉，鄭利善半被迫地接受對方的道歉，在話語中得知這名男子叫奇株奕，是隊上的A級獵人，他之所以能在為數眾多的魔法獵人中脫穎而出，是因為他能使用多重屬性的魔法，一般的魔法獵人通常僅能使用一種屬性，但奇株奕同時擁有了水與火兩種屬性的魔法。

史賢雖然臉上依然掛著笑，但氛圍使人發顫，後方的隨行祕書在接到電話後，向史賢說道：「公會副會長找您。」

「有什麼事？他不可能不知道會議的時間快到了。」

「公會副會長沒有說明理由，只希望您馬上到辦公室。」

「既然他沒有說理由，我也沒有過去的必要吧？」

即使是個不需要回答的問題，但從剛才到現在都低著頭的奇株奕，突然大喊：「沒錯！」

史賢冰冷的視線再次鎖定他，然而下一秒換史賢的手機響起，鄭利善看到螢幕畫面顯示「史允江」，史賢視若無睹地按掉來電，但在看到隨之而來的文字訊息後，史賢臉上的笑容頓時消失。

他吩咐鄭利善等他一下，便獨自走向大廳，雖然僅是一瞬間，鄭利善瞥見那則文字訊息寫著「醫院」二字。

奇株奕似乎在等史賢走遠，他馬上抬起頭，二話不說就謙遜地伸手，像是要與鄭利善握手的樣子，鄭利善不由得想，這支隊伍的選拔條件之一，是不是要喜歡握手？

遲疑了下，才緩緩向他伸出手。

「我真的是修復師的大粉絲！」

「啊，是喔……」

「所以當隊長說這次突擊戰要讓你加入時，我真的又驚又喜，他大概從一個月前就在搜尋跟你有關的資料，隊長說，第一次對戰之後就要找你過來，沒想到真的……」

「奇株奕獵人，鄭利善修復師還不知道突擊戰的內容。」一旁的隨行祕書開口制止，奇株奕面露訝異，但比他更訝異的人是鄭利善。

所謂的突擊戰就是「連續副本」的意思，指的是首輪副本結束時並非真正結束，而是繼續展開第二輪副本。

在一年前第二次大型副本後，這類型的副本在韓國發生的頻率逐漸升高。

如果是突擊戰，通常會成為新聞焦點，媒體樂於大肆報導，但最近沒看見需要他們出動的突擊戰吧？鄭利善在半夜已經瀏覽過所有跟Chord有關的報導，所以很清楚近日的動向，最近他們參與過的副本，只有發生在松坡區的A級副本。

「突擊戰已經開始了嗎？還是有快要生成的預告？」

「啊……修復師等一下就會知道詳情了。」奇株奕含糊其辭，鄭利善想到一個小時前，史賢也說過待會兒就會知道，他不由得皺眉，兩個人說的應該是同一件事。

奇株奕望著眉頭深鎖的鄭利善說道：「我先告訴修復師一件事，如果這次突擊戰可以成功……那將是你震驚世界的華麗回歸，而且不只是以修復師的身分回歸，更是你首次在副本出道喔！」

奇株奕似乎很期待，聳起肩膀呵呵笑著，不過一看到史賢回來的身影馬上收起笑容，正襟危坐。

「為了安撫那小子浪費了不少時間，趕快進去吧。」

史賢自然地走到鄭利善旁邊說道，即使只是短短一句話，鄭利善仍對「那小子」一詞感到驚訝，原來網路上傳言公會副會長史允江與隊長史賢關係惡劣是真的，但現在更讓他惶恐的，是奇株奕說鄭利善要在副本出道那句話。

那句話代表鄭利善要踏入副本了。

鄭利善到目前為止，只進過副本一次，就是第二次大型副本。

然而還要再次踏進副本，而且是跟第二次大型副本一樣的連續副本，這件事讓他心煩意亂，未知的恐懼與難以言喻的委屈充斥腦海，修復師進入副本究竟要做什麼？鄭利善滿臉擔憂與不安，與史賢一同走進辦公室。

辦公室內有一區以不透明玻璃隔出的會議室。

史賢讓鄭利善坐在最上位後走到一旁，無論鄭利善怎麼看，這個位置都應該是史賢的位置，這使他相當不自在，但也無法隨心所欲換位置。

隨即有兩名獵人走進會議室，現在共有五名獵人與一名突兀的修復師，看到獵人們之後，鄭利善隨即知道這五個人是隊上的主力戰將。

這支隊伍是由大約二十名人員組成的特殊菁英團隊，以史賢為中心，共有五名最知名的獵人，當全員進入副本時，這五名獵人會負責魔王，有時候會只靠這五人進入A級副本並且清除完畢，可說他們是韓國最強的隊伍。

「哇！你真的成功邀請他過來了，鄭利善修復師，很高興見到你。」

「我一直都想親自見到你。」

獵人們紛紛打招呼，鄭利善知道對方都是S級或A級的獵人，神情帶著些許緊張地向他們問好，雖然他自己也是S級的覺醒者，但從未有機會與這麼高等級獵人碰面。

史賢的隨行祕書，也是A級獵人申智按，走向會議室前方。

她不愧是格鬥型的防禦獵人，身材高大，雖然穿著猶如保鑣般的黑色兩件式制服，但壯碩的肩膀與肌肉清晰可見，她將古銅色的頭髮束成高高的馬尾，一本正經地開始會議。

「由於鄭利善修復師尚未聽取突擊戰的簡介，所以，我將從頭概略地說明本次突擊戰的內容。」

會議室前方的電視顯示出一張現場照片，想不到那張照片竟是鄭利善眼熟的地方，雖然那時候是漆黑的半夜，但他記得一清二楚，「那裡是……市政府的別館？」

「沒錯，是利善修復的地方。」史賢笑著對鄭利善點頭。

申智按面不改色繼續簡報：「當時發生的A級副本為首輪，該副本只有獵人們進入後清除怪物，並且在魔王的空間發現這個東西。」

申智按打開桌上的箱子，挪至鄭利善的前方。箱子內有塊黃土色的石板，鄭利善無法辨別上頭的文字，瞇起雙眼。申智按將石板的畫面投影在電視。將箱子拿來，只是為了證明這是從副本內撿到的物品，申智按接著讀出石板的文字內容。

「這塊石板用古埃及文寫著『下回將在巴格達的空中相會』，下方還刻有數字……看得清楚嗎？」

「啊，看到了，寫著八。」

「一開始寫著十五，每過了一天，數字就會減少，我們認為這是預告第二次副本的生成時間。」

鄭利善之前經歷的第二次大型副本，是在首輪副本結束後馬上生成第二輪，但那是韓國最早出現的連續副本，相當罕見，之後的連續副本皆會間隔一段時間，才會再度開啟入口。這種連續副本的優點，是清除完首場之後有時間可以整裝待發，迎接第二場；然而缺點是，如果沒有徹底清除完第二輪副本，波及程度將會擴大至兩倍；倘若沒有清除第三輪，波及程度更會擴大至三倍。但接續的副本所給予的挑戰時間也相對充裕。

假設首輪給予二十四小時，第二輪就會是四十八小時，第三輪七十二小時，以這樣的遞增方式進行。

但如果因為挑戰時間充裕就大意進而導致失敗的話，所造成的損害是無法想像的驚人程度，國外甚至有大都市因為疏忽導致整座城市慘遭毀滅。

「請等一下，如果這是連續副本，那應該會在松坡市政府前再次生成入口才對，我為什麼會接到修復市政府別館的案子……」

鄭利善突然一片混亂，如果是他們所清除的副本，應當由HN公會的修復團隊負責善後，但事實卻非如此，再者，如果早知道是連續副本，那麼也沒有修復的必要，反正會因為戰鬥而再次被破壞。

史賢看著不明所以的鄭利善，徐徐露出笑容：「那是為了評估你現在的修復能力，明明市政府周遭的建築物也是殘破不堪，卻只請你修復別館的理由正是為此。過去半年內，你只修復損害程度較低的工程，所以無法精準判斷。」

「泰植大叔分明說自己是競標得來的……」

「我們跟獵人協會早就達成共識，雖然損害程度為B級，但酬勞卻有A級水準，你覺得以常理來說，小型公司有可能成功得標嗎？」

「……」

「雖然會再度倒塌，但仍需要修復至堪用程度，所以報酬設定在A級。」看著史賢邊笑邊說的模樣，鄭利善漸漸說不出話，因為他知道史賢沒有說謊，他意識到事情的真相後相當不滿。

「這個計畫你從一開始就想拉攏我。」

「是的，所以說我在你身上花了很多心思。」

「如果那項工作落到其他修復師的手上呢？」

「這個嘛，你覺得會怎樣呢？」

「……」

鄭利善知道自己問了一個蠢問題，啞口不語，那是因為這一切太不可置信，所以才脫口問出，他看到坐在會議室邊角的奇株奕一副興致勃勃的樣子，這讓鄭利善覺得更加丟臉。

進到會議室還不到一個小時，鄭利善已經精疲力盡，他艱難地吞下一口氣，開口問道：

「那麼連續副本需要修復師的原因是什麼？」

中智按似乎在等他與史賢的對話結束，緊接跳轉下一張畫面，鄭利善研究起畫面裡的建築物，有些熟悉，雙眼瞇成一條線，他不明白這棟建築物出現在會議裡的原因。

「這是我們進入的副本。」

「……那座金字塔嗎？」

「沒錯，就是古夫金字塔，一般的副本不會擁有特定的場域型態，但這次的首輪副本就是金字塔，最近有許多連續副本發生在這種特定的場域，以及實際存在的建築物內。」

畫面再次跳轉，那是不久前發生在義大利的梵蒂岡連續副本，副本以梵蒂岡博物館、西斯汀禮拜堂、聖彼得大教堂的模樣依序呈現，總共是連續三場副本。雖然副本的結構有些奇異，但主題非常明確。

因此在Chord得到消息後，進行了長時間的會議討論，最後得出以下結果。

「清除首場副本的魔王後出現了這塊石板，上頭寫著『下回將在巴格達的空中相會』——巴格達是當今伊拉克的首都，也就是古代城市巴比倫的所在位置。」

「既然如此，在空中相會是指……」

畫面安靜跳轉。

「我們推估第二場副本，將以巴比倫的空中花園作為戰場。」

古代城市巴比倫空中花園，雖然並非真的懸浮於空中，但由於建造在一百零五公尺高的地方，猶如飄浮於空因此得名。

古夫金字塔以及巴比倫空中花園，聽到這兩個名字的鄭利善，表情出現微妙的變化，不久前浮現的「主題」二字，讓他的思緒逐漸清晰。

「該不會……這是世界七大奇蹟的副本吧？」

「沒錯。」

「哇，馬上就察覺了耶！」

「利善修復師真是聰明，我聽說大部分的修復師都很聰明，因為身為S級，所以腦袋也是S級嗎？」

面對猝不及防的狀況，鄭利善有些慌張，申智按用一如往常的冷靜語調回答他，而同桌的獵人們則是發出讚嘆聲，史賢好似很滿足於眼前情況，露出微笑。

「但是我們要進入的副本是『崩塌』的狀態，現在矗立於吉薩的古夫金字塔，雖然仍完好無缺，但副本內的金字塔卻不是，雖然只有掌握到部分內部狀況，不過整座金字塔基本就是如此。」

申智按在螢幕上跳轉幾張照片。

原本在副本裡無法使用現代的物品，例如無法撥打電話，用相機拍照也只會出現黑色畫面，即使錄音也只會錄到奇怪的聲響，但如果是透過魔晶石加工製成的東西，就可以在副本裡使用，最好的例子就是大型電視臺所使用的副本專用攝影機。

這種經由魔晶石加工的製品，少說都要上億韓元，但申智按卻很自然地用手機拍攝現場畫面，雖然畫質有些模糊。

鄭利善心想，這間會議室所有人應該都擁有和申智按一樣功能的手機，然而讓他更加訝異的是金字塔的內部。

「通道全都崩塌，難以通行，而且可以行走之處幾乎都設有陷阱，據說相同主題生成的連續副本皆為類似狀態。」這次換奇株奕接著申智按的話。

「意思是第二場副本的巴比倫空中花園，也會是相同的狀態，那裡因為曾與波斯帝國發生戰爭，所以慘遭破壞。現在僅存部分遺跡……意思是我們要進入的副本，是重現過往曾經存在的空中花園，但卻是『坍塌』的狀態囉？」

「要在這樣的副本裡移動相當困難。」其他獵人搖頭，低聲說道。

建築物結構大多已遭破壞，光是進入就是艱鉅的挑戰，與怪物戰鬥時，還得分心注意周遭環境。

但萬幸，因為是室內，空間會有許多陰影，史賢的能力應該可以派上用場，但是……

聽見獵人們擔憂的鄭利善，表情逐漸僵硬，他慢慢明白這個副本為什麼需要自己，以及奇株奕口中的首次副本出道是什麼意思，更清楚史賢何時才可以替朋友施加無效化。

史賢瞥見鄭利善的表情，彎起嘴角說道。

「目前為止，尚未對外公開這次為連續副本，我們發現這件事後，已經告訴了獵人協會，他們吩咐在確認應對方針前要保密。因為以世界七大奇蹟作為背景的副本頗具規模，再加上連續副本從第二場開始，等級就會上升。」

首場副本的埃及古夫金字塔為A級，代表從第二輪開始，就會連續發生六次的S級副本，甚至如果挑戰失敗，損害的範圍就會加倍，如果S級副本的損害翻倍，有可能半數以上的城市會瞬間消失。

如果在沒有對策的情況下就公開消息，會使全國人民陷入恐慌，因此協會將此事列為機密案件。

史賢看著發楞的鄭利善說道：「七輪連續副本，已經清除了首輪，我們還剩六輪。」

那雙深黑色的瞳孔直視著自己，鄭利善瞬間明白了，死不了的六名朋友，與剩下的六場副本。

以及史賢想要的，那項以A級能力無法取代的S級修復能力。

「利善會進入副本，擔任修復世界七大奇蹟的修復師。」

會議已經進行超過兩小時了。

但鄭利善自從聽到要修復世界七大奇蹟後就呆若木雞，啞口無言地坐在椅子上，就算自己的S級隱藏能力是只要看復原圖就能修復，但世界七大奇蹟被賦予如此盛名，也不是世人胡謅的玩笑。

正因無法研究出古代是如何建造這些偉大建築，所以才被稱為「奇蹟」。

鄭利善對相信自己理當可以完成任務的史賢感到不可思議，但這樣想的人不僅是史賢，會議室裡的所有人，這支特殊菁英團隊的主要戰將，全都相信鄭利善可以勝任。

沒有人提出質疑，就連鄭利善面露呆滯，也沒有人覺得有異，直接繼續討論擬定修復完畢後的計畫。

「只要能夠將通道修復完善，與怪物對戰就會容易許多，可以依照內部設計圖制定作戰計畫。」

「這樣也利於預防怪物的偷襲。」

如果通道七零八落，那麼可移動的路線就會大幅受限，大多數的地方皆設有陷阱，把通道修復完畢也可躲避陷阱。大家紛紛點頭同意，各自看著巴比倫的空中花園設計圖，討論怪物會出現的地點。

鄭利善瞪大雙眼，會議室的所有人，看來都很熟悉這樣的討論方式，身為外來者的鄭利善雖然難以啟齒，但他必須指出現在對話裡最為擔心的部分，躊躇之下他開口說道：「各位認為我真的有辦法進入S級副本，然後修復建築物嗎？現在以修復完成的前提進行戰略擬定，好像有點危險……」

「利善修復師當然可以勝任啊！再加上不是有復原圖嗎？雖然說是世界七大奇蹟，但這是因為古時候的人探究不出建築工法才這樣稱呼，現代大部分都已經分析完畢，還很貼心地製作出了3D影像圖，智按有準備影片吧？」奇株奕興奮地說。

申智按點頭，表示已經準備好七大奇蹟建造過程的推測影片，鄭利善對於將要研究影片還是很茫然。

「利善修復師以前不是也曾依據復原圖，就修復了被燒毀的歷史建築物？這兩者是相同的概念，嗯，雖然那個是六百年前，這次是兩、三千年的建築……但反正都有復原圖嘛！」

「我也看過當時的修復影片，非常令人讚嘆。」坐在史賢對面的獵人開口說道，獵人協會考量到那支影片的內容會讓覺醒者感到壓力，因此僅限獵人瀏覽，但最後還是刪除下架。得益於此，鄭利善的隱藏能力並沒有被大眾所知，不過只要是有興趣的獵人，都會略知一二。

鄭利善對這些S級、A級的獵人感到了不小的壓力，再加上眾人對他投以百分之百信任的眼神，與其開心，鄭利善更覺得陌生與擔憂，因為之前四年他只在宏信公會工作，所以除了朋友，他其實不曾聽過有人讚許自己的修復能力。

就算排除這種陌生的場合，他也對自己的狀態有著很大的疑慮。自從那天之後，他沒再真正地使用能力，有時候光是修復30％就使他頭暈目眩，說不定是因為復活了朋友們造成的罪惡感，讓他對於修復能力產生抗拒，不，應該說這就是主因。

然而史賢卻想要他展現100％的能力，每當成功清除一座副本時，史賢就會讓一名朋友被施加無效化，安息死去。鄭利善的修復能力曾經是那樣駭人，但現在他必須徹底發揮，才能送朋友最後一程。

鄭利善緊抿雙唇，安靜在一旁看著他的史賢露出溫柔的笑容，出聲對他說道：「利善，不用擔心。」

「……啊？」

「做不到的話，我會讓你做到的。」

遺憾的是，這句話讓鄭利善內心累積的擔憂，硬生生變成了兩倍之多。

初春的太陽早早就西沉。

鄭利善望向外面的日落，老實說他有些意外，早上搭上史賢的車子時，還以為要執行什麼可疑的工作，因為史賢用威脅、強迫的方式要求自己，所以鄭利善認為史賢一定在打邪惡算盤。

但是鄭利善早上來到辦公室，與隊上最強大的五名戰將一同開會，聽取連續副本的簡報後，也明白了自己在副本內擔任的角色。

會議結束，他就在史賢對面的辦公室裡，一直觀看世界七大奇蹟的紀錄片，雖然徹夜未眠讓鄭利善差點睡著，但他還是打起精神。

沒想到史賢交付的工作竟然格外正常，這讓他稍微鬆懈緊繃的心情，可即使這樣，也不能完全放下警戒，不能將史賢只看作是擁有絕佳能力的隊長，他的驚人之舉可不只一兩項。

不過鄭利善還是漸漸動搖。

「下班吧。」

來到下班時間，史賢進房輕敲桌沿，鄭利善正眼神呆滯地看著電腦螢幕，慢了一拍才發現史賢，他快速地端正深埋在座椅裡的身子，史賢見狀無聲地笑了。

「想睡就睡一下啊，疲倦的時候，太過勉強自己反而會降低效率。」

史賢的語氣格外溫和，這句話讓鄭利善感到混淆，他突然想起史賢說自己很會照顧人。他對史賢口中的「勉強」產生疑問，若要廣泛地定義這個單字，那麼史賢不也是勉強他來到這裡嗎？

史賢不在乎鄭利善的沉默以對，逕自移動腳步，還替他開門，向鄭利善點頭示意，甚至主動按電梯鍵。

「看過復原圖有什麼想法？可以做到嗎？」

「每個規模都很驚人，可能無法一次修復完成，需要分階段進行修復作業……」

「那也無妨，利善遇到看似不可能的事情，就會想出其他解決方法呢。」

史賢在電梯內對鄭利善笑得很開心，鄭利善望著那道微笑感到很不自在，現在史賢的身邊沒有隨行祕書，只有他們兩個人，但史賢的話題仍然只圍繞在連續副本。

史賢……會不會出乎意料的，其實只是個替國家與人民著想的正常獵人？

雖然手段有點，不，是非常激烈，但他是為了不讓國家遭受災害，欲解決突擊戰而站出來的人嗎？今天從隊員們口中所聽到的內容來看，這是史賢睽違許久親自挖角隊員。

史賢在上禮拜不斷表明自己需要S級的修復能力，在會議上告訴大家需要使用的地方，就是連續副本的內部，這是為了不讓副本失敗，造成都市甚至國家滅亡的作戰，而且這也是獵人協會知情的計畫。

雖然鄭利善認為自己應該是沒睡好，才會腦袋不清楚，但今天所聽到的突擊戰資訊不斷在腦海播放，鄭利善對現在史賢連車門都替他開好的行動都覺得可疑。

「去醫院。」史賢順口朝司機吩咐，從司機沒有過問醫院名字便出發的行為來看，之前已經去過好幾次了，雖然鄭利善不知道史賢把自己也帶去醫院的目的，但還是靜靜地坐著。

車子開了三十分鐘左右，逐漸出現在車窗外的醫院，讓鄭利善睜大雙眼。

韓白醫院——這是韓國最具規模的醫院，也是四年前HN公會會長長期入住的地方。

「你是來探望公會會長嗎？」

「利善，看來你也有打聽我的事情。」

昨天半夜鄭利善搜尋史賢的資料時，看到幾則相關新聞，史賢與史允江是HN公會會長的兒子，兩人也是同父異母的兄弟，有些新聞拍到兩人前往醫院探病的畫面，媒體形容這是為了爭奪HN公會會長一職的激烈攻防戰。

「既然你已經稍微知情，我也比較好拜託你了。」史賢的嘴角勾出弧線，鄭利善越來越不懂帶他來探病的目的是什麼，甚至還用了「拜託」二字，雖然鄭利善滿頭問號，但看著兀自開心的史賢，他不由得閉上嘴，因為每當史賢露出那種笑容，他就有不祥的預感。

沒多久，鄭利善的所有問題在病房裡畫下句號。

「其實幾天前公會會長就過世了。」史賢看著發楞的鄭利善，露出微笑說道：「你願意使用修復能力嗎？」

鄭利善無法聽清耳朵聽到的那句話，只能緩慢眨眼，好不容易才一點一滴釐清狀況。

首先，他與史賢一同進到韓白醫院裡，位在別館的VIP病房，進入後一位看似主治醫師的人跑向史賢，一臉哀愁地說：「副會長總是……」當他還要說下去，看到史賢不吭聲只是掛著笑的臉龐後，隨即安靜地退到後面。

他們進入病房，會長猶如死去般躺在病床上睡著了，他蒼白的皮膚與紫色的嘴唇似乎有些眼熟，不過因為身處病房，所以讓人覺得他應該還有一口氣，但史賢突然說會長死了。

鄭利善對眼前情況不可置信，下意識認為史賢在開玩笑，但他跟史賢之間哪是可以開玩笑的關係，最後鄭利善再三猶豫後，開口說道。

「如果復原，就會變成像我朋友那樣的狀態。」

「我知道，所以我是拜託你復原，難道有拜託你復活嗎？」

「……」

「我只需要讓心臟持續跳動就好，如果活過來的話，我可能會覺得礙手礙腳而把他殺了也說不定。」

在幾分鐘前，鄭利善還以為史賢要當個孝順的好兒子，這讓他陷入了混亂，看來並非如此。史賢的眼神變得複雜，走近床邊說道：「其實我從一個月前就在打聽你的消息，當時醫生說會長難以撐過一個月，在計畫準備好之前，我需要有人讓會長的心臟保持跳動。」

「那麼除了我以外的修復師，不是也能勝任嗎？」

「我實驗過一次，但A級修復師最多只能讓身體活動，無法修復心臟。」

鄭利善不想探究史賢口中的「實驗」，因此沒有追問。

史賢似乎也沒有想多做說明的打算，自然地繼續原本的話題：「我要的不是會長甦醒，而是維持心臟跳動的狀態，所以需要找到S級的修復師，我原本也只是將能成功修復心臟的機率設定在50％而已，直到……」

史賢靜靜笑著望向他，鄭利善終於明白為什麼他執意要進入家中，當面確認朋友們狀態的目的了。

之後史賢提到會長已經死亡一週，目前仍對外保密，聽到這番話，鄭利善約略猜到早上副會長為什麼打電話給史賢了，大概是史賢收買了主治醫師，阻止家屬會面，再加上已經一週了，剛好是鄭利善與史賢第一次碰面至今，這是他盡力拖延會面的最長天數。

「那麼與我簽約的用意不是突擊戰，而是修復會長嗎？」

「不，兩者皆是。」

史賢認為雙方的對話並非三言兩語就能結束，示意鄭利善坐在一旁的椅子上，但鄭利善沒有坐在屍體前面的意願，果斷拒絕了他，只有史賢一臉泰然地坐在會長的屍體旁，自顧自地說：「四年前我看到了會長的遺囑，上頭註明如果他死了要讓史允江繼承HN公會……我是不會把公會讓給那小子的。」

即使鄭利善知道史允江比史賢大七歲，但還是靜靜聽著。

「所以我培養了Chord，我讓他們強大到如果次任會長由史允江擔任的話，任誰都會提出質疑的程度，其實殺了他是最快的方法，但這樣就太無聊了。」

「……是喔？」

「因此我希望史允江以活著的狀態，迎接悲慘的現況，我準備了長期計畫，讓他知道無論怎麼努力都比不上我，其實這是顯而易見的事實，我也不懂他為什麼就是執迷不悟。」

鄭利善想起HN公會培養Chord正好是四年前左右，當時會長因病入院後，身為副會長的史允江擁有會長的權力，之後就出現這支隊伍，讓許多傳言不脛而走。

很難將史允江准許史賢組織特殊菁英團隊的行為看成是獨具遠見，其實當時史允江將身為公會成員的史賢手上的所有職責全數剔除，更故意不派遣他參與副本，試圖孤立史賢，但就在史賢想乾脆離開HN公會時，史允江才急忙設立了特殊菁英團隊。

不過特殊菁英團隊一開始也只有史賢一人，現在的隊員們都是他親自找來的，那時鄭利善正被宏信脅迫著工作，根本沒空理會HN公會內部發生了什麼事。

這支特殊菁英團隊，或說這支強大的Chord創立之前，史允江與史賢的不合論，在對此有興趣的獵人間早就成為話題。

史賢八歲就覺醒成為S級的獵人，史允江則到二十歲才展現能力，事實上二十歲是大眾接受覺醒判定的年紀，不算遲來的結果，但據說HN會長讓史允江從小就進行判定，這已經是檯面下眾所皆知的事情。

在二十歲時，史允江被判定為A級的治癒師，雖然A級能力已經相當強了，但作為大型公會的次任會長仍稍嫌不足，畢竟現任會長是S級，如果次任會長是A級，而且還是在戰鬥中位居後援位置的治癒師，那公會形象會受到不小的打擊。

因此史允江從小就不斷與史賢比較，最後……

「史允江當然感到自卑。」史賢翹腳，臉上帶笑，不知道是不是因為想起了與史允江的過往，他低頭發出笑聲，十指交握放在膝上，臉上是無盡溫柔的笑容，但說出來的內容並非如此。

「因為他太煩人了，從以前我就考慮過要不要收拾他，但若要使充滿自卑的人陷入絕望，比起一刀了結他們，更應該在他們付出心血、埋頭苦幹的領域裡，徹底擊潰他們。」

級副本。」

「所以我培養了Chord，現在正好迎來突擊戰，還是以世界七大奇蹟為主題所展開的S

此時鄭利善明白史賢為了徹底擊潰史允江，已經蟄伏許久，他把史允江丟給他的特殊菁英團隊培育壯大，取了「Chord」這個名字，然後邀請各方優秀的獵人加入，最後成為HN公會的代表隊伍。

其實光以現況，也有許多人質疑史允江出馬擔任次任會長的資格，但是比起長時間的輿論攻防，史賢選擇了強而有力的一擊，那就是現在出現的七大奇蹟副本。

這是場就連獵人協會也因為驚慌所以推遲公布消息的副本，史賢將其視作絕佳機會。

「看來這次的突擊戰結束後，你會殺掉會長，然後公開遺囑。」

「沒錯，利善你真聰明，很快就明白了我的用意。」史賢瞇起雙眼笑了，S級的連續副本是全世界前所未見的戰役，這次高等級的副本如果Chord可以全數清除，將會在全球聲名大噪。

再加上刻意選在那個時刻公開遺囑，眾人肯定會提出質疑，出現反對聲浪。

講得心滿意足的史賢，起身走向跟病床有些距離的鄭利善。

「所以現在你願意修復會長了嗎？」

「……這是提案？還是強迫或威脅？」

「這就難說了，我會配合你想要的方向。」

「這三種我都不想要，我希望的是……」

鄭利善淺褐色的雙眼直直望向史賢，「我希望我們可以進行交易，因為我的能力會使用在突擊戰與會長身上……而且，我又不是被你抓住弱點，才要做這些事。」

鄭利善盡力克制顫抖地說完話，史賢漆黑的雙眼似乎顯得很意外，低頭俯視他，鄭利善看著那雙眼總是想起前一晚的事，手不自覺地顫抖。鄭利善將手藏在身後，握緊拳頭，史賢緩緩露出笑容，那表情顯示他覺得眼前的情況很有趣。

「利善，你想要什麼？」

鄭利善終於得到想要的回答，但就在他開口前，史賢的手率先伸向他的肩膀，像是安慰受驚的小動物般，輕拍鄭利善的肩膀，「只是……不要那麼緊張，我第一次去找你的時候，不是說過我會滿足你想要的。」

看見史賢親切的微笑，鄭利善好不容易才無視背脊上的雞皮疙瘩，說道：「……你答應我，要對我朋友施加的無效化——那個隱藏能力，我需要你在我指定的時候再使用一次……我有地方需要用上。」

鄭利善不打算多加說明，緊抿雙唇，史賢訝異地望著他，爾後徐徐點頭，其實史賢有數不清的方法可以拒絕鄭利善的「交易」，但他沒有選擇說出。鄭利善顫抖得任誰都可以察覺出來，他極力隱藏的模樣相當逗趣，所以史賢最終選擇如施捨般地答應他。

得到史賢的同意後，鄭利善一言不發地握住屍體的手。那個冰冷、僵硬、如同握住枯枝的觸感雖令人作嘔，但也格外熟悉，他原本以為自己不會再修復屍體了……

與厭惡感類似的罪惡感油然而生，鄭利善竭力壓抑內心的情緒，他在心中暗自向會長致歉，心裡想著與史賢的交易，隨後用力閉上雙眼。

寂靜的病房傳來心電圖的脈搏聲。

從那天開始，鄭利善不得不住在史賢隔壁。

因為不知道當天就要搬家，鄭利善說想回家拿東西，史賢卻表示，如果有需要的東西，他會負責拿過來。鄭利善回答，只是想回家帶幾套衣服罷了，結果最後被帶去的地方卻是百貨公司。

「看來不用回去那個地方了吧？」

抱著數十件衣服的鄭利善，最後還是接受自己處於被隔離的狀態，早知如此，白天出門前就應該跟朋友道別才對，雖然後悔，但也別無他法了。

睽違八年，第一次在其他地方睡覺。

這一切讓他太過陌生，或者因為這座社區是曾與朋友們開著玩笑，彼此懷抱夢想的新家，所以罪惡感緊抓住他，鄭利善再次無法入睡，自從失去朋友之後，他有大半天的時間都在睡覺，但這兩天卻輾轉難眠。

隔天一早，當史賢叫醒他並帶他上車時，鄭利善露出比前一天更加疲累的神情，史賢意外地望向他，問道：「你會失眠嗎？」

「不會，只是有點睡不著。」

「要調整好狀態才行，利善，現在只剩一週了。」

一週，距離第二輪副本還有七天，鄭利善點頭表示明白，但史賢的視線卻盯著他不放，由上往下掃描鄭利善全身，因為鄭利善穿著昨天買的新衣服，比起先前的衣服合身許多。

那道目光讓鄭利善很介意，由於史賢緊盯不放，他才發現自己對近距離且焦點清晰的眼神接觸相當有壓力，或許是因為這一年來，看到的皆是混濁瞳孔，即使外出也低著頭，因此他無法忽視面前這道壓迫感。

「……為什麼一直盯著我？」鄭利善不自在地抓著側髮，轉移視線。

此時史賢突然伸出手，抓住鄭利善的手腕，撫摸著手腕上突起的圓型骨頭，對於突然的接觸與令人壓力倍增的動作，鄭利善的心情難以言喻，史賢明明散發冬季的冷冽氛圍，但他的手卻總是那麼溫暖。

無論是焦點鮮明的雙眼，或是皮膚傳來的溫度都令人陌生，雖然史賢的存在讓人感到厭惡，但這個「活著」的存在使鄭利善無法抗拒他，這份感受難以精準表達，像是思念與苦澀交錯的情感。

「你以前都穿寬鬆的衣服，沒想到你這麼瘦。」

史賢低聲問鄭利善有沒有吃早餐，鄭利善知道家中冰箱早已堆滿食物，但沒有烹煮來吃，問題不是不擅長煮飯，而是沒有胃口，他沉默片刻後，隨口說了自己有吃水果，打算蒙混過去，史賢聽了也只是瞇起眼睛笑了。

史賢擁有一副彷彿是由雕刻師精雕細琢、耀眼無比的精緻長相，但每當他露出微笑時，都讓鄭利善不寒而慄，因為只要他一笑就一定沒好事，「也對，跟屍體住了一整年的時間，怎麼可能好好吃飯。」

鄭利善雖然蹙眉，不過史賢毫不在乎，他似乎瞄了一眼手錶，泰若自然說了出乎意料的話：「以後一起吃飯吧。」

「為什麼？」

「這件事會讓你擺出那麼厭惡的表情嗎？」

「……」

面對鄭利善的默認，史賢低聲笑道：「食衣住行是人類生活的基本要素，既然衣服與住處都已經妥善準備好了，那麼也不能疏忽飲食，雖然已經說過好幾次了——我現在需要你的能力。」

史賢表示直到鄭利善的能力恢復至100％以前，他都會提供照顧，語畢就著手調整行程。接下來詢問鄭利善喜歡與不喜歡吃的食物，當鄭利善說自己沒有特別挑食後，史賢自顧自地說道，以後會以補充營養為主，並動手制定菜單。

對於史賢的行為，鄭利善感到些許，不，說實話是相當不舒服。

史賢的確說過要親自照顧自己，但沒想到會到這種地步，而且史賢似乎不知道他的存在就是鄭利善感到疲累的主因……等等，確切來說，是史賢一點也不在乎。

看著鄭利善略為不悅的反應，史賢笑得很開心，然後抬起仍握住手腕的手，用另一隻手輕拍鄭利善的手背。

「我們不是搭同一條船的關係嗎？」

鄭利善明白史賢口中的「同一條船」，包含了會長的死亡與修復屍體的事情，這些都是在史賢的計畫完成前，絕對無法曝光的事情。

然後他也明白史賢讓自己住進隔壁、一起上下班，現在還要一起用餐的行為，其實都是一種監視。

鄭利善確認自己真的踏入了複雜又讓人勞心費神的事件中，只能點頭回應史賢。

那一天，鄭利善沒有前往HN公會的辦公大樓，而是來到某處工廠，當車子駛離首爾時，鄭利善面露不解，但史賢沒有多加說明。他們下車時，看到已經抵達的兩名隊員。

這座廢棄已久的工廠周遭杳無人煙，似乎徹底與世隔絕，鄭利善不知所措地左顧右盼，史賢親切地向他說明：「利善，從今天開始會讓你夜夜好眠。」

鄭利善一頭霧水，史賢帶他來到工廠前方。

初春特有的清爽微風吹來，天空一片晴朗，坐在椅子上的申智按用眼神向鄭利善打招呼，然後走向史賢，告訴他獵人協會來了通知。

在兩人對話時，另外一位獵人走向鄭利善。

「利善修復師，早上有吃飽嗎？」一頭蓬鬆髮絲，戴著圓形眼鏡，臉上掛滿溫柔敦厚笑容的人，是隊上的A級治癒師羅建佑。雖然治癒系的覺醒者皆統稱為治癒師，但又可細分為不同領域，例如HN公會副會長史允江，是擅長製作藥水的治癒師，羅建佑則是擅長輔助的治癒師。

雖然身為治癒系，基本上都能恢復耗損的體力，但羅建佑是以施加速度增幅而聞名的治癒師，施加的對象可在一定時間內，於黑暗中加快移動速度，這項能力正好有利於使用影子移動的史賢。其實以主力戰將四名隊員的能力來說，他們都是與史賢一同作戰時最能發揮戰力的組合。

鄭利善略為尷尬地向親切的羅建佑點頭，他是五人之中年紀最長的人。

「有，稍微吃了一些。」

「嗯，稍微吃一點可能不夠喔。」

「……什麼？」

「看來隊長什麼都沒告訴你，今天要測驗你的能力。」

聽到預料之外的話，鄭利善的表情出現變化，身為修復師的他唯一接受過的測驗，僅有首次接受覺醒者檢查而已，而且還是在本部修復倒塌的模型罷了……

「上次修復別館時不是測試過，還需要再一次嗎？」

「唉唷，一次怎麼夠，我們會仔細確認能力的細節。利善修復師到目前為止，都只在副本外面修復，對內部狀況比較生疏，在進入副本之前我們需要妥善準備，再加上隊長似乎希望盡可能地活用你的能力……」

看著聽得一愣一愣的鄭利善，羅建佑拍拍他的肩膀，「會比較累喔。」

這句話有必要用那麼惋惜的表情說嗎？就在鄭利善思考的同時，史賢出聲呼喊，揮舞手勢要鄭利善過去，鄭利善來到史賢身旁，史賢開口說道：「申智按獵人。」

「好的。」史賢的聲音猶如信號，申智按走向工廠，她以熱身之姿左右扭動身體，然後加快腳步，雖然看似步伐輕盈，但從周圍的風就能察覺她跑得有多快，她用右腳大力踩下地面，飛向空中。

申智按整個人猶如踩踏懸浮階梯，行走在半空，然後再度用右腳踩進空氣，同時蜷曲身子，形成圓球狀，鄭利善睜大雙眼望著她，就在下一秒，她翻轉一圈後伸直雙腿，抵達工廠的頂端。

綁在頭上的馬尾飛舞，整座工廠頓時傳來巨響，四處碎裂，瞬間揚起的灰塵衝向自己，鄭利善用一邊的手臂遮住眼睛，幾聲咳嗽後，鄭利善放下手臂，工廠已經夷為平地。

這座工廠由三棟建築物集合而成，光一棟的面積就非常驚人，然而申智按只靠踢腿，就使這棟龐大的建築物瞬間坍塌。鄭利善以前覺得獵人戰鬥的影片很無聊，所以從未看過，但現在他的眼神裡充滿了震驚，鄭利善第一次看到A級獵人的戰鬥實力。

史賢笑著對鄭利善說：「利善，現在要不要試著修復這棟房子？」

鄭利善目瞪口呆，但還是一邊撫平受驚的心，一邊走向工廠，不，應該是那塊已是廢墟的地方，破壞完工廠的申智按迎面而來，她的身上找不到一滴汗水，這讓鄭利善更加訝異。

鄭利善站在廢墟前做了深呼吸，或許因為才剛倒塌不久，空氣中塵土飛揚，這棟建築物比幾天前所修復的市政府別館還要龐大，需要更強大的能力，但幸好才剛倒塌不久，復原的時間點越短，消耗的能力也越少。

鄭利善回想大約一個小時前的工廠，他不斷告訴自己得做好這項工作，才可以讓朋友們安心闔眼，他盡可能集中精神，讓散落在地上的殘骸逐一懸浮在空中。

但修復至40％已經是他的極限。

雖然比起之前的別館規模，能將這座工廠修復至40％的程度，已經證明了鄭利善所擁有的實力，但還是不夠。

他因為頭痛而稍微踉蹌不穩，不知不覺已經來到身邊的史賢，低語問道：「感覺要昏倒了嗎？」

「沒有，還不至於……」

鄭利善話才剛落的瞬間，工廠再度倒塌，瞬間飛往空中的申智按，再次用腿技將工廠夷為平地。

史賢看著鄭利善呆滯的表情，露出溫柔的笑容。

「那麼再修復一次吧。」

四個小時。

鄭利善被史賢操練了四個小時。

史賢下令將鄭利善好不容易修復好的建築物再次破壞，等修復好後又再破壞，一連串的重複輪迴，終於讓鄭利善快要體力不支、昏厥過去，此時，史賢叫羅建佑恢復他的體力，鄭利善這才知道羅建佑在場的用意。

雖然鄭利善看史賢不順眼，但不可否認，史賢縝密的分析能力的確出眾，能夠精準判斷鄭利善是否正確修復了該修復的範圍、速度，以及恢復建築物到哪個時間點……等細節。

確認範圍是以這樣的方式進行，史賢將鄭利善竭力修復完的工廠，依序將左邊設為一號、中間二號、右邊三號，然後讓申智按全數破壞完畢，再指定鄭利善只要針對二號的範圍使用能力。

直至目前為止，鄭利善施加修復能力時，未曾想過要選定範圍，因為他獲得的指令，都是要修復整棟建築物，所以一開始不了解史賢的用意，困惑如反感般湧上，他直接抓住又想把建築物打碎的史賢追問道，但史賢用理所當然的語氣回答道：「利善，你不是說要分階段修復？」

「這兩件事有何關係？」

「那麼就必須考量到修復的範圍，雖然使用隱藏能力是最佳選項，但副作用可能會達到一週，距離下一次副本僅剩一週的時間，以目前的情況來說不可行，所以現在要訓練基本的修復能力，讓你完全熟悉該如何調整範圍。」

聽到這番回答，鄭利善無話可說，針對巴比倫空中花園巨大的規模，他只是簡單地想到要逐步復原，卻沒有思考過範圍的問題，而史賢卻早已觀察到這一點，如果沒有事前練習，屆時會在副本裡浪費過多的能力，使自己提早暈厥。

「如果可以持續治療當然沒問題，但在副本裡治癒師的魔力非常珍貴。」

「所以你要確認修復的速度，也是因為副本的關係嗎？」

「沒錯，在副本外，大家會耐心地等你，但副本裡的怪物可不會，如果再加上依階段修復與移動的時間，訓練速度是必要的。」

史賢補充說，雖然他會確保鄭利善的安全，但還是要將變數縮減至最小，聽見這番話的鄭利善覺得心情微妙，經過這幾天的相處後，他認為史賢是個奇怪的人，但他又在這些事情上很正常——應該不只正常，而是很優秀的獵人，不愧是S級排名第一的獵人。

鄭利善雖然看著修復完畢的建築物遭到破壞有點委屈，但他不得不認可史賢在這方面的專業能力。史賢望向鄭利善，露出了微笑，然後再次下令破壞工廠，「明白的話，請加速修復速度吧。」

此時鄭利善第一次發現，原來認同他人的想法與內心感到委屈是兩回事，雖然他認同史賢的作為，但卻無法停止內心的委屈。

中午的時候，羅建佑買了便當，招呼大家來吃飯，那是鄭利善睽違許久第一次將便當吃完，平常連一碗飯都吃不完的他，也對自己掃空便當感到意外。

飯後，史賢帶著鄭利善說要消化一下，還說今天看下來，鄭利善的體力很差，需要運動鍛鍊才行。雖然鄭利善想反駁，不管是誰工作了六個小時都會筋疲力盡，但他確實就連回嘴的力氣都沒有了，只能乖乖地一言不發。

羅建佑只在鄭利善近乎昏厥時，才會使用治癒技能，因為史賢需要知道鄭利善的臨界點在哪裡，大約經過三次之後，鄭利善覺得自己疲累的不是肉體，而是精神的耗損。

「一定要到工廠裡散步嗎？」

「你只看過工廠外部，現在來到內部，不覺得很新奇嗎？」

鄭利善暗自決定不回答史賢的調侃，但他也不反感，反倒像被說服般覺得工廠內部確實格外新奇，就在鄭利善斷然決定不回應時，史賢開口說道：「利善，建築物是一棟結構體，對吧？」

「照理來說是的。」

「那麼如果你站在這裡，而遠方的柱子已經傾倒，你會怎麼做？」

面對突如其來的問題，鄭利善瞳孔放大，他思索著該怎麼回答時，史賢繼續補充：「你會跑過去修復它嗎？但如果沿途的天花板都是崩塌的狀態，你要怎麼做？」

「你的意思是說，如果我在這裡摸著牆壁使用能力，是否可以修復遠處的柱子嗎？」

「完全正確。」

史賢稱讚鄭利善理解能力強，兩人真是溝通無礙，但鄭利善不想理睬史賢的讚許，因為這是鄭利善從未想過的問題，他露出困惑與難解的神情，雖然未曾嘗試過，所以無法保證，但似乎也不無可能？

「據說修復能力的優劣，取決於修復師腦海裡的圖像，是嗎？」

「沒錯，比起單純倒轉時間，修復建築時，若能反覆看過建築物的影像會更有幫助。」

鄭利善回想起以前工作的情景，宏信公會因為對修復師一職所知甚少，所以沒有提供照片，但其他公會的修復師在工作前，會先確認建築物的外觀與設計圖。

史賢似乎很滿意鄭利善的回答，笑著說道：「那要不要馬上實驗看看？」

什麼實驗？正當鄭利善想追問時，史賢早已消失，吃驚的鄭利善東張西望，隨即就看到史賢在遠方打碎那根梁柱，真是個荒謬又急迫的實驗。

柱子出現裂縫，應聲散落，天花板也搖動傾倒，鄭利善快速跑到一側將手放在牆上，然後施加力量，施展出驚奇的光景。

雖然有些時間差，但正如同史賢所提出的假設，梁柱果真一磚一瓦被修復了。

「成功了呢。」

不知不覺已經移動到鄭利善身後的史賢輕鬆說道，雖然鄭利善有些被他無聲的出現嚇到，但還是按捺內心，咬緊嘴唇，沒有發出聲響，他瞪了一眼史賢，譴責捉弄自己的行為，但史賢僅是笑而不語。

僅是轉眼之間，史賢又再度消失，這次是破壞工廠二樓的欄杆，鄭利善似乎聽到一陣耳語催促他加快速度，明明有聽到聲音，但史賢卻不在附近，像是幻聽似的。

雖然他見識過史賢用影子移動的模樣，但不像現在如此快速，史賢如同海市蜃樓般出現又消失。

正當鄭利善才剛修復完欄杆，又看到階梯倒塌一地的模樣，工廠的電燈已經故障，唯一的光源是從窗戶照進的陽光，但也只是一小部分的亮光，漆黑的工廠可說是史賢的領域。

鄭利善忙得昏頭轉向，他原本只扶著牆施加能力，但發現如果更靠近崩塌位置便能更快修復，所以反射性地移動了位置，然後史賢就會出現，把反方向的柱子推倒。

史賢手上的黑色短刃散發暗夜色的煙霧，他宛如握住了黑夜，史賢從容地揮舞與手臂差不多長短的小刀，明明動作輕盈，觸及之處卻猶如炸彈來襲，梁柱全都應聲倒塌。

二樓的地板碎裂，鄭利善見狀，不由得認真思考，史賢是不是打算與自己一同葬身於此。但就連這種想法也僅是一瞬間，鄭利善很快就集中精神在修復之上，此時史賢開始擊破天花板的牆面，他輕鬆地藉由緊閉的窗沿，一躍而上刺穿天花板。

碰、碰、碰，鄭利善來不及修復的天花板掉落在地，發出巨響，他也焦急了起來，從天花板的牆面掉落地板的那刻起，很難將整棟建築物聯想為同一座構造，但這僅是認知的問題，如果鄭利善可以發揮100％的能力，或許就可以成功修復，但現在的他做不到。

最後鄭利善在腦裡描繪天花板牆面的實際模樣，現在他比起修復一棟建築物，更集中精神修復整座結構，而最能減少能力消耗的路徑，就是從手掌接觸的牆面直至地上的天花板。

嘎吱吱，嘎。

老舊工廠的天花板一旦開始毀壞，便會造成連續崩塌，就連鄭利善正上方的天花板也一樣，但他的視線仍集中在中央的天花板。

頭上的天花板受到波及出現龜裂，就在牆面裂成碎片，眼看就要掉落。

剎那間，鄭利善感覺自己的身子被快速拖行，瞬間移動到他面前的史賢像將他抱住般緊抓住他，將鄭利善往後方一推，面對突如其來的舉止，鄭利善一下子跌到地上，史賢在他上方咆哮似地說：「至少要確認清楚碎裂的範圍到哪裡才對吧？鄭利善。」

鄭利善稍微瞪大雙眼，望向史賢，比起自己差點陷入險境的事實，更訝異的是史賢竟然救了自己，他稍微蹙眉，指向天花板。

「確認清楚了。」

天花板已經完美地修復完畢。

隨著鄭利善的手勢往上看的史賢，臉上頓時綻放笑容，鄭利善覺得那是目前為止，史賢臉上最不虛假的笑容。

但在閃過這個念頭之後，鄭利善往後倒下，因為在短時間內過度專心，造成暈眩，史賢出聲喊他，但他沒有回應，只是張大了嘴，絲毫沒有力氣出聲，其實也是壓根兒不想回答。被折磨了大半天，以這種程度來說，就算要罷工也沒有問題，鄭利善全身癱軟，猶如昏厥般直接沉沉睡去。

這是連續兩天沒睡好的結果。

就在鄭利善以測試能力之名被史賢折磨的那天，獵人協會正式對外宣布，以世界七大奇蹟為主題的突擊戰開始了，並表示半個月前，位在首爾松坡區發生的A級副本即是首輪。

在Chord清除完魔王的房間後，發現用古埃及文所刻畫的石板，由於需要時間解析上頭的文字，所以直到現在才對外公開消息。

【下回將在巴格達的空中相會】

協會推論「下回」代表連續副本的寓意，而巴格達的空中，則意為空中花園，雖然要等第二輪副本清除後，才能更加確定這次突擊戰的形態，但目前為止，本次副本有相當高的機率，將以世界七大奇蹟作為背景。

七輪副本是史上前所未有的事件，為避免大眾陷入恐慌，獵人協會早已擬定應對策略，安撫人民。協會表示S級副本唯有韓國三大公會可以進入，並且將優先入場權交由HN公會的Chord 324，這是給予首度發現突擊戰的專屬權力。

但如果率先入場的隊伍失敗，那麼入場權將會轉交給第二名的泰信公會，若泰信公會也失敗，便會交由第三名的樂園公會，要是連他們也鎩羽而歸，則入場權會再次移交給Chord 324。

雖然是以這種方式進行，但鄭利善還是對獨占的方式感到意外，以這種規模的副本來說，國家支付的補助金想必非常可觀，因為可從中獲得的魔晶石與道具相對難以估計，即使鄭利善不清楚競標副本的細節，但對於將七場突擊戰的入場權交給單一公會，仍然感到不可思議。

「最近新聞跟網路，都在吵七場突擊戰跟我們的隊伍。」

鄭利善偶然與奇株奕一同搭電梯時聽到這件事，最近他每天都在史賢的監督下接受訓練。他早上來公司觀看七大奇蹟的影片，下午則是移動到其他地方接受訓練，一開始在工廠進行，後來則是更換不同的建築物，說這樣可以熟悉不同類型，有助於開發能力。

因為這種訓練讓鄭利善忙得不可開交，根本沒有時間上網。待訓練結束，吃過晚餐後，倦意會毫不留情地湧上，正如史賢所說，真的能讓他好好睡覺。因此在過去的四天內，鄭利善的行程就是研讀設計圖與訓練，根本不知道世界發生了什麼事，更何況，他本來就不是一個熱愛上網的人。

鄭利善倏然望向一起搭電梯的史賢與申智按，思索著他們兩位一定知道這些事情，但為何從未提過？最後鄭利善明白，他根本沒有知道的必要，就算外面再如何吵吵鬧鬧，他都要進入副本修復那些殘骸，所以乾脆專注於訓練行程。

但聽到奇株奕如此一說，鄭利善還是不免覺得詫異，直接開口問道：「獨占七座副本的話，其他大型公會不會反彈嗎？」

「當然了，他們應該會跟協會抗議個不停吧。」事實上，位居韓國第三名的樂園公會，已經公開譴責獵人協會與Chord的勾結，奇株奕搖搖頭。

奇株奕是鄭利善的粉絲也與他同年，因此經常與鄭利善搭話，每次看到奇株奕，他都會不自覺感到一陣苦澀。

「但我們是首先發現的人，也是清除機率最高的……而且已經跟協會達成交易，由他們獨家轉播這次的突擊戰，突擊戰的所有影像都會讓協會進行拍攝。」奇株奕用大拇指與食指圈起圓形，笑嘻嘻地比出錢幣手勢，獨家轉播這次受到全世界注目的突擊戰，幾乎能保證帶來超乎想像的收益，原來在這種地方也有利害關係，鄭利善沉默點頭。

「是我們先提起轉播權的事，之後副會長也有負責遊說。」

「……副會長嗎？」

「對，如果我們成功，可以提升ＨＮ公會的地位，但假設失敗，也可以藉此打壓我們。」奇株奕不以為意，大概是因為史允江時常針對他們，所以讓奇株奕提起史允江時的表情充滿不屑。

根據史賢的話來看，史允江確信自己會成為次任會長，或許早已從他的父親那裡收到遺囑也說不定，所以當會長病倒，身為副會長的他開始代理會長，擁有權限的那一刻起，就開始蠻橫行事……

正當鄭利善如此推敲時電梯門打開，門後竟然出現了史允江的身影。

「……」

鄭利善只從媒體畫面看過史允江，這是第一次看到本人。黑色頭髮整齊地往後梳，臉上戴著一副無框眼鏡，散發一股高高在上的氣質，鄭利善不知道是不是因為聽到的故事，對他產生了刻板印象。

史允江看著電梯裡的四人，正確來說是對著史賢稍微蹙眉，史賢專心點按平板，不知道在處理什麼事情，看都不看史允江一眼，隨後史允江走進電梯廂，奇株奕簡短向他問候：「副會長好。」

站在奇株奕一旁的鄭利善不知所措，他意識到那道視線，只好點頭問候。史允江看到眼前這個生面孔，稍微傾身瞇起雙眼，然後發出啊一聲，認出他來，「你是新進的修復師。」

「對，是的。」

「雖然不明白你們需要修復師的理由……」

鄭利善沒有對史允江當面的譏諷做出反應，因為他也曾這麼想過，再加上對史允江不知道自己這次的職責而感到意外，雖然鄭利善的隱藏能力的確未曾對外公開，但他原本以為公會的人都知道。

「不過還是很歡迎你。」

「謝謝副會長……」

史允江伸出手，鄭利善臉色倉皇地也伸出手。

「看來史賢不喜歡ＨＮ的修復師，所以另尋修復師了，這孩子還在叛逆期吧……」

但就在兩人的手就要觸碰之時，史賢用平板擋住兩隻手，史賢盯著下方，低聲說道：「想法這麼短視近利，說出來都不會慚愧嗎？」

「你說什麼？」

「啊，你聽到了嗎？因為你年紀大了，死了很多腦細胞，我以為你連聽力也會退化，幸好還聽得到呢。」

史賢的雙眼勾出弧線，史允江的臉瞬間扭曲，但其實現在最不自在的人是鄭利善，他望著仍擋在面前的平板電腦，悄悄將手收回，看到鄭利善的動作後，史賢笑得更深了。

「你身為獵人的實戰經驗少之又少，又憑藉一顆小腦袋就坐上副會長的位置……想法那麼短淺該怎麼辦才好？每次只會對管理階層和股東說『公會是有效運用人才的地方』，但自己的腦袋卻不能有效地運作，真是可惜……」

「你、你……」

「我好擔心你會因為說錯話，造成公會的股價下跌，以後找碴前要不要先思考三秒再說話？啊，三秒有點太短了，如果以我們公會一股的價格來計算，你應該要想個半個月再講話會比較好。」史賢行雲流水的一番話，讓史允江咬牙切齒，他的拳頭氣到發抖，雖然想動手揍人，但他知道一同搭電梯的其他人會阻止他。

史允江怒瞪史賢，冷酷地說：「別以為我不知道你在醫院動了什麼手腳。」

「什麼手腳？」

「父親突然進行緊急手術，還阻止會面，我知道你有去找他，你到底對他做了什麼事……」

史賢突然笑出聲，彷彿聽了極度可笑的笑話般，他對史允江鄙夷又輕柔地說：「你比我更想要手段吧？會長得死了，你才能吞掉公會，現在他還沒斷氣，你是不是心急如焚？」

史賢拍拍史允江僵硬的肩膀，「據我所知，手術結束後會長的脈搏更穩定了……你別來找我麻煩，也別去糾纏會長要他快點死，知道嗎？」

當這番猶如哄小孩的對話結束時，電梯的門正好打開，已經抵達四十二樓，鄭利善覺得這一趟電梯漫長無比，明明是史賢與史允江兩人的針鋒相對，但不知為何，總是覺得全身不自在。

鄭利善受不了充滿張力的氣氛，第一個走出電梯，再來是奇株奕與申智按，最後是史賢，他朝仍然瞪著他的史允江露出微笑。

「啊，對了……」

史賢似乎想到什麼，在電梯門正要關閉時按下開門鍵。

「以後搭電梯的時候，如果看到我不要走進來，反之，我看到你在電梯裡，也不會搭，意思就是叫你不要壞了我的心情。」史賢對史允江的回應沒有興趣，語畢後直接離開，鄭利善雖然不知道史賢搭著他的肩膀一起離開的理由，但也只能跟著他。

第二場副本的日子逐步逼近。

在那之前的整整一週，鄭利善每天夜以繼日地訓練，至今他都用單純的觀點去思考該如何修復建築物，但在史賢執著又精密的分析與測試裡，每天都筋疲力盡，好不容易覺得適應的時候，隔天又會進入難度更高的應用實驗。

雖然這段過程讓他備感壓力，但不可否認，他擁有了健康的生活模式。他與史賢用完早餐，到公司上班與隊友開會，午餐過後到首爾郊外的廢棄建築物進行訓練。這是史賢首次如此親力親為地負責訓練，讓其他四名隊員覺得不可思議，紛紛在一旁觀看兩人，然後在鄭利善快要累暈時，再一同共進晚餐，等吃飽回家，鄭利善很快就會沉沉睡去。

這一連串的行程對鄭利善來說非常陌生，同時也產生了奇怪的罪惡感，他每晚用疲倦壓抑吞噬自己的罪惡感，強行閉上雙眼，灌輸自己唯有勝任副本的修復工作，才能獲得史賢口中的「代價」。

過去一週內，跟鄭利善說過最多話的人當然是史賢，再來是奇株奕，他會抽空來看鄭利善的訓練，然後在遠處拍手叫好，某一次鄭利善拖著疲累身軀補充水分時，他來到鄭利善身邊喃喃自語：「我其實原本有些擔心，看來你沒有時間看那些東西。」

「什麼東西？」

「啊，沒什麼啦。」

鄭利善不知所以然地望著結巴又迴避視線的奇株奕，他意識到自己的多嘴，露出自責的神情，然後吞吞吐吐地開口：「最近人們不是都很擔心副本嗎？應該說是陷入恐慌……這種時候，不是更容易對新聞有激烈的反應？」

「嗯……對吧。」

「大家雖然尊敬獵人，但獵人也最容易成為箭靶，例如副本快發生了，卻都在幹麼？還有時間吃飯嗎……等等的。」

披著一頭散亂短髮的奇株奕尷尬笑了，鄭利善從他的反應，約略察覺奇株奕想表達的意思。幾天前他看到新聞報導自己被挖角的消息，但那時正要與史賢一起行動，所以沒有仔細詳讀，大概是民眾對於特殊菁英團隊挖角的人不是獵人，而是修復師一事感到疑慮吧。

畢竟鄭利善的隱藏能力不被外界所知，而且論起修復師，普遍認為是副本結束之後負責善後的人，理所當然對此舉感到困惑，因為就連鄭利善自己也曾經不解，甚至連HN副會長也是。再加上他消失一年又突然出現在世人面前，可想而知輿論會怎麼談論他。

「沒事的，我不在乎那些。」鄭利善不以為意地回答，奇株奕顯露自責的神情，責怪自己太多話，而鄭利善則是感謝他，謝謝他關心自己。因為無論外界怎麼評論他，鄭利善都有要解決的問題，只差在以前是朋友的債務，現在則是朋友的死亡，這樣的差異使他不時感到落寞。

時光流逝，來到了第二場副本的日子。

政府已經提前疏散副本鄰近地區的居民，周遭一個人都沒有，只有一堆電視臺的攝影機在此待命，他們用盡全力想捕捉隊伍進入副本的模樣。

Chord 324的全體獵人已在附近等候，一個小時前，副本的前兆已經展開。

前兆生成時夾雜著地震與暴風，土地突然搖動，地上颳起怪異颶風，忽地從左方吹來，又從右方迎面而來，突如其來的龍捲風橫掃大地，不合邏輯的現象接二連三，這是連一般人都能察覺的詭異氣氛。

空氣開始分裂，入口正式開啟，像是被揉皺的紙張，整座空間被摺疊扭曲，入口有時會呈現中空的洞穴，有時如碎玻璃的裂口，而這次的S級副本的型態是後者。

鄭利善的視線緊盯市政府前的裂縫，猶如鐵珠掉落在玻璃表面，上頭爬滿數十道、數百道的隙縫。

「利善修復師緊張了嗎？」

「……不會，我沒事。」

「即使你坦白自己會緊張，也沒有人會責怪你。」一位比鄭利善矮一拃的女性走過來向他搭話。短髮女子留著一頭髮尾捲翹的短髮，讓人印象深刻，她的外表猶如一頭溫順的綿羊，但她卻是隊上主力的五人之一，同時也是HN的S級獵人之一，韓峨璘。

她腰上綁著一根約五十公分的長棍，可以隨意變化外型，另外，若稱呼其為長棍並不完全正確，實際上在副本使用時，兩端會突出利劍。雖然她身為魔法系獵人，擁有移動地表的「地震」能力，但她更喜歡直接奔跑，因為韓峨璘認為這樣接觸地面的感覺比較好。

韓峨璘直勾勾地看著身穿拉鍊連帽外套，並且戴上帽子的鄭利善，雖然鄭利善雙手放在口袋，但她仍能瞥見鄭利善的雙手正輕微顫抖。

「不要擔心，你會親眼見證我們是韓國最強隊伍的原因。」

「……」

韓峨璘像是安慰弟弟般，輕拍鄭利善的背，「啊，不過在那之前，會先看到你所展現的奇蹟呢。」

鄭利善無法回應韓峨璘的鼓勵，只是緊抿雙唇，他疏忽了一件事。

雖然過去一整週都在專心研究，並練習在副本裡可執行的修復方案，但他忘記了根本性的問題，就是自己對副本入口的恐懼，那是在第二次大型副本時，被入口吸進去的巨大衝擊所遺留的創傷。

看著入口造成的空間扭曲，使他感到暈眩，偏偏今天和「那天」一樣是個陰天，烏雲密布，一點陽光也沒有。

假使再度走進猶如黑洞般的入口，好像又會失去一切，耳鳴環繞大腦，不知道是緊張還是恐懼，他的胃緊縮扭動，周圍的攝影機加劇了他的不安，鄭利善緊抓著帽子低下頭，但還是無法從視線之中解脫。

就在他的呼吸間歇性地中斷時，手背突然傳來一陣溫度，史賢不知何時來到他的身邊，呼喚他的名字，同時握住他的手，正確來說是已經叫了好幾聲，但鄭利善都沒有回應。

「怎麼了，難不成利善做不到嗎？」對於史賢的提問，鄭利善一言不發，搖頭否認。雖然史賢的語調溫和，但那雙直盯自己的漆黑瞳孔卻是無盡的冷颼，鄭利善想起兩人所做的約定，回答自己做得到，如果現在放棄副本，就無法讓六名朋友入土為安了。

就在鄭利善好不容易預備好時，入口開啟，龜裂的空氣一片片碎裂，在破口間出現漆黑的入口。

與此同時，在一旁等候的獵人協會開始探測副本，四方型機器的頂端上方裝有天線，似乎在與環境相互作用，不停搖動，所有攝影機全都朝向工作人員與隊員。

「下午三點三十六分，第二場突擊戰生成，難易度S級，距離爆炸的時間還剩……四十小時。」

簡短的報告結束，以史賢和鄭利善為首的全體隊員走進入口，初春的冷風掃過眾人，衣衫在風中搖曳，他們邁步踏進S級副本的步伐沒有一絲猶豫。

進入副本的瞬間，空間與空氣頓時徹底扭曲，身體被吸了進去，頭上滿是烏雲的天空猶如黑土般碾碎，失去光線。

副本內的天空一片赭紅色，四方漆黑，不時傳來陰森怪異的聲響，奇株奕站在史賢身後，拿起魔法師使用的法杖，開口說道：「我們四個小時結束吧。」

隨著他玩笑的語調，法杖上頭冒出幾十個火花，照亮整座空間。

鄭利善陌生地抬頭望向上方暗紅色的天空，一邊緩慢向前走，一邊端詳奇株奕點亮的空間，此時全體隊員遵照史賢事前的命令在後方待命。

獵人們雖然已經知道鄭利善進入副本的用意，但也對其可行性抱持著疑慮，但由於隊長史賢與隊上的四名主要戰將的目光全都望著鄭利善，因此大家也不敢吭聲，只是默默看著鄭利善。

鄭利善確認倒塌的狀況，大部分的建物都已經滿目瘡痍，不易辨認原貌，但看得出來確實是巴比倫空中花園。

史賢語調低沉，向鄭利善問道：「辦得到嗎？」

鄭利善沒有回答是或否，而是踏出一步說道：「我會開始修復入口至一樓。」

鄭利善將手放在碎裂的牆上，出入口被傾倒的柱子擋住，必須先清除柱子，然後再修復走上花園的階梯，才能繼續修復一樓。鄭利善的腦海裡浮現過去一週看到厭煩的復原圖。

此時擋住出入口的柱子浮在空中，不僅如此，柱子後方的殘垣也陸續浮起，轟隆隆，巨大的震動傳來，不用太多的時間，數百、數千塊的建築碎塊全都浮在空中，其他人根本來不及反應這些碎塊原本該在哪裡，但就在鄭利善的腦袋快速運轉後，明確地讓每塊殘垣都回到了原位。

晃動的燈光下，鄭利善淺褐色的瞳孔迸出鮮明的光彩。

微小的金粉在殘垣間散開，懸浮在空中的碎塊陸續回歸自己的位置，空曠的地上有數十塊的牆壁穿梭往來，如同拼圖般開始拼接。

瞬間形成的地面迅速在眼前展開，一轉眼，就以完好無缺的型態鋪設出寬廣的地板，逐步蓋成巨大的階梯，一層層的階梯蓋好後，兩側的欄杆也依序建立，往上而去傳來碰碰碰的聲響，柱子逐一建構完成。

接下來鄭利善堆疊出比一般人還要高上五倍的入口，看著這幅場景的獵人們不由自主地向後仰頭，原以為修復步驟會先立起兩側大柱，但沒想到懸浮在空中的殘垣毫無阻礙地順利連接，殘垣間的縫隙猶如藤蔓生長般快速地被碎片填滿。

就在雄偉的入口建造完畢後，一樓也完成了。這段過程比起修復更像是憑空建造。殘垣在空中飛舞，製造出刺耳的風聲，原本還是順時針的風，就在鄭利善稍微瞇起眼睛的同時轉為逆時針。

那時候的鄭利善，就像是主導萬物的存在。

哐哐哐，一樓的柱子矗立於地，伴隨最後一聲巨響，天花板也成型，此時鄭利善移開牆上的手，使用能力的時間結束。

頓時一陣強風襲捲而來，那道風雖然吹去了鄭利善的帽子，但他沒有時間理會，鄭利善眨動雙眼望向空中花園，然後緩緩轉過頭。

「……」

蒼白臉孔上方的火光搖曳，在鄭利善修復完成時的怪風，讓原先的火光漸熄，但現在又突然冒出強烈的火焰，那是因為點火的奇株奕發出興奮的歡呼聲，使得魔法加強了效力，

「天啊！」

「哇……」

所有獵人拍手叫好，發出讚嘆聲，他們是負責攻擊戰鬥的獵人，所以對於修復的過程感到很新奇，每個人無不望向鄭利善發出驚嘆。鄭利善對於這樣的歡呼感到很陌生，遲鈍地眨眨眼睛。

鄭利善的眼神緩慢掃過眾人，這才看向帶領隊伍的人。

虛空中，淺褐色的瞳孔與漆黑的瞳孔相互對視，對方的臉上展露溫柔的笑容說道：「做得好。」

在史賢的修復計畫成功的瞬間，所有盯著直播的人，都覺得自己目睹了奇蹟般的一刻。

但鄭利善看到史賢的微笑後，瞬間失去了重心，因為太過緊張，一下子出現暈眩的症狀，看到鄭利善踉蹌不穩的史賢，馬上過去攙扶他。

「鄭利善，你還好嗎？」

鄭利善朝抓住雙臂的史賢點點頭，過去這一週的訓練，只要鄭利善重心不穩，史賢都會完整地喊出他的名字用以確認狀態，若是他無法回答，或是陷入昏迷，就會叫羅建佑恢復他的體力。

現在才剛修復完一樓，鄭利善不能倒下，他說沒關係並且推開了史賢，雖然許久沒有使用隱藏能力讓他視線有些模糊，他咬緊牙根提起精神，或許從明天開始會躺一個禮拜，但即使今天會耗盡體力，也要撐過這場副本。

目前副本的一樓已經修復了70％，比起以前，不，這是無法跟過去比擬的程度，史賢確認完畢後，讓鄭利善走到羅建佑身邊，羅建佑朝鄭利善比出大拇指表示讚嘆，並且低聲說如果體力不支，可以隨時告訴他。

史賢很快地走向前方，開口說道：「全員進入。」

第二場副本，巴比倫的空中花園，Chord 轉眼就將一樓的怪物殲滅完畢。

原本難以行走的地面，在鄭利善的修復之下變為平坦好走，讓隊員可以順利進攻，雖然有時下方的地板像是早已設好陷阱般，但由於鄭利善將地板鋪設得相當完整，成了意想不到的防禦裝置。

原本怪物會從地面的缺口直接發動攻擊，但現在牠們需要敲擊好幾次地板，將其敲碎才能出現，隊員自然能做好事前防備，順利消滅完一樓的怪物。

鄭利善在與史賢簽約的那天，看了許多副本的影片，但親眼所見的感覺仍然無法比擬。現在的他根本連影片的內容都想不起來。

Chord是由A級以上的獵人所組成，以史賢與韓峨璘的S級獵人為首，他們兩人在進攻魔王前幾乎不會動手。由主要五位戰將之外的十五名隊員分成三隊，負責殲滅前方與左右兩側的怪物，以史賢為中心的五名戰將與鄭利善位居後方，頂多有問題時再出面協助。

其實鄭利善很擔憂S級副本，雖然事實證明他的擔憂是多餘的，隊員們順利地解決怪物。一行人步上階梯，由屬性與職責相配的五名獵人各自組成小分隊，因為在事前培養了默契，進攻時更加乾淨俐落。

或許因為背景是花園，所以怪物幾乎都是植物的型態，全身沾滿紅泥土攀爬過來，吐出根莖攻擊的樣子相當詭譎，再加上是S級副本，怪物全都擁有「心智」。

牠們精準地先攻擊魔法師或治癒師，這種時候奇株奕與韓峨璘就會出手，奇株奕舉起法杖，四周捲起水龍捲風，絆住怪物的四肢，韓峨璘則拿出長棍向前攻擊，轉眼之間，長棍化為五公尺的長度，猛烈掃過地面。

就在韓峨璘砍斷怪物們的雙腿爭取時間後，其餘的隊員則會發動攻擊。奇株奕會看準時機，擊出如閃電般的火舌，鄭利善驚奇地看著一連串的過程，不過韓峨璘卻皺著一張臉，拍打奇株奕的背。

「喂，用水浸濕怪物後，如果再用火屬性的魔法會降低傷害值啦，說過多少次了！」

「這可是足以點燃濕透木柴的強烈火焰！」

「點燃？那叫做有點燃？不是你的魔力燃燒殆盡嗎？我看你的腦細胞也燒成灰了吧？」

雖然兩人意識到獵人協會的轉播攝影機就在身後，所以壓低了聲音，但還是講了幾句咒罵的話，鄭利善見狀，默默撤回韓峨璘看起來像溫順綿羊的第一印象。

不過鄭利善也只能暫時閃過這些戰鬥以外的念頭，因為他們走上樓，眼前巨大的門散發出陰森的氣息，察覺異狀的獵人紛紛停止交談，眾人一片靜默。

他們逐步將二樓與三樓的怪物消滅後，終於來到頂樓。

鄭利善在一樓的階梯盡頭，修復了二樓內部與直上三樓的階梯，他在三樓也重複了相同的修復工作，但由於持續使用大量消耗體力的隱藏能力，無論再怎麼接受羅建佑的治癒，修復能力下降是理所當然的事。

所以在抵達頂樓時，他僅能勉強修復30%左右，頂樓入口矗立著一座需要抬頭仰望的巨大門扉，這就是魔王的房間。

史賢走進門口，其餘四名隊員有默契地跟在他緩慢的步伐後。

獵人們似乎已經在事前擬定對策，現在鄭利善被交託給其他獵人，而非羅建佑，因為鄭利善沒有對抗怪物的能力，成了必須保護的對象。

兩手插在外衣口袋的史賢，抬頭望向大門，用腳輕輕踢開門，即使只是微小的動作，門還是在一陣巨大聲響之間緩緩開啟。

寬廣的空間中央有棵巨大的樹木，不知從何而來的水聲靜靜迴響於空氣中，在門扉開啟時，獵人們就擺出攻擊的姿勢。一見內部的模樣，獵人臉上浮現一絲安心，因為沒有馬上衝過來的怪物，加上內部一片漆黑，唯一灑下陽光的僅有樹木的上方，除此之外，沒有任何照亮空間的燈光，代表這裡是史賢最能發揮能力的空間。

「速度加乘啟動。」羅建佑在進入魔王房間之前，會持續輔助負責攻擊的隊員，但有時進入魔王房間後，所有施加的輔助技能都會被解除，所以耗損最多魔力的輔助，會在進入房間之後才使用，再加上，同時可施加的人數有限，他便只會用在除了自己以外的四名主力戰將身上。

頂端呈現圓球狀的法杖發出五顏六色的光芒，魔法陣顯現於空中，降臨在四人身上，光芒附著後消失不見，史賢被施加了最多的輔助技，在魔法施加結束時，房間開始震動。

後方突然捲來一陣旋風，將站在門邊的全體隊員推入房間，匡一聲，門被關上，同一時間，兩側牆面的縫隙冒出青苔，地上爬滿藤蔓，頓時圍繞整座房間，猶如恐怖電影的場景。

「愚蠢的人類，膽敢闖入本王的花園……」陰森的聲音迴盪整座空間，無法確認是用耳朵聽見，還是自腦海裡共鳴。

申智按首先往牆壁奔去，碰！用拳頭擊中牆面，手指虎的攻擊力道比先前還猛烈，不過空氣雖然劇烈波動，但並未出現裂痕，似乎是牆上的植物吸收了攻擊力。

奇株奕見狀，出聲要申智按退後，向前方擊出火焰，但植物卻沒有著火，看來能抵抗火屬性的攻擊。

兩側牆面的植物隨即發動攻擊，牆面上的藤蔓匯集成手的模樣，朝向獵人而去，地板上的根莖也張牙舞爪地向門邊的獵人們邁進，獵人們不知所措地往中間靠攏。

然而，就在此時，史賢的臉上勾勒出笑容，「真是有趣。」

在獵人們慌張的時候，史賢的笑吸引了眾人的目光，鄭利善也對眼前的狀況感到不知所措，瞪大雙眼望向史賢。史賢周圍的地板沒有任何根莖植物靠近，他的腳邊有一團黑色的氣息，切割出一塊圓形空間，斬斷了植物的襲擊。

「無視地板的植物，全體靠向牆壁。」在史賢的命令下，獵人們有條不紊地開始移動，史賢往前踏出一步，由他散發的影子又更加漆黑，這是史賢劃分領域後所產生的現象，地板的影子如同波浪，將迎面而來的怪物推向中央處。

此時鄭利善看出端倪，從兩側衝出的怪物與地上冒出的根莖植物，還有四面八方而來的藤蔓，全都意圖叫人往中間集中——就是「那棵樹」的所在地，看來那裡有陷阱。

影子從地面捲起漩渦，那是史賢能力之一，將本體的力量轉移至影子，賦予物理性，由於影子移動時會削弱本體的力量，因此負責護衛的申智按需要一同在身邊，但以史賢目前的樣子來看，尚不需要申智按出動，即使影子破壞了數十隻的怪物，史賢仍然不為所動地站在原地。

影子吞滅怪物的過程相當駭人，被影子逼迫的怪物，不得已被推往中間，那棵巨大的樹木雖然上方有陽光，但周圍一片黑暗，足以讓怪物全都往中央而去。

就在所有怪物聚集到中央時，伴隨著震耳欲聾的聲響，樹木的根部由下往上攻擊怪物，這似乎是反射性的攻擊行為，樹根竄向上方，直直穿過怪物，如果是人類站在那裡，想必是致命性的攻擊。

樹根貫穿怪物們，當鮮血觸碰到樹根中央時，攻擊才停止。那棵樹就地站起，巨大的根部如手掌撐住地面，樹幹的裂縫爆開發出怒吼：「好大的膽子！」

魔王到目前為止一直偽裝成不動的大樹，咆哮刺穿空氣，這似乎是某種攻擊，沒有特殊防禦能力的鄭利善跌倒在地，他的頭彷彿要被震碎，但這份痛苦沒有持續太久，因為全體隊員一瞬間就奔向魔王，發動攻擊。

由於大部分的次等怪物已經解決完畢，所以阻礙大幅減少，坦克型獵人衝向魔王，吸引其注意力，魔法師們使出遠距離攻擊，韓峨璘用巨大的長棍砍斷從地面衝出的樹根，並將魔王逼往一旁，全體隊員順勢把魔王吸引至陰影處。

當魔王脫離中央陽光處之際，史賢瞬間移動至魔王的後方，用短刃刺向最大的樹根。

剎那間，黑色短刃噴湧煙霧，樹根被徹底斬斷，這個時候鄭利善看見史賢的手觸碰了一下怪物，猶如撫摸般的行為。

接下來史賢在影子間快速移動，他砍斷怪物的樹根，遠距離的獵人從遠處攻擊怪物，吸引仇恨值，近距離的獵人則是負責切斷樹根，保護他們，而朝史賢而去的樹根，則由申智按與韓峨璘負責阻擋。

由於樹根的攻擊力道強大，大家無法靠近魔王，但史賢可以在樹根間穿梭進行攻擊，甚至能輕盈站在樹根上頭。

鄭利善在與史賢共同訓練的這段期間，知道他在黑影裡迅速移動的技能，但在賦予加速技能的現在，更難以用肉眼跟上史賢的身影，雖然怪物數度掙扎，想要回到陽光底下，但史賢總能以迅雷不及掩耳的速度於陰影處移動，攻擊怪物並且擋住牠的去路。

不過越是攻擊，怪物的防禦力似乎也越高，無法一刀就斬斷樹根，有時候切開的斷面還會再長出新的樹根。

鄭利善與治癒師一同躲在後方，焦急地看著戰況。

創傷引發的不安，從進入副本之前到現在都一直揮之不去，雖然進入副本後，看到隊員強大的戰力讓鄭利善有些放心，但現在隨著與魔王戰鬥的時間逐漸拉長，他的內心不由得焦慮起來。

不久前魔王的咆哮攻擊讓他頭暈目眩、無法思考，視線一片混沌，在模糊的視野間看到史賢在樹根間快速穿梭的模樣令人害怕，雖然史賢在樹根發動攻擊前就會閃避，但因為目光跟不上他，所以讓人擔心史賢是否遭受攻擊，即使只是殘影也令人心驚膽跳。

——如果可以阻止那些樹根就好了。

浮現這個想法的鄭利善突然恍然大悟。魔王因為從地板上崛起，使大理石地面裂開出現縫隙，雖然鄭利善站在門邊，但他一週以來已經學會如何從遠距離修復建築結構的方法。

鄭利善熟悉整套做法，他彎下身子用手掌撐住地板，地面傳來驚人的震動，連帶手部的大力抖動，面對鄭利善突如其來的舉止，所有獵人慌張地出聲詢問，但他沒有時間回答，鄭利善必須專心修復地板。

魔王的樹根不斷從毀壞的地面竄出，既然如此，如果修復地板，就可以延緩樹根竄升的速度……

鄭利善直視地面的雙眼發出鮮明的光亮，那雙混雜恐懼、擔憂、創傷的瞳孔凝視大理石，他並非要修復整座空間，而是專注修復樹根鑽孔而出的位置，他在腦裡計算最短路徑，然後瞄準樹根竄起後收回的瞬間。

爾後，哐啷一聲，就在樹根收回的剎那間，鄭利善使用修復能力，散落地面的殘垣瞬間飛起，開始拼湊，鄭利善比起完美地修復地板，更集中於讓樹根無法竄出地面，若是樹根想往上衝，他就用碎片強力鎮壓。

被限制動作的魔王大聲怒吼，鄭利善雖然覺得頭痛欲裂，全身無力，但他的手沒有離開地板。

「這是……」

在怪物附近的獵人察覺情勢的改變，他們望了一眼鄭利善後，就轉頭繼續阻止怪物的攻勢，光靠修復地板無法壓制魔王，需要眾人的同心協力。

就在樹根終於減少為三條以下時，史賢出現在怪物身後，用Z字型劃開魔王的軀幹，迅速的攻勢讓魔王的身體四分五裂，但很快又要癒合起來了，這就是最讓他們束手無策的治癒能力。

就在軀幹即將癒合的前夕，史賢將黑色短刃插在中央，他在眨眼之間就掌握樹幹的核心位置。

轟隆巨響，樹幹內的果核被刺穿造成碎裂。

時間彷彿被按下慢動作播放，果核破裂，地上的樹根慢慢停止動作，樹幹往旁邊傾斜。

隨著一聲悲鳴，魔王倒地不起。

「……」

四周一片寂靜，所有的獵人停止攻擊，他們望著地上的怪物後，再抬頭看向身旁的史賢，史賢甩了甩短刃上的血跡，轉了幾下後張開手掌，黑色短刃隨即消失在煙霧中，這是一種信號。

是隊長宣告戰鬥結束的意思。

「哇……」

「哈啊……」

獵人們鬆了一口氣，彼此輕拍肩膀，互道辛苦，有些人拍手，鄭利善呆滯地望著眾人。

這是七大奇蹟突擊戰的第二輪戰鬥，順利結束的瞬間。

在門邊的治癒師紛紛治療傷者，雖然魔王周遭聚集了許多人，但史賢卻走向反方向，來到鄭利善的身邊。

鄭利善仍然蹲坐在地，史賢彎下膝蓋與他平視，「利善，直到最後一刻也辛苦了。」史賢瞇起雙眼，露出微笑，雖然那道笑容跟平時一樣做作，但鄭利善知道史賢心滿意足，史賢輕拍鄭利善的肩並且伸出手，希望與之握手。

鄭利善兩手支撐著地板，不想失去重心，但他拒絕不了史賢的眼神，還是伸手回握，手裡傳來的溫度依然讓人感到陌生，在副本宣告清除完畢的狀況裡更顯得陌生。

一年前，當副本清除完畢時，他握的是朋友們冰冷的雙手，而且他還用沾滿鮮血的雙手，做了無數次可怕的事情；但現在史賢的手沒有半點血跡，而且還帶有活人特有的溫度，鄭利善為此感到無比憂傷。

站在魔王一旁的申智按說道具出現了，不僅有高等級的道具，還有下次副本的線索，史賢起身，再次拍拍鄭利善的背，「現在好好休息吧。」

他朝跟在身後的羅建佑吩咐幾句，要他照料鄭利善然後離去，羅建佑調整鄭利善的姿勢，讓他靠牆而坐。

「利善修復師，你真的很厲害，怎麼能在那時候想到使用修復能力呢？」羅建佑不斷稱讚他，同時施加治癒技，但鄭利善疲累的狀態並非源於身體，而是精神層面的耗損。

這是發揮隱藏能力的後遺症，所以當他接受治療時，雖然身體輕盈了，但神智卻更加朦朧，在奇怪的衝突感之中，鄭利善意識模糊地喃喃自語：「那個，史賢……他，好喜歡……握手。」

他半夢半醒地吐出幾個字，雖然隊上有些人因為是他的粉絲，所以握過幾次手，但唯有史賢是他最常碰觸的對象，不僅如此，還是以緊握手掌的方式，甚至常說鄭利善的手很細……等突兀話語。

雖然史賢的舉止並不粗魯，但這種假裝親切的接觸，讓鄭利善很是抗拒，總是突如其來的溫度讓他很不自在。

「為什麼……這麼喜歡握手？」很討厭，鄭利善將話含在嘴裡，頭部傾斜，不知怎麼地，羅建佑用略帶為難的複雜神情望著他，他似乎意識到什麼，嘴唇抽動幾次後，就只是發出尷尬的笑聲。

「這個嘛……隊長如果觸碰對方……我是說……沒事啦。」羅建佑支支吾吾，最後閉上了嘴，鄭利善好奇地盯著他，而羅建佑卻突然說這裡好熱，還用手背擦拭額頭，行為極其不自然。

「……什麼意思？」

「沒有，什麼事也沒有，沒什麼啦，哈哈哈。」

羅建佑渾身冷汗，鄭利善見狀想繼續詢問，但他的意識越來越模糊，就連開口的力氣都沒有，他停在半空中的手垂落地面，雙眼閉上。

✦ 附錄 ✦

獵人們：
獵人與 SO 市民們（1）

本章為虛構的網路討論區與社群留言。
即使略過本章也能理解小說內容。

〈當鄭利善加入HN公會的消息傳出時〉

主旨：有人看到 Chord 邀請修復師的新聞嗎？

https://news.dohae.com/article/23886781
【讀海日報】Chord 324 挖角 S 級修復師？

這是今天的消息，因為好像還有很多人不知道，所以發上來，民眾不是因為七場連續副本而陷入恐慌嗎 QQ，就連國外新聞也都大肆報導韓國的連續副本。

雖然我們這些平民老百姓只能仰賴他們 QQ，但仔細一看新加入的成員竟然是修復師？？甚至還是一年前就消失的修復師……據說是史賢直接邀請的啦，但是？？嗯？？很問號耶……為什麼在這種時候不是挖角獵人而是修復師？？？

只有我看不懂嗎？哈，如果被噴就刪文。

留言

#1
公會也是商業體啊，哈，既然是 S 級的副本，相對的受災範圍也會擴大，所以事先預備好修復師吧哈哈，可以一次省掉事後的補償金＋修繕費，根本一次到位哈哈，大家怕得要死要活的，HN 則是賺錢賺飽飽～

↳ 可以好好看文嗎，是 Chord 挖角修復師了～

↳ 第 1 樓的留言才閱讀障礙吧，哈哈，Chord 就是 HN 不是嗎？

↳ 嗯……雖然是 HN 的體系沒錯……但 Chord 要視為隸屬 HN 好像有點困難吧……

↳ 依據組織圖是這樣沒錯……是一個非 HN 的組織……

↳ 薛丁格的 Chord。

#2
還以為鄭 E 善不是這種人，沒想到一樣見錢眼開，真失望哈哈。

↳ 我們利善修復師之前修復文化財產時可是免費工作的，我相信他不是因為錢。

↳ 怎麼可能不是因為錢，哈。我聽朋友說過 HN 挖角的費用，都是億起跳的。

↳ 還真是讓人嚇億跳。

#3
老實說在這裡當鍵盤俠的人，會有人拒絕 Chord 的挖角嗎？哈哈，少裝高尚了。

↳ 哈哈哈哈哈哈哈哈哈哈哈，就算不妄想發財，看到 nnn 億匯進戶頭還是很老實的 ^^7

↳（附圖：你想要用錢收買我嗎！雖然想這樣說，但可是好多白花花的錢呢）

#4
聽說還是史賢親自上門邀約，他很久沒有這樣做了吧？

↳ 對啊，睽違兩年了，他第一年幾乎都在找人入隊，第二年就只找了一、兩位，總共找了二十位入隊。

↳ 那可是獵人們夢寐以求的地方，竟然讓修復師進去……

↳ 聽說史賢可是經常驅車到龍仁去找他，有夠誠心誠意，鄭利善真的有那麼厲害？

↳ 雖然消失了一年，但至少還是 S 級啊。

↳ 但 HN 明明有許多 A 級修復師，有必要嗎？？？雖然 S 級 >>>>> 十名 A 級，但搞不懂史賢放低姿態挖角他的理由。

#5
可是 Chord……不是進入副本裡的獵人隊伍嗎？為什麼需要修復師？

↳就是說啊，Chord 接下的副本，不都是由 HN 負責修繕嗎？

↳還是要破壞建築後修復，再破壞？？壓力山大？？？

↳我突然有個大膽的想法……還是要把允江的辦公室擊垮後再修復？哈哈哈，說不定還會對允江說「我都幫你修好了，還有問題嗎 ^^ ？」

↳不至於吧，再怎麼說也不會到副會長的辦公室撒野吧。

↳史賢那個瘋子，超級有可能。

#6
雖然這種非常時刻邀請修復師的舉止讓人感到困惑，但需要讓消失已久的 S 級修復師出馬的連續副本……老實說……很不樂觀。

↳222

↳33333

↳最近有很多人在中午過後會看到史賢跟坦克、治癒還有鄭利善從 HN 大樓走出來，哈，可能只有我們感到可怕吧哈哈 ^^，大概是去玩的。

↳你確定是去玩的？少在那裡腦補，Chord 到目前為止解決多少副本，不要在這裡散播人心惶惶的謠言 ^^

↳比起垃圾，這種謠言更讓人家噁心。

↳這種時候到處亂晃當然讓人起疑心啊，哈哈，我們都要死了耶，媽的。

#7
還有人看到他們去百貨公司買衣服，難道連這個也是謠言？哈哈哈。

↳ 國外都在用 #PrayForKorea 的標籤了，他們還在買衣服。

↳【遭到屏蔽的留言】

↳ 各位 QQ，如果失敗不是只有你們死，他們也會死啊 QQ，雖然 Chord 不能算完全的人類，但如果失敗他們可是第一個死的～～

#8

不過反正是七次連續副本，不就代表不用修復嗎？？？只有我看不懂修復師存在的必要嗎⋯⋯？

↳ 其實我也⋯⋯222。

↳ 33 獵人協會也沒說打算修復哪裡。

↳ 哈哈，在第二次副本消失得無影無蹤的人，現在突然出現當然讓人感到奇怪吧？？叫他不要沉默了。

#9

鄭利善太過分了，半年前市場倒塌時不是很嚴重嗎，那時候都希望他可以出現，可是到頭來都沒看到人，甚至還有死傷，哈⋯⋯鄭利善我先 pass，根本不知道史賢在想啥。

↳ 竟然把收拾善後的事情交給覺醒者，真是厲害哈哈。

↳ 嗯～試圖讓人不悅的專業戶～

↳ 樓上的留言幹麼這樣？我也是那次事件的受害者，現在我的朋友只要想起當時的狀況還會手腳發抖、流眼淚，如果鄭利善可以出面就可以一次解決了。

↳ 哈哈，那眼皮會抖，手會流出腳嗎？

↳ 又不是什麼出芽生殖哈哈哈哈哈哈哈。

↳ 你是不知道修復師的基本法則嗎，必須要殘垣底下沒有人才能作業⋯⋯如果當建築物倒塌，人都壓在底下，那時候修復的話人可能會被夾入牆壁或是柱子耶，有沒有腦？嘖嘖。

↳ 別再找修復師的麻煩了～～～～～～

↳ 明明就是建商的問題，但吵到後來建商都沒事，即使建築物倒塌被罵的人都是修復師，對建商來講根本不痛不癢，對吧？

↳ 修復師根本是出氣筒哈哈，你就是修復師本人吧？

#10
利善啊，我曾經是你的粉絲，好擔心你喔，是的話就搖搖紅蘿蔔。

↳ 幹麼擔心？進 HN 就跟成為人生勝利組一樣啊？

↳ 他進的隊伍可是進 Chord 耶。

↳ 而且還是由史賢負責的哈哈。

↳ 哈哈哈哈哈哈哈哈哈哈哈哈哈哈哈哈哈哈哈哈哈哈哈哈哈 Chord 是沒關係，但卻被史賢相中了⋯⋯

↳ 不過至少史賢還是 S 級獵人第一名。

↳ 機車賢就連品行也是第一名喔，看看這些文章。
機車賢的品性懶人包 1 https://www.hunters.kr/20200323
機車賢的品性懶人包 2 https://www.hunters.kr/20223011
機車賢的品性懶人包 3 https://www.hunters.kr/20352380

<第二輪副本清除成功影片>

留言

#1
07:23 07:23 07:23 07:23 07:23
救世主降臨大地的瞬間

↳哇，這個片段真的看到翻。

↳堪稱是創造新天新地了……

↳利善，就算你向我行兩次禮，我也可以心滿意足地去天堂了。

#2
鄭利善加入 Chord 資格疑慮瞬間掃空的影片。

↳超認同，原本還困惑史賢幹麼找來消失一年的人，沒想到也太強……

↳的確值得他三顧茅廬。

↳以後遠遠看到利善都要跪下了。

↳史賢可以想到在副本裡用上修復師也是天才，抖抖。

#3
08：40「鄭利善，你還好嗎？」
「鄭利善，你還好嗎？」
「鄭利善，你還好嗎？」
「鄭利善，你還好嗎？」

↳他真的是那個機車賢？這麼照顧鄭利善的人到底是誰？

↳鄭利善是不是用修復能力也把機車賢的品性修復了？

↳從其他電視臺的影片來看，有一個角度還能看到他在入場前牽

了鄭利善的手？？？ https://wetube.com/WEdfgDas

↳他到底是誰？？？？？

#4

那些曾經罵鄭利善的人去哪了？呵呵。

↳當初把他罵到臭頭的人，現在都把刀收起來了哈哈哈，你們可真慚愧～

↳那些瘋狂截圖鄭利善一開始進場時緊張神情的人，還說「幹麼帶修復師進副本」、「那麼緊張還能做事嗎？？？」的人咧？哈哈哈哈哈哈哈哈，你們真是太丟臉了～～～～

↳而且刪文的舉動好好笑，很像懺悔罪孽的眾生。

↳形容得超好笑哈哈哈哈哈哈哈哈哈哈哈哈哈哈哈哈哈哈哈哈。

↳一看到影片就說，我真愚昧！拍了一下額頭！然後馬上刪文。

#5

其他公會一定氣死了哈哈哈哈哈，他們一定等著 Chord 失敗，結果大吃驚。

↳Chord 本身也很厲害，再加上鄭利善的話？＝無敵。

↳我賭七輪副本都可以一次清除。

↳明明是 S 級的副本，鄭利善一出場根本變成兒童級。

↳背後的系統人員一定嚇死了。

#6

副本：公路都裂開，你們應該不好進攻吧？

鄭利善：哈。

副本：那麼……把柱子弄倒……！

鄭利善：哈。

副本：偷偷引誘你們聚集到魔王房中央，踏入陷阱……！！！
史賢：哈。
副本：啊，媽的，不玩了。

↳ 哈哈哈明明有陷阱，但沒有了。
↳ 笑死哈哈哈哈，是不是看到怪物傻眼的樣子。
↳ 當房間毀壞，本來想讓人類也變得像魔王那樣千瘡百孔，結果房間突然變正常了。
↳ 怪物們：尷尬惹……
↳ 全場尷尬……是我們走錯房間了吧……
↳ 史賢：^^ 想往哪跑。

#7
這根本是鄭利善的甜蜜小屋了。

↳ 搭拉搭拉搭～搭拉搭拉搭拉～
↳ 所有擔心不已的倒場副本，結果煥然一新？！
↳ 怪物看到自己的家被重新裝潢！
↳ 怪物：這裡真的是……我家……？
↳ Chord：租金就是你的死亡喔～ ^^ ～

#8
Chord 的默契真的讚，韓悟空的棍棒技術超狂 bb

↳ 奇株奇株這次也很活躍哈哈哈，真可愛。
↳ 奇株雖然可愛，原本認為他說要四小時結束有點誇張，沒想到真的成真……
↳ 這全是託鄭大神的福。

#9

利善大大，也請修復我的存摺吧。

↳你有可以復原的錢錢嗎？

↳打從一開始就沒有，怎麼辦，嗚嗚 QQ

↳小心可能會變成負的。

↳史賢一定很愛上面的留言。

#10

看來會出現鄭利善的粉絲俱樂部了。

↳已經有嘍 https://cafe.hunts.com/jaerimEsun

↳啊哈哈啊哈ㄚ哈哈哈哈哈哈哈哈哈ㄚ哈哈哈哈哈哈哈，幹麼把網站做得像宗教團體一樣 QQ「降臨在世的鄭利善耶穌您來了」這是誰說的啦，哈哈哈哈哈。

↳還用捲捲字體，真是神經病哈哈哈哈哈哈哈哈。

↳哈哈，可是不覺得越看越上癮？感覺好想加入喔？？

↳捕手[4]大大，請不要在這裡失態……

↳哼。

↳笑瘋哈哈哈哈哈哈哈哈哈哈阿哈哈哈哈。

#11

你們知道 sun chips 突然爆紅的原因嗎？

↳哈哈哈哈哈哈哈哈哈哈阿哈哈哈哈哈哈哈哈哈哈哈哈哈阿哈哈哈哈哈哈哈哈哈哈哈媽的，因為鄭利 sun 旋風。

注釋④　捕手：鄭利善的粉絲名稱為「太陽捕手」。

【PLUS 02.】

內在

這次順利清除第二輪副本的消息，占據了一整天的新聞版面。

不僅是韓國，全世界都在關注七大奇蹟副本，也就是七輪的突擊戰。Chord的首次轉播進攻獲得前所未有的成功。以四個小時攻破S級副本，根本是奇蹟般的勝利。

該轉播獲得史上最高的收視率，影片放上網站的瞬間就累積幾千萬的點閱率，HN公會迎來慶典般的氣氛，副會長史允江也透過記者會表示祝賀，並且提到將不吝於提供Chord相關協助。

第二輪副本得以大獲全勝的關鍵，當然是鄭利善。

雖然其餘隊員也有功勞，但首次在副本亮相的修復師，吸引了眾人的目光，許多人訝異他的修復能力，對他萬分好奇。

對HN公會提出的採訪邀約源源不絕，還有幾名勇敢的記者，抓著獵人詢問鄭利善的事情，想當然沒有獲得相關回音。

當所有人對他讚嘆不已時，鄭利善渾然不知這件事，因為他在清除完副本後，就陷入昏迷，在緊接的兩天完全陷入昏睡，持續發高燒，雖然接受治癒技能可以短暫恢復，但很快又

全身無力。

隱藏能力的副作用比想像中來得嚴重，因為不斷連續使用，再加上修復的規模龐大，導致驚人的後遺症，鄭利善沉沉地熟睡，直到第四天才醒來。

他獨自待在這間大房子，照護員每兩小時就會進房確認狀態，然後勸他喝恢復藥水，但他仍無法抹去這份「獨自」的感覺。

白天他醒來後，坐著發呆半天以上的時間，偶爾躺下、翻來覆去，因為他所處的空間太過陌生，不，比起單純的陌生……更接近孤獨，或是剝奪感。

大約在兩年前，當他首次使用隱藏能力而產生副作用時，是六名朋友惴惴不安地照顧他，他們不斷讚揚鄭利善花好幾個小時所修復的文化財產，來回重播影片，還開玩笑說鄭利善是人類文化財產。

其中有一名朋友大吼說「他現在很不舒服，我們好好照顧他吧！」這才讓眾人安靜片刻，不過很快有人大聲斥責明明你最吵，爾後又一陣哄堂大笑。

當時鄭利善說他們太吵了，丟出吃粥的湯匙要他們出去，但朋友們看到他丟湯匙的力道，嬉鬧地說至少你看來還有力氣，仍舊固執地在一旁照顧他。

這是從十七歲以來就相互依靠的友情，專屬於他們的陪伴方式，他們執著地不讓彼此感到孤獨，生疏但溫暖地關懷。

「……」

鄭利善靠著床頭，直勾勾地望著日落，這間房子的視野很好，可以一眼看到晚霞，但鄭利善越是看著日落、看著一天結束的樣子，越感苦澀，他蜷曲身子。明明房間的溫度適宜，甚至還是發高燒的狀態，但他總是覺得寒冷。

原本以為早已習慣孤獨，可如今那股熟悉感讓他備感淒涼。因孤獨而難受，因思念而悲傷，但又覺得膽敢想念他們的自己很可怕，慣性地自我厭惡找上門，箝制住他，他絲毫不抗拒，任由厭惡感侵蝕自己。

鄭利善聽到開門聲，這才抬起頭，喀啦。進門的那個人望向他好一陣子後才低聲說道：「利善，你比想像中還要固執呢。」

不知不覺夜幕降臨，開燈進房的史賢，轉頭看著床旁桌上的碗。

「你不吃粥，也不喝恢復藥水……」

「……」

「還是你想吃其他東西？」

鄭利善沒有回答，史賢坐在寬敞的床邊直視著他。

幾個小時前他收到照護員的通知，鄭利善醒來了，但不喝藥水也不進食……只是不斷說要見史賢。

那時候的史賢，因為要前往獵人協會召開有關第三輪副本的會議，所以沒有回覆照護員，但在聽到照護員說直到晚上了，鄭利善還是一動也不動，他才趕回家。鄭利善對上史賢直挺挺的視線。

「還是要我直接餵你？」

「你什麼時候要幫我？」

有些文不對題的回答，史賢神情略顯訝異，鄭利善說出那數度哽咽的話語：「我的朋友，現在清除完一次副本了，得依契約實行無效化。」

「等你恢復後再去也來得及。」

「不要。」

即使鄭利善臉色蒼白，因為高燒而難以言語，但他仍堅持地說：「還不知道你的無效化是否真的有用，我要親眼見證。」

「看來如果沒有作用，你打算不參加下一次的副本嘍？」

「這不是當然的嗎？」

面對鄭利善的回答，史賢笑了出來，好像看到了非常有趣的反應，低著頭一直笑，讓鄭利善覺得很不自在。

「雖然你好像有點誤會……」就以件來計算吧，史賢喃喃自語。

此時鄭利善才想起史賢除了「提案」，還說過的強迫與威脅，看著鄭利善僵硬的神情，史賢要他別擔心，用手敲了敲床頭櫃。

「你先把粥吃完，然後喝了這罐藥水後，我們再出發。」

睽違十天的家，格外陌生。

住了八年時間，他第一次離開家裡那麼久，高中的畢業旅行不過才兩天，成年後因為被宏信公會綁住，根本沒有動過去旅行的念頭。

他們在這座安靜的城市待了七年之久，人們紛紛離去不再回來，只剩鄭利善和朋友們仍然住在這座被遺棄的地方，這群少年像說口頭禪似地，老是說要離開這個煩死人的家。

但最後，他們還是無法離去。

只有鄭利善獨自離開這座城市，並在十天後回來。他有些哀戚，他只是在外頭住了十天而已，就覺得這間住了八年的房子窄小又破舊，這種相互牴觸的心境使他覺得自己更加醜陋。

鄭利善走進屋內呆愣了一陣子，朋友們看都不看他，只是發出怪聲，然後在屋裡徘徊。

「你要先選誰？」

聽見史賢的問題，鄭利善思考片刻，靜靜地握住某人的手臂，那道冰冷、猶如觸摸朽木般的生硬觸感，絲毫沒有一點溫度的肢幹，讓他陌生不已。

「勇俊，姜勇俊，他前幾天生日……」

「通常會哀悼過世之人的忌日吧？雖然難以將他們看作是已死之人，但還是記得生日這件事……真像你的作風。」史賢的語調並非調侃，而是講述事實般地平靜，鄭利善沉默以對，他已習慣史賢的說話方式了。

史賢很快地伸手靠近姜勇俊的胸口，黑色煙霧從他的指間散發，隨即包覆姜勇俊的身體，鄭利善的瞳孔直視整個過程。

讓長達一整年使屍體活動的能力消失，不需耗費多長的時間，迅速到令人空虛。

短短幾秒間，姜勇俊就隨之癱軟，在一旁的鄭利善嚇得趕緊來到他身邊查看狀況，那雙總是半睜的混濁雙眼現在完全閉合，不再發出空虛的怪聲，也不再起身踉蹌而行。

鄭利善用手湊近鼻孔，確認胸口的起伏，低下身將頭靠在胸膛上。不久，鄭利善的臉上露出近乎悲傷的空虛感，姜勇俊真的死了。

「姜勇俊早在之前就宣告死亡，所以現在不需要舉辦告別式，我打算將他送往火葬場，你覺得呢？」史賢的聲音在上方遊蕩，似乎認為無效化一定有所作用，語氣相當和平，鄭利善將姜勇俊的身體，也就是……在一年之後終於斷氣的身軀調整好姿勢後，點頭同意。

「那麼現在馬上……」

「等等，最後請讓我道別。」

史賢低頭望著他，沒有回答，只是走出家門外，他雖然輕輕關上門，但腳步聲卻沒有漸遠，鄭利善知道他就站在門外，或許是不讓他脫逃，也或許……是打算監視他，深怕鄭利善在家裡做出傻事。

察覺史賢用意的鄭利善失聲笑了，他怎麼可能不發笑。

因為鄭利善是個死不了的人。

不僅因為他的使命，還必須讓其他五名朋友也獲得安息……還有，他無法傷害自己，S級修復師的能力條件之一「無法傷害同種的生命體」，同樣包含鄭利善自己。

S級的能力雖然驚人，但都有相關條件，例如史賢使用影子技能，必須接觸黑暗才能發揮，所以在太陽底下，他經常將手放在外套口袋內；而鄭利善擁有能力的條件，就是從觸發的那刻起，便無法攻擊同種的生命體。

雖然成年測驗能力後，他才知道這項條件，但以鄭利善的個性來說，他本來就不會傷害同種生命體——也就是不會做出傷害人類的這種事，據說他的能力在十八歲就已經展現，只是直到二十歲接受檢測後，才知道完整的資訊。

有些S級獵人有著麻煩的條件，所以鄭利善認為自己的條件相當輕鬆。就只是朋友們看到只能修復無生命的建築物，卻對生命體毫無殺傷之力的模樣，會開玩笑說「以己利人，行善大眾，果然是鄭利善的命運」。

這項條件只有一個狀況讓他感到不方便，那就是與朋友玩枕頭大戰的時候。當他拿起枕頭打算拋向對方時，枕頭會像被擋在空中的透明牆壁上，彈出去後落在地上，這副場景讓鄭利善愣在原地，朋友們見狀則是捧腹大笑，吵鬧著要拍下影片，要求鄭利善再丟一次……像這樣嬉鬧不已。

但是這樣使朋友們開懷大笑的能力，有時候會用最殘忍的方法讓他身陷絕望。

他嘗試過數十、數百、數千次想傷害自己，在那天失去朋友之後，不是，是在他把朋友們變成這副模樣後，因為被痛苦折磨，試著自殺好幾次，他試著割腕或是拿刀刺向心臟，也想從窗戶一躍而下，甚至真的爬上屋頂。

但這項條件總是阻撓鄭利善，形成可笑的狀況。

想割傷手腕的刀會自動掉落，執意拿取的話會有透明罩包住自己，使刀片彈飛。跳樓時也是一樣，他的身體違背大腦的意志力，雙腳沒有騰空離地，反而被推了回去。

鄭利善很厭倦這種時刻，他的潛意識與他的身體無論如何都會活下來，以能力條件這種惡劣的理由，活在世上真是叫人噁心。再者，他明明將朋友們變成了活死人的狀態，但自己又迴避死亡的這件事，也讓他無法承受。

所以，在鄭利善聽到史賢的隱藏能力後，雖覺得自己很惡劣，但同時也感到開心，那個到目前為止都束縛自己的條件、總是恥笑他的殘忍牽制，這些因為修復能力所帶來的限制，終於可以……

「你答應我，要對朋友施加的無效化——那個隱藏能力，我需要你在我指定的時候再使用一次……我有地方需要用上。」

無效化可讓能力消失五分鐘，對他人而言是短暫的一小段時間，但卻是鄭利善殷殷期盼的永恆，也是一次終於可以實現心願的機會。

「勇俊，對不起。」

鄭利善彎腰，將額頭靠在姜勇俊的手上，發高燒的額頭觸碰到冰涼的手背，奇怪的安心感湧現，對於直到如今才能閉眼安息的愧歉、自責、思念，還有……羨慕，所有情緒攪和在一起，他待在原地好一陣子，然後低聲默念：「等我把其他人都送走後……」

——我也會去找你們。

鄭利善無法輕易說出這句話，他忽然害怕朋友們會不會責怪自己，怎麼還敢說要找他們？鄭利善把他們變成活死人，反覆修復好幾次才清除副本，用殘忍的手段才換來一條活路的鄭利善，有資格去找他們嗎？他有可能再與他們相會嗎？朋友會原諒自己嗎？

在沒有回音的疑問中，鄭利善小心謹慎地期盼著，即使無法原諒自己也沒關係，只要讓自己也跟著離開世界就好。

他將頭依靠在停止跳動的心臟上方，懷抱希望。

那份與絕望相連，卑劣的希望。

第四章

裂痕

又過了兩天。

鄭利善的副作用持續了五天，他可以在第三天醒來回家一趟，真的是靠咬牙撐下去的傲氣，鄭利善甚至還送了朋友最後一程，直到火葬儀式結束，他才再次昏迷，好不容易到了第六天終於醒來。

當燒退得差不多，也可以自行走動後，鄭利善自認已經康復，隨即就想前往HN公會。雖然照護員苦勸，若想要完全恢復仍需要繼續休息，但他固執地說自己已經沒事了，拜託照護員告訴史賢他已經好了。

鄭利善不知道照護員有沒有代為轉達他的意願，總之最後他還是順利抵達公司。

第二輪副本的巴比倫空中花園清除完成後，得到的木板也寫著十五，這個數字如首輪拿到的石板數字一樣，會每天遞減，鄭利善已經浪費了五天，必須在接下來的十天緊鑼密鼓地準備才行。

再加上，聽說木板上的文字今天正好已經解讀完畢，可以推論下一場副本的地點，因此他作好心理準備，今天的工作要熟記復原圖，只要在腦裡記下越多復原圖，便能修復得更仔細。事實上，鄭利善幾乎將第二輪的巴比倫空中花園平面圖全都烙印在腦海了。

他一心想著必須順利解決第三輪，才能繼續替下一位朋友送行，於是匆匆忙忙趕到公司，但就在他進入公司的瞬間，突然察覺到望向他的視線。

「嗯……？」

從走進一樓大廳開始就有許多視線投向他，當他決定與史賢一起工作，就已覺悟會受到矚目，但還是對一下子集中在自己身上的視線感到慌張，他這一年來都以刻意隱藏行蹤的方式度日，更加難以承受現在的劇烈變化。

鄭利善瞄了一眼四周，戴起衣服上的兜帽走向電梯，但等電梯時，還是能感受到旁人的注目，與他一起搭電梯的人一直打量他，就在有人想搭話的那刻，電梯抵達四十二樓，門扉開啟。

「利善。」

電梯門一打開，就看到史賢站在門口，原本想向鄭利善搭話的人看到史賢隨即退縮，鄭利善低頭走出電梯。

史賢有好一陣子沒有出聲，或許是因為收到了照護員的通知，他低頭俯視鄭利善，用嘆氣般的語氣說道：「利善，你知道自己真的很固執吧？」

「如果我可以修復得更好，不是件好事嗎？老是說需要我100％修復能力的人是你。」他刻意趕在開會前來到公司，但聽到史賢似乎在責怪自己後，感到有點委屈。

史賢總是隱約施加鄭利善得好好表現的壓力，如今卻說自己的行為「固執」，這讓鄭利善有點不知所措，鄭利善知道史賢重視效率，因此他迴避史賢的目光，開口說道：「我已經恢復了。」

史賢沒有回答，鄭利善反而在意起史賢的沉默，伸手整理帽子，不久後史賢低聲嘆氣，邁開步伐，雖然知道鄭利善在逞強，但還是甘願禮讓他一次。

就在他們走進辦公室時，奇怪的光景又在鄭利善的眼前展開。

辦公室裡的獵人即使面對隊長身分的史賢，也沒有起身問好，但當他們一看到鄭利善，馬上就跳起來向他打招呼。

直到現在，鄭利善才約略明白人們這些奇怪的反應，是因為第二輪副本，畢竟在這麼短暫的時間裡，也只有這件事足以成為變化的原因。

鄭利善覺得面紅耳赤，尷尬回應他們的寒暄後走進會議室。

「哇，英雄來了。」

四名戰將坐在會議室，奇株奕拍手迎接鄭利善，韓峨璘與羅建佑也一邊拍手，一邊上前關心副作用的恢復情況。

「現在好多了。」

鄭利善難為情地坐下，史賢也馬上入座，吵雜的空氣這才逐漸平息，申智按起身，「木板的解讀結果出來了。」

她打開會議室前方的電視，顯示出第二輪副本獲取的木板。

「木板上用古代希臘文寫著『在克洛諾斯的山丘上接受審判吧』。」

現在突擊戰不僅是韓國的關注焦點，更受到全世界的矚目，為了解讀文字，動員許多專家負責推斷下一輪副本的背景，申智按冷靜地繼續報告：「克洛諾斯的山丘，意指伯羅奔尼撒半島的希臘厄利斯地區，那裡的山丘蓋了許多希臘神話的神殿，代表性的有宙斯神殿、赫拉神殿、珀羅普斯神殿……等等。」

聽見此話的鄭利善，表情出現微妙的變化，既然連續副本的主題為世界七大奇蹟，那麼當希臘的地名出現時，幾乎就已確定下一輪副本的時空背景，正如其所想，申智按繼續解讀最後一句話：「這些神之中，與『審判』相關的神就是宙斯，宙斯使用雷電審判人類與神明，因此我們推斷進行審判的主角就是宙斯。」

嗶，畫面伴隨聲音跳轉。

「我們認為第三輪副本，將以奧林匹亞的宙斯像作為主題。」

鄭利善看到目前位在希臘雅典的宙斯神殿殘骸與模擬的復原圖，宙斯神殿雖然僅有一層，看似比巴比倫的空中花園容易修復，但它光是柱子就有一百零四根，況且還是羅馬時代最具規模的建築物。然而神殿在狄奧多西二世時，由於羅馬帝國迫害異教徒的政策，慘遭祝融之災。

確切而言，古代七大奇蹟指的不是神殿，而是宙斯神像，這座神像歷經多次地震與洪水氾濫，如今已完全消失，看著標高十三公尺的神像復原圖，鄭利善暗自倒抽一口氣，即使被列為七大奇蹟的是神像，但他需要復原的範圍仍是整座神殿。

可是對於本次副本的主題，想嘆氣的人不僅是他，奇株奕與羅建佑也同時唉聲嘆氣，依據過往兩次的經驗而言，坍塌的建築物不再是唯一的問題。

「如果攻擊以雷電的方式進行，那麼隊長的影痕能力是不是較難發揮？」

「對啊，閃電的亮度能使隊長順利移動嗎……」

「哇，我們竟然有跟宙斯對戰的一天。」韓峨璘拍桌子高喊道，首輪在古夫金字塔內打敗了木乃伊，第二輪則是在花園裡面對植物型態的怪物，因此第三輪副本要對戰的怪物顯而易見。

「要不要舉行祭祀？那裡不是宙斯的祭壇嗎？」

「祭祀？你的葬禮嗎？」聽見奇株奕這番話，韓峨璘大聲喝斥，那時的植物型怪物就已經挺難纏了，這次的怪物說不定會使用神的權能，讓人難以思考對策。

再者，如果怪物真的像神話裡的宙斯使用雷電，那將成為史賢的一大阻礙，鄭利善怯懦地舉手表達意見：「那如果我不把神像修復完畢呢？」

「魔王的戰力應該與修復程度沒有關聯，重點是副本的整體環境都是坍塌的狀態……如果宙斯的神像就是魔王，並且使出雷電技能，那麼完整修復神像反而對我們有利，因為如果地面不整，或是滿目瘡痍，那麼在閃避時可能造成更大的傷害。」語氣沉靜的史賢回答後陷入短暫的思考，用食指指尖輕敲桌面。

「倒不如以輕微的程度，多次修復比較好，反正一次修復到好的話，說不定會因為雷電又再次四分五裂。」

「說的也是，以前不是曾經遇過魔王發動攻擊後，該位置還殘留著殺傷力嗎？」羅建佑表示同意，並說這次副本裡的宙斯，如果發動雷電攻擊，說不定落雷處會殘留好幾分鐘的電流，乾脆鋪設新地板還比較有效率。

其他獵人也表達贊同，並且分析以往曾遇過的魔法系魔王的戰略經過。

「一開始進去時，先用隱藏能力修復神殿，接下來用基本修復倒轉落雷處的時間，這樣就可以免除殘留的電流。」史賢概要性地統整，同時向鄭利善說明行動方向，鄭利善認真聽取他的分析，再次領悟到，若是拋開他個人對史賢的好感度，史賢在分析層面真的非常優秀，甚至比鄭利善還要了解自己的修復能力。

史賢一邊說這次宙斯神像的修復圖應該不需要背得滾瓜爛熟，一邊起身，「韓峨璘獵人，我們談一下吧。」

「真的嗎？」

「真的。」

「我的寶石……」韓峨璘用悲傷的語氣回答，跟在史賢後面緩緩走出會議室，鄭利善不大明白流淌在空氣中的氛圍，但其他在場的獵人全都失聲笑了起來，甚至連申智按都閃過惋惜的眼神，這讓鄭利善更感困惑。

「為什麼突然提到寶石？」

「啊，看來修復師不大清楚呢。」

坐在一旁的奇株奕正想解釋些什麼，然後又笑了出來，「峨璘姐擁有怎樣的能力，修復師之後親眼見識會比較清楚……總之那項隱藏技能的觸發條件是礦物。」

「礦物嗎？」

「對，就像祭祀的時候，要把礦物埋在地上，姐姐得這樣做才能使用隱藏能力，品質越好的礦物效果越好，看來第三輪副本要用到昂貴的寶石嘍，她要割捨珍愛的收藏品了。」

雖然韓峨璘說是為了方便攻擊才使用長棍，但她是S級的魔法師，是能以「地震」之名引發震動的獵人，其隱藏能力的條件相當嚴苛。

因為是使地表震盪的能力，因此需要獻上價格高昂的寶石才能發揮，鄭利善這才明白韓峨璘對於「祭祀」兩字如此敏感的理由。

S級覺醒者各自擁有不同的能力與附帶條件，彼此不會公開也不會過問，因為有可能成為把柄，大多會刻意保密。

史賢是因為從八歲就覺醒，因此人人都知其觸發條件，而韓峨璘則是需要把礦物埋在地上，換句話說，她的觸發條件太過明顯，所以大家都心知肚明。

「那麼第三輪副本，會使用韓峨璘獵人的隱藏能力嗎？」

「想必是的，既然修復師沒有看過……那請不要先看影片，反正也沒幾則影片能看，歡迎親眼見識一下，真的很壯觀。」奇株奕再次強調，一旁的羅建佑也點頭同意，鄭利善懵懵懂懂地答應他們。

奇株奕便笑嘻嘻地站起來，背起椅後的背包，鄭利善見狀感到訝異，「你要去哪裡？」

「我嗎？我要去學校找教授遞交資料，因為即使去研究室也很難遇到教授，所以乾脆趁上課時間去交缺課假單……」鄭利善的表情逐漸轉變，發現變化的奇株奕訝異地說：「你不知道我在上學嗎？哇，沒想到修復師對我這麼不在乎。」

面對奇株奕受到衝擊的反應，鄭利善無法反駁，雖然他知道奇株奕與自己同年，但渾然不知他還在學，其實說到底，他只知道奇株奕的名字、年齡以及是名獵人而已。

「我太傷心了，你跟我一起去學校啦，我是修復師的粉絲，就連你的國中、高中從哪裡畢業的都一清二楚，修復師也要了解我才行！」

奇株奕一臉委屈，在一旁聽兩人對話的羅建佑不屑地吐了一句話：「那比起粉絲，更接近跟蹤狂吧。」

「建佑哥！」

鄭利善見狀只能露出為難的表情，因為「跟蹤狂」一詞在他腦海浮現的畫面另有其人。鄭利善遲疑片刻後點點頭，他近十天以來都在史賢的監視下行動，現在也想依自己的自由意志出門。

「如果你方便的話，我們一起去吧，我沒有去過大學校園，所以也很好奇……」但讓鄭利善下定決心的理由，不僅僅是因為想反抗史賢，他也曾夢想自己能考進大學就讀，但從二十歲開始，他就負債累累，連嘗試的機會都沒有。

過去四年更是被生活壓得喘不過氣，不曾靠近過校園周遭。

所以他在半衝動之下答應邀約，原本以為奇株奕可能只是開玩笑，但他馬上就喜出望外地抓著鄭利善的手臂，往外而去。

鄭利善在與奇株奕前往學校的路上，得知一項驚人的事實。

「你讀藝術學院？」

「有那麼驚訝嗎？我長得完全就是讀藝術學院的人啊！」

「……」

「哇，以前不認為修復師是這樣的人，但腦子的想法全用沉默表達得一清二楚耶……」

聽見他主修繪畫後，鄭利善更不知道該做什麼反應，奇株奕身為魔法系稀有的多重屬性魔法師，又是A級等級的獵人，這樣的身分還就讀大學，這本身就已經很神奇了，竟然還是讀美術學院？

奇株奕雖然個子比鄭利善矮，但體型並不瘦弱，皮膚也屬於健康膚色，加上開朗的個性，讓人難以與美術領域產生連結。

「那你認為我應該讀什麼系？」

「體育方面？」

「拜託，我的體力糟透了，高中時一直準備美術的術科考試，體力完全不行。以獵人來說，我是遠距離攻擊型，所以我的體力跟紙娃娃一樣，魔法師裡要論力氣大的話，大概唯有韓峨璘姐姐了。」奇株奕念念有詞道，不明白姐姐明明是位魔法師，但總喜歡拿著長棍跑來跑去。

鄭利善露出尷尬的神情，迴避他的視線，其實在抵達大學前，他還以為讀美術可能只是奇株奕的玩笑話，但他們卻來到了以藝術科系聞名的廣益大學。

HN公會提供旗下獵人專屬的座車，經過申請就會配給司機，當兩人輕鬆抵達校園後，鄭利善在心裡發出讚嘆，環顧四周。

寬廣的大門、後方延伸而去的林蔭道，初春盛開的花朵點綴了校園，鄭利善在過去一年裡幾乎足不出戶，進入 Chord 後也只來回於公司與廢棄建築物之間，維護整齊的公路對他來說很陌生。

然而奇株奕卻急急忙忙地拉著鄭利善跑了起來，被打斷欣賞風景的他只好跟在後面奔跑，正如同奇株奕形容的，他的體力真的很差，沒跑幾分鐘就氣喘吁吁，鄭利善的體力也很差，但奇株奕喘得更厲害，還抱著一旁的路樹大喊著學校應該只能是平地，不可以有坡度，這樣才有良心。

鄭利善見狀問道，那為什麼不坐車到學院門前比較快，奇株奕傷心地說，因為自己的體力真的太差，申智按吩咐司機只能開到大門。鄭利善突然想起奇株奕在空中花園裡爬樓梯的疲累狀態，連那個看似對凡事都漠不關心的申智按，都能記得的話，代表奇株奕的體力真的很差。

他們歷經好一番折騰才抵達教室。那時已經下課了，教授結束授課走出教室，離他們還有一段距離，奇株奕一臉悲壯地將假單委託給鄭利善，然後自己在半路喘氣，要鄭利善務必代替自己將假單轉交給教授。

當年邁的教授收到假單後，他皺起眉心，「嗯，假單……突擊戰？奇株奕？」

「教授，我來了。」奇株奕整個人像是近乎癱軟般地走過來，上氣不接下氣地向教授打招呼，兩人似乎很熟識，對話內容格外親近。

「我有看到新聞，所以知道這件事……但如果是突擊戰，不就一整個學期都不能來上課？倒不如休學呢。」

「我今年要畢業！」

「真是的，既然你的緣由是這種事，就不能因為缺課過多而當掉你。畢業製作的方向確定了嗎？」

「我啊，不總是去那些充滿靈感的地方嗎？」奇株奕聳聳肩，理直氣壯地說。

教授聽了他的玩笑話，拍拍他的肩膀，然後瞥了一眼旁邊的鄭利善，向奇株奕問道，「旁邊這位同學難道是……」

「沒錯，修復師就是這個時代的英雄、行走的文化財產、聯合國教科文組織！」

就在鄭利善聽懂奇株奕的介紹詞前，教授率先向他釋出善意，並且將手上的東西放在一旁，伸出雙手希望能與鄭利善握手，「唉唷，我是修復師的粉絲，你知道我的孫子有多喜歡看你的影片嗎？」

鄭利善非常尷尬地握住教授的手。握手完畢後，教授嘀咕著要索取簽名才行，整個人慌慌張張，但此時助教跑來表示下一堂課已經開始，才讓教授不得不放棄念頭，扼腕離開。

其實當鄭利善聽到稍早前，教授說出「同學」一詞時，他就呆愣了好一陣子，回過神在握手後，緊緊戴上帽子，他明白HN公會裡的同事都知道他是誰，但對於一般民眾也能認出他的行為感到負擔。雖然突擊戰是眾所皆知的事情，不過馬上要面臨這種狀況，還是令他不知所措。

另一方面，他仍對大家因為他的「那個」能力表示讚嘆的這件事感到不自在。

奇株奕似乎對可以與鄭利善一同到校感到很開心，拽著他來到工作室，說要向他展示以前的畫作。正當鄭利善猶豫要不要跟他說該回去時，沒想到工作室裡的一切超乎他的想像。

同學們看到奇株奕進門紛紛發出歡呼聲，提著水桶朝他奔去。

「奇株奕獵人，請給我水。」

「外面不就有洗手臺了嗎！」

「拜託，給我們一些A級的水吧！大家都說如果用A級的水洗畫筆的話，就會畫得更得心應手耶！」

「要不要我申訴你們散播不實資訊，等著被警察抓去啊？」

「唉唷，沒有A級的水，我會畫不完，沒辦法交作業啦，甚至會拿F……」

「不想做作業，就拿我當藉口啊？用我的水畫畫就可以拿A嗎？拜託，連我自己都拿不到A了！」

雖然奇株奕在隊上是A級的獵人，但在學校的身分，就只是一名同班同學或是學長、學弟。學生們紛紛向他開玩笑，一陣吵雜聲後，他站上椅子大聲說道：「好啦、好啦，繪畫系的水車來了。」

聽到這番話，學生們笑得樂不可支，在他面前排成一列，因為只是簡單的魔法，所以不需要法杖，奇株奕的指尖冒出巨大水滴，學生們猶如接受配給般，一個個用水桶接取。結束後，奇株奕哭哭啼啼地說，絕對沒有獵人會像自己這樣被大家使喚。

「老實說吧，我就是個有名的水車而已。」

「哪會，你可是很受歡迎的。」

「對啊，是A級獵人。」

「還隸屬於Chord。」

「還可以取水。」

聽到最後一句話，奇株奕大叫是誰說的，要犯人自首，鄭利善新奇地看著一連串狀況，然後，當學生們的視線紛紛朝向鄭利善時，有人開口說：「那個人是……」隨著大家的驚呼，注意力全集中在他的身上。

鄭利善慌張往後退，學生們著急地找尋紙張，大吵大鬧想要他的簽名，奇株奕見狀隨即跳下椅子，抓著鄭利善如同逃亡似地跑出工作室，奇株奕知道鄭利善難以承受大家的注視。

「唉唷，原本想展現我的藝術魂，結果讓你看到我丟臉的模樣了。」

「不會啊，很有趣，你跟同學的感情很好。」

「我根本是被霸凌吧？」奇株奕滿腹委屈地睜大雙眼，然後甩甩頭笑了出聲。

「他們很可憐，是被關在工作室的冤魂，所以偶爾要去幫他們換氣。」聽著奇株奕嬉鬧的玩笑話，鄭利善緩緩點頭。

奇株奕說，既然已經順利繳交資料，那現在可以從容地參觀校園，隨後一起走出教學大樓。鄭利善曾說過，這是他第一次造訪校園，因此奇株奕打算向他介紹自己所知道的一切，雖然奇株奕時常缺課，並不是認真上課的學生，但他知道許多值得一看的地方。

鄭利善跟著他用新奇的目光環視周遭，廣益大學以擁有美麗的校園景致而聞名，看著走在校舍間的學生們手上抱著書，以及他們在圖書館前有說有笑的模樣，鄭利善提出問題，其實這是從奇株奕表明還在學時，他就好奇的一件事，「不過通常C級以上的覺醒者，不是不需要過一般人的生活嗎？」

韓國在成為二十歲的一月一日起，就可以接受能力測驗，所以二十歲被稱為改變人生的起點也不為過，每個人在成年之前，都會規劃好成為覺醒者以及非覺醒者的兩種人生計畫。

如果檢測出是F級，通常不會以覺醒者作為人生發展的目的，即使是D級，大約也只有一半的機率會從事覺醒者，雖然當獵人可以保障收入，但相對的，喪失生命的機率極高。

所以通常C級以上的人才會選擇成為獵人，因此鄭利善很訝異身為A級獵人的奇株奕竟然會讀大學。

偶爾有些獵人對於經營公會有興趣，所以會選擇相關科系就讀，但他從沒想到竟然是藝術學院，聽見鄭利善的好奇，奇株奕笑呵呵地說：「我高中三年都在準備藝術學院的考試，一月一日是覺醒者檢測，是吧？那時候的我為了準備術科，忙得不可開交，直到二月底才去檢測。」

雖然每個人確實會設想自己成為覺醒者的情況，但因為術科考試就在眼前，根本沒有機會多加思考，奇株奕感嘆地說：「結果突然測出來我是A級的魔法系獵人，老實說，誰能相信這種一天以內就轉變的人生？再加上我認真了三年，好不容易才考完試，突然來個獵人的選項？一切都太不真實了，而且就此放棄努力的心血也很可惜，所以我選擇上學，但是……」

「但是？」

「一上課後，哇……功課真的做得要死要活，交了這項作業，還有新的作業，明明才剛熬夜做完耶？不是應該可以好好睡一覺嗎？可是又有新的作業啊！」奇株奕頓時哭喪著臉訴苦，委屈地說著教授們都以為學生只有自己那堂課，雙腳在地上大力踩踏，鄭利善慌張地看著他。

「比起做作業做到死，倒不如在副本裡光榮戰死比較好，所以我就轉去當獵人，而且在副本裡死掉的話，國家還會支付補償金。」

奇株奕開玩笑地表示同學還很羨慕他，因為在工作室裡暴斃的話，還不能算職業災害。鄭利善聽見後嘆了一聲氣，奇株奕看到鄭利善的反應，不知為何捧腹大笑。

他們已經在校園裡散步超過一個小時，奇株奕沒有戴帽子，雖然一路上有人認出他，但沒有人直接上前搭話。

不過，鄭利善因為乍暖還寒的初春冷風，好幾次縮起了身子，稍早出門太匆忙，忘了帶件外衣，原本以為只會待在會議室，所以不需要多帶衣服的……

但是，就算現在有些受凍，鄭利善也很開心能夠外出，因為第三輪副本不需要將神殿修復得完好如缺，能較有餘裕地備戰。正好奇株奕提議要來校園走走，他便順勢答應，這份心情可能出自於對史賢的反抗，但也是因為對大學感到好奇。

然後，還有一些，一絲絲的……羨慕。

「修復師午餐想吃什麼？今天的學餐是漢堡排，這裡的食物很好吃喔！要不要一起吃呢？我請客。」

接近午餐時間，奇株奕吵著說自己肚子餓了，剛好路過的學生也討論起今天的菜色，鄭利善靜靜望著這幅景象。

就讀大學、與教授熱絡地對話，和同學、學長、學弟妹開玩笑……等等，看著奇株奕對這一切熟悉的模樣，看著他對這種生活感到理所當然且快樂享受的模樣，這些都讓鄭利善不禁感到一絲苦澀。

他原本以為自己是因為無法過大學生活而感到羨慕，但打開情緒的瓶蓋一看，他才明白，那是種自嘲。

就算自己上了大學，也無法過著與奇株奕相同的生活，只有自己的朋友們可以像他那樣過活，這份感覺比起猜測，更接近確信，他個性安靜，不是開朗活潑的類型，他與朋友們截然不同。

如果他們沒有負債，如果……他們沒有死的話。

他們會過上如同奇株奕的人生嗎？

「啊，對了，修復師你有想讀的科系嗎？我知道你一到二十歲，就檢測為S級修復師，然後開始工作，但高中的時候，沒有想去的科系嗎？」

「嗯……」

「而且如果是修復師，其實也可以過上一般人的生活，因為不是獵人，沒有危險性，如果不去那種垃圾公會的話，應該是可以上學的。」

聽著奇株奕如抱怨般的嘟囔，讓鄭利善覺得有些神奇，他知道自己因為詐欺合約所以在宏信公會做牛做馬的事眾所皆知，但沒想到其他獵人也唾棄宏信的作為。

雖然宏信公會在第二次大型副本時，大部分的成員都已死亡，形同解散。

鄭利善努力回想起過往的時光，發出苦惱的聲音，卻沒有任何想法。

「我好像……沒有特別想考的科系，打算看成績能考上哪裡，就讀哪裡。」

「是喔？」

「沒錯，啊，我的朋友好像說過我適合藝術學院。」

「天哪，那根本是詛咒好嗎？誰說的，上藝術學院一定會毀了修復師的人生！我要去教訓他！」看見身為藝術學院的學生，無法接受有人要踏入苦海的憤怒，鄭利善頓時笑了出來，奇株奕憤怒的樣子很有趣，另一方面，那些推薦鄭利善讀藝術方面的朋友……也只有他們了。

鄭利善的朋友，只有他們而已。

鄭利善呵呵笑起來，站在一旁的奇株奕露出稍微驚訝的神色。

「喔……我第一次看到修復師笑。」

奇株奕繼續說道，因為已經認識超過十天左右，卻從未看過鄭利善的笑容，還以為他跟中智按是同類型，鄭利善突然感到難為情，就在他用手背遮住笑臉，想改變話題時，一道熟悉的聲音自旁邊傳出，他沒想到會在這裡聽見那道聲音。

「是喔，看來利善喜歡在現在這種身體狀況到處亂晃呢，我都不知道你是樂於折磨自己的類型。」

史賢走近他們，看來是與韓峨璘結束對話後，在辦公室沒看見鄭利善，所以馬上開始找人。看見史賢的鄭利善不由得震驚了一下，然後盡力掩蓋內心的驚慌，對於他一出現就嘲諷的語氣感到有些難受。

「因為身體好多了，所以出來走走，這有什麼問題嗎？」

「第一個問題，你還沒復原；第二個問題，你沒有告知我就出門。」

「難道我去哪裡都要報備嗎？」鄭利善明明想反駁史賢，但他連話都還沒說完，身體就軟弱無力，眼前一片暈眩，雙膝無力往前倒去，他已經在外頭走了一個多小時，身體再也支撐不住。

史賢往前踏了一步，抓住鄭利善的手臂，讓他輕輕靠在自己身上。

「可以把這種狀態視為沒事，那真的很嚴重了。」

雖然鄭利善想駁斥史賢自上方烙下的話語，但他頭痛欲裂無法言語，史賢用手貼在鄭利善的額頭，然後沉默地注視奇株奕。

那雙漆黑雙眼失去笑意，奇株奕見狀馬上立正站好。

「奇株奕獵人，身旁的人如此不舒服，你竟然看不出來，那要眼睛做什麼？裝飾嗎？」

「對、對不起……」

「我只告訴四個人，鄭利善會因為副作用休息一個禮拜，如果你連這個也記不得……那你的腦袋還有什麼用處？」

「因為修復師說沒關係……」

「哦，所以代表你沒錯嗎？」

「不是的，對不起……」聽見史賢冷酷的詢問，奇株奕害怕地低下頭，鄭利善對於突然惡化的氣氛感到慌張與委屈，使勁說出奇株奕沒有錯，是自己跟過來的。但史賢不為所動，鄭利善打算掙脫手臂站起身，但卻比不上史賢將他拉回車上的速度。

史賢把鄭利善安放在後座，嘆息般地說道：「利善，副作用跟單純的感冒不同。」

從門關上到史賢從另一邊上車為止，鄭利善心煩意亂，雖然他頭痛，無法靈活思考，但總是有股重量壓在心頭，當史賢一坐上車，比起讓內在的情緒繼續悶燒，他打算乾脆說清楚：「對不起，因為早上退燒，所以我以為好多了。」

鄭利善承認，由於史賢的舉止很像在監視自己，因此那份反抗成為了衝動出門的動機，史賢壓迫性的態度，讓他的反抗心理油然而生。鄭利善誤信自己的身體已經恢復，但在吹了兩小時的冷風後，他又開始發燒，因此沒有資格責怪史賢。

況且史賢還叫人負責照顧自己，現在甚至親自來確認狀況，鄭利善想起兩天前執意要回家，為朋友送行的自己，開口向史賢道歉。

「我不是為了聽你的道歉才來這裡的。」

史賢的回答相當冷靜，這讓鄭利善更加過意不去。直到車子發動駛離學校後，鄭利善無話可說，只能緊閉雙唇。

「你應該在家裡多休息。」

「我想參與第三輪副本的會議……」

「我本來就打算等你狀態恢復後，再把情況告訴你。」

「我想說要立即開始熟記復原圖，雖然最後決定無須修復至完好如缺……我知道自己很固執。」

鄭利善再次道歉，並替奇株奕求情，史賢溫柔地笑了。

「沒想到你會這麼聽話地承認自己的固執呢。」

語氣格外輕鬆，看來是不想讓氣氛變得緊繃，史賢遞出恢復藥水，鄭利善對於一直提供照顧的史賢漸漸放下掙扎，他看著那罐比手掌還小的透明色藥水，然後扭開瓶蓋一口喝下。

雖然因為副作用引起的身體不適，無法單用藥水治癒，頂多能讓人降低不適感一兩個小時，但依現在的身體狀況來說，先喝為上策。

藥水跟韓藥一樣苦，使鄭利善蹙眉，喝完藥水後一隻手伸了過來，史賢朝他伸出手，他無法理解那是什麼意思，只是眨眨眼看著他，史賢親切地說：「手。」

「……是處罰嗎？」

「為什麼這是處罰？」

「……」

「我要測量體溫，先把手給我。」

面對鄭利善的沉默，史賢露出些微訝異的神色，隨後很快地再次伸出手催促，鄭利善不知道為什麼用手可以測量體溫，疑惑問著剛才用手貼在額頭不就行了嗎？心中的反抗念頭稍加浮現，但最後仍乖乖伸出手，畢竟他已經試過一次，結果到頭來是自己過度逞強，所以他壓下了內心的不滿。

不知道是否因為鄭利善的掌心都在發燙了，所以連史賢的手都格外溫熱，但片刻後，鄭利善明白了，活人摸起來原本就是這樣的溫度，這使他終於不再彆扭。

「原本以為你不會到處亂晃，結果竟然在沒有做標記的情況下就亂跑了。」

「標記嗎？」

那只是猶如自言自語般，相當小聲的呢喃，但鄭利善卻聽到了奇怪的單字，當他困惑地看著史賢時，那雙眼睛又瞇成弧線，鄭利善從先前的經驗知道，每當史賢笑得那麼漂亮，就是不會正面給予回應的時候。

「這是你不需要知道的事。」

鄭利善沒有繼續追問，他想起清除第二輪副本後，羅建佑說過的話，那時他抱怨史賢為什麼那麼喜歡握手，而羅建佑僅露出為難的神情，然後支吾其詞。

──「這個嘛……隊長如果觸碰對方……我是說……沒事啦。」

鄭利善突然想起第一次與史賢碰面，他執意要握手的場景，鄭利善的眼神帶有些許的質疑，當他正往那雙互握的手望去時，史賢開口問道：「在外面玩很開心嗎？」

「什麼？」

「你不是笑了，還笑出聲音了。」

聽到史賢平和的語調，讓鄭利善支支吾吾，雖然他知道自從那天後的生活，沒有值得快樂的事情，但奇株奕跟史賢都對自己的笑容感到意外，難道自己平時都皺著眉頭過活嗎？

當鄭利善陷入短暫的混亂時，史賢溫柔說道：「你過去一年都足不出戶，我以為你討厭出門，再加上你搬到新家也不會到處走動，所以我以為你喜歡靜靜地待著。」

聽到這句話，鄭利善覺得自己好像被認為是很虛弱的人，加上每次到廢棄建築物訓練時，史賢總拉著他去散步，或許這是為了維持生命最低限度的運動。

事實上，鄭利善雖然較安靜木訥，但並不討厭出門，過去一年待在家裡是為了躲避眾人的目光，而新家是因為意識到照護員的存在，不，老實說……

「因為家裡太大了。」

「那是個問題嗎？」

「以前的家裡小小的，而且還是七個人一起住……」

他沒有講完突然說出口的話，他從沒想過要告訴史賢，不知道是因為頭痛，還是想解釋誤會，平時全都往肚裡吞的話竟然脫口而出。

鄭利善猶豫片刻，告訴史賢因為第一次住進那麼寬敞的住家，所以感到陌生，聽著很像辯解的話語，史賢凝視著鄭利善，然後平靜說道：「嗯，因為孤單。」

那是個相當理性的回應，史賢像是掃描鄭利善的狀態，突然說出這番話。

「話說回來，這五天你在家裡只吃粥對不對，吃頓午餐再回去吧。」

「一起吃嗎？」

「對，既然讓你感到孤獨，就要好好照顧你。」

以訓練的情況來看，能力可以恢復至70%，剩下的是精神方面的照料，聽見史賢這麼說，鄭利善不知道該做何反應，只能暗自希望自己沒有下意識地眉頭深鎖。

雖然訓練時皆一同用餐，但當時是以營養不足為理由，現在則是因為孤單，所以要一起吃飯，這讓鄭利善覺得有些不自在。

之前還可以想作是工作的一環，然而此時一起吃飯，不知道會不會吐出來。

由於不知道史賢會照顧得如此細緻入微，讓鄭利善很難適應。

史賢開口詢問鄭利善想吃的食物，就在他打算回答都可以時，突然想起奇株奕提議的學餐菜色，在猶豫片刻後，「……漢堡排。」

「可以咬嗎？」

「應該沒有那麼虛弱吧……」

不知道該說是過度保護還是嘲弄，鄭利善不知所措地回答，再加上是柔軟的漢堡排，而不是牛排，應該可以進食。

只是問題發生在意想不到的地方。

「……」

鄭利善與史賢來到附近的餐廳，看到史賢直接包下整座餐廳的舉止，鄭利善說沒有必要如此，但史賢卻直快地回答，如果讓其他人知道了鄭利善因為副作用而不適的話，將是有害無益。

甚至還面露惋惜地補充說，無法讓鄭利善身處熱鬧環境，真是遺憾，此話讓鄭利善更確定史賢是在嘲笑自己。

不過既然都已經包下餐廳，他打算趕快吃完就回家。但就在抵達餐廳時，鄭利善的頭隱隱發疼，他拒絕史賢想攙扶的動作，靠自己坐在桌邊，他一心只想趕快結束這一切。

當漢堡排擺在面前，鄭利善用餐刀劃開時，出現了意想不到的問題。

「……」

「……」

已經切完的漢堡排又再次恢復原狀，鄭利善第一次發現自己會因為副作用而無法控制自身的修復能力，這可能是在短時間內過度使用隱藏能力所導致，雖然知道修復能力無須直接接觸，但沒想到會發生在這種時刻。

就算他再度下刀，漢堡排還是持續恢復成原狀，反覆三次後，鄭利善尷尬地放下餐具。

史賢靜靜看著餐盤，緩緩將視線往上抬，對鄭利善微笑。

「利善，你真需要人家照顧呢。」

鄭利善想拒絕湊近嘴邊的叉子，雖然推託自己沒有胃口、不想吃，但卻抵擋不住直視而來的目光，最後只能張口咬下。

他有一些，不，有股非常想作嘔的感覺。

自從那天之後，鄭利善又休息了三天，其實只要再休息兩天就足夠熬過副作用，但由於不放心，所以才又多休息了一天。鄭利善因為五天前在餐廳內的事情，無法輕易外出，選擇在家按時服用藥水，盡可能地安養。

但照護員的精心照顧讓他過意不去，對方表示體力逐漸恢復，需要補足營養，因此菜色多了肉類，照護員將肉類切成小塊，分裝在好幾個碗裡。鄭利善呆看著那些擺盤，照護員也不知所措，說是史賢的指示，鄭利善只好拿著筷子瞪著餐桌上的菜色，最後還是一碗一碗拿起來吃。

就在休息至第八天時，他嘗試獨自削蘋果，他用生疏的刀法將蘋果切塊，看著蘋果沒有恢復原狀後，才安心地到公司上班。

距離第三輪副本還有一個星期，隊伍全員投入密集的準備，已經確定下一場副本是宙斯的神像，魔王使用宙斯能力的機率相當高，因此需要嚴密的對策，絕對不容輕忽，再加上副本以神殿為主題，次等怪物也必然難纏。目前來說，怪物的型態，最有可能是神官或天使，倘若是能到處飛翔的後者，那將會是最壞的狀況，所以大家認為這次副本需要盡可能地攜帶道具。

道具是能在副本裡使用的物品，主要由獵人使用，次等道具可藉由民間的市場購入，高等道具則需透過正式的拍賣會才能購入。

該拍賣會，由覺醒者管理本部所屬的單位負責，鄭利善從未去過現場，因為他不是進入副本的獵人，所以對道具毫不關心。雖然這次參與了副本，但由於鄭利善並非戰鬥類型，因此聽到獵人們要去拍賣會，也都置身事外，不過今天他的行程卻多了這一項。

「利善今天也一起去拍賣會場。」

「我為什麼要去……？」

「當第二輪副本的魔王使出咆哮時，你不是受到波及了？可能因為你非攻擊類型，所以幾乎沒有防禦能力，得買些裝備應對情況。」史賢溫柔說明緣由，雖然他負責保護鄭利善不受到攻擊，但他無法抵擋所有間接性且大範圍的攻擊，因此需要相關道具。

今天他與羅建佑、申智按一同前往拍賣會，也順便叫了鄭利善同行，而鄭利善原本在史賢隔壁的辦公室閱覽神殿的修復圖，匆忙之下被要求一起出發，雖然史賢的行為事出突然，但鄭利善也在心裡暗自訝異，他當時竟然有發現自己受到了魔王咆哮的影響。

拍賣會場是寬廣的酒店大廳，這棟酒店是覺醒者管理本部的資產，在拍賣會當天只作為拍賣活動專用，本部定期每個月舉辦一次，拍賣會上只會販售高價道具。

參加拍賣會的人潮湧向旅館，從停車場就能看到絡繹不絕的人龍，這讓鄭利善認為室內必定也是人山人海，卻沒想到以史賢為首的一行人，彷彿摩西過紅海，人潮自動向兩側散開，讓出一條方便通行的路。

原本在走廊上的獵人們，一看到史賢馬上讓路，這樣的舉止使得在後方的鄭利善訝異不已，就算史賢身為S級獵人，但獵人們一見到他就紛紛讓路的行動還是有些不尋常。

一旁的羅建佑似乎察覺鄭利善訝異的目光，親切笑著說道：「看來利善修復師不知道隊長的拍賣會事件。」

「那是什麼？」

「四年前，當Chord剛成立時，那時史允江——我是說副會長，只讓隊長組隊，但完全不提供資源，既不分配HN所屬獵人也不提供道具，更不讓隊長有權限進入副本。」

羅建佑搖搖頭，認為這是個極其幼稚的手段，鄭利善逐漸了解到，為什麼史賢要如此大費周章地讓史允江輸得一塌糊塗，鄭利善繼續仔細聽故事。

「所以隊長親自行動，首先挖角我跟智按，然後親自購買道具……但就算這樣，當時的輿論仍然不站在隊長這邊，畢竟他突然失去HN公會的高階職位，喪失所有資源，只是個空有頭銜的特殊菁英團隊隊長，再加上那時正好是會長病倒，史允江掌權的時候，所有人都要看史允江的臉色。」

就算史賢是S級的獵人，但如果史允江手上握有HN公會，他將成為韓國第一名公會、世界排名前五的主導人，越大的公會就越具企業規模，可操控的權力就更深更廣。

「所以當隊長競標副本時，史允江總是幼稚地挑釁，可是隊長的脾氣，呃，我是說他的個性，怎麼可能忍住？他馬上將拍賣會場變成自己的影子領域，所有電燈瞬間爆炸，把獵人丟往牆上……只要有人開口，應該是說每當有人想投標，就會被隊長丟在牆上，你不知道當時執行拍賣的拍賣師有多驚恐，隊長就自己一個人坐在會場正中央，悠閒地購買道具，拍賣師到最後只好說『應該……沒有要喊價的人吧？』，然後倉皇地結束拍賣。」

「但可以在本部經營的拍賣場這樣搗亂嗎？」

「唉唷，身為S級哪怕制裁，雖然事發後收到了警告，但隊長早就買好了想要的道具，根本不在乎。當他用影子把人丟來丟去時，我站在一旁心想……幸好我選對邊了。」

羅建佑呵呵笑出來，在史賢大鬧拍賣會場後，本部下達了在拍賣會場禁止使用能力的公告，雖然之前也有人在會場上使用能力，但隊長很自豪是因為自己才讓本部頒布公告。

鄭利善臉色僵硬地聽著往事，然後心中突然浮起疑問說道：「可是史賢好像不怎麼使用道具？」

「啊，當時購買的道具大多由我們使用，例如，我的法杖就是最高等的道具。」羅建佑笑著說，申智按的手指虎、奇株奕的法杖，皆是史賢親自標下的道具，可能因為當時史賢惡名昭彰，所以隊上的獵人們都能在拍賣場上很順利地買到道具。

聽見這番話後，鄭利善重新了解為什麼Chord的獵人們默契如此良好，雖然方法有點，嗯，是很奇怪……

羅建佑說這是史賢睽違兩年來到拍賣會場，不過看來獵人們對於當時的事件記憶猶新。不知不覺，他們抵達大廳，一行人坐在最前方的位置，史賢理所當然地讓鄭利善坐在自己身邊。

羅建佑和申智按用平板電腦，瀏覽今天預計拍賣的品項，並且向史賢進行匯報，因為今天要購買可以保護鄭利善的道具，所以需要身為坦克型的申智按與治癒師羅建佑的意見，史賢專心聆聽兩人的報告。

拍賣正式開始，當兩人所提議的道具出來時，史賢開始競標。

「這是『蒼天的眼淚』，起標價為六百萬！」

「六千。」

拍賣師大吃一驚，在場的獵人也驚呼，一旁的鄭利善更是瞪大雙眼，這次的道具是可以提高強風攻擊的B級保護道具，但史賢卻喊出了A級的價格，不過比起鄭利善的驚訝，申智按與羅建佑則是司空見慣，凝視著平板螢幕。

史賢朝面露驚慌的鄭利善露出笑容，「我不喜歡拖延，買東西是最簡單的事情，沒必要浪費時間吧？」

「是、是喔……」

「是的，讓我花最多時間的事，就是挖角你。」語氣平和的史賢，說之後還有事，希望能趕快結束拍賣，畢竟第三輪副本迫在眉睫，他不想浪費時間在購物上。

之後，史賢的奇行又發生了三次，只要羅建佑和申智按所說的道具一出現，他就喊出競標價十倍以上的價格，沒有獵人再加價，畢竟無法負擔一下子被抬高的價格，當然，也沒有人敢阻止史賢競標，大家雖然都想要得到道具，但只要史賢一舉牌，眾人就會摸摸鼻子，閉緊雙唇。

可當史賢想買第五件道具，自顧自地喊出十倍價，拍賣師已經萬念俱灰，想馬上讓史賢得標時，有人舉起牌子，「七千七。」

鄭利善馬上轉頭朝聲音的方向望去，一名男子喊出比史賢高10％的價格，他的面容有些熟悉，就在鄭利善盯著他看時，一旁的羅建佑嘆了口氣，鄭利善這才認出對方。

「唉，那個人又來找碴了……」

那是韓國第三大公會，樂園公會的次任會長千亨源，他最近在交接職位，大概一、兩個月後，就會獲得所有高階主管的認可，成為正式的會長。

同樣身為S級獵人的他也參加了今天的拍賣會，用一張極度不耐煩的表情坐在後方，怒瞪史賢。依羅建佑的反應來看，應該是從以前就與史賢發生過摩擦。

「這裡是你專屬的拍賣會嗎？還是以為大家都沒錢？每個人都是來買東西的，結果看你在那裡撒野炫富。」

這番頗具攻擊性的話，讓整座會場的氣氛降到冰點，史賢盯著他，低聲嘆氣，「啊……雖然我不想用那種低俗的字眼，但沒辦法，為了讓你這種水準的人也能理解。」

「什麼？」

「你不想看我撒野炫富，而是想看其他類型的撒野嗎？」史賢爽快地問道，千亨源的臉瞬間脹紅，面部因憤怒而扭曲，周圍散發紅色的氣息，面對一觸即發的氣氛，獵人們面面相覷，互看臉色。

此時羅建佑低聲說道：「隊長，可是那項道具……不一定要買，買好的那四樣就已經足夠了。」

「是嗎？」

「對，再加上那是防禦火屬性的道具，我認為在第三輪副本派不上用場，而且我忘了，第二輪副本時魔王所掉落的火屬性防禦道具，比那個等級更高。」史賢凝視羅建佑，他難為情地搔搔頭，急忙解釋最近因為帶小孩，記憶力減弱，史賢似乎沒有想責怪他的意思，來回看了幾眼道具和千亨源。

「如果是火屬性防禦，那傢伙應該不需要才對……」

千亨源是火屬性的魔法師，身為S等級的他，絲毫沒有購買該屬性道具的必要，很明顯是想找史賢麻煩，史賢歪著頭說：「最近千亨源是不是買了一棟房子？」

「啊，沒錯。他在南大門附近買了價值三十五億韓元的房子，吵得鬧哄哄的，通常在繼承會長職位的期間會比較低調行事。」

聽見這件事的史賢，瞇起眼睛笑，那是鄭利善每次看到都覺得不安的笑容。

「一億。」

史賢突然舉牌喊價，千亨源從背後用熾熱的眼神瞪著史賢，一看到史賢喊價隨即笑了出來，然後馬上不甘示弱地舉牌，喊出兩億，周遭的獵人嚇得不敢吭聲。

兩個人就這樣展開攻防戰，從七百萬開始的道具突然漲到十億、二十億，千亨源猶豫的時間逐漸拉長，每當此時史賢就會放慢速度，緩緩提高價格，例如從二十五億抬高到二十五億兩千元，然後千亨源就會感覺自己位居上風，開心喊出二十五億五千元，然後慢慢地……

「……三十五億。」千亨源氣呼呼地舉起牌子，喊出三十五億，此時史賢拍起手來。

「結束了，你拿走吧。」

「什、什麼……？」

「我棄權，千亨源獵人請拿回家吧，啊，這麼多獵人在場的情況下，你該不會打算放棄出價吧？以你的財力來說，應該負擔得起這筆錢才對。」

史賢露出微笑，千亨源這才明白自己踏入了陷阱，每當價格抬高，史賢所露出的苦惱神情，以及不斷與隨行祕書交頭接耳討論可支出金額的舉動，全都是引誘他的手段。

不過在眾目睽睽之下，千亨源還是不得不面目猙獰地支付金額，收下道具。雖然以第三名公會的次任會長而言，這並非大筆支出，但得標金額卻比起價高出五百倍之多，再加上身為火屬性的S級的他，這項道具根本毫無用處。

面對這一連串的狀況，鄭利善感到失魂落魄，自己在過往四年裡被折磨的負債金額，在這裡瞬間就達成交易，甚至更高，他感到難以言喻的空虛感。

此時羅建佑和申智按起身，表明該離開了，史賢笑著走向臺上的千亨源，對他道：「你最近好像正欠缺足夠當上會長的業績，現在你替覺醒者本部貢獻了這麼多……真是我們社會的一大榜樣。」

主辦拍賣的覺醒者本部，會抽取部分交易金額作為手續費，但這次的道具是由本部所製作，所以本部會拿走全額。千亨源的眼睛彷彿要炸出來似地怒瞪史賢，但史賢依舊保持一貫的溫柔微笑。

「你……就不要在突擊戰裡失敗，我一定會讓你日後抬不起頭……」

「唉唷，怎麼可以將突擊戰挪作讓你消除自卑的工作，那可是關乎全國人民性命的大事，要繼位成為樂園公會會長的人，講話如此大意真的沒問題嗎？」

千亨源的拳頭散發煙霧，史賢輕輕整理了因霧氣所搖擺的衣角。

「況且，你們不是進入副本的第二順位，是第三順位。」

時間來到第三次副本的當天。

天空一早就烏雲密布，中午開始下起陣陣雨滴，副本生成的前兆出現，他們一行人動身前往現場，鄭利善從辦公大樓內靜靜看著落雨的天空。

雨水在落地窗上劃下痕跡，他直勾勾望著雨水，隊上所有獵人召開了緊急會議，就連佇立於窗前發呆的鄭利善也被奇株奕拉至會議桌邊坐下。

奇株奕有些氣喘吁吁，連羅建佑也浮現緊張的神情，鄭利善有些訝異兩人的反應，奇株奕向他說明現況：「有時副本裡的天氣與外頭的天氣會出現同步化，據說這場雨要下兩天才會停，所以很有可能當我們進入副本時，雨還不會停。」

「那有什麼影響……啊。」正要開口提問的鄭利善突然明白，這次第三次副本已將魔王設定為宙斯，使用雷電攻擊的宙斯，在雨天的話將會大幅增加其攻擊力。

「以第一輪、第二輪的副本發生前兆的時間推估，這次應該也會在傍晚左右開啟，那時候仍然下雨的機率很高……但如果因此延後進攻，會是浪費剩餘時間的不智之舉，我想第三輪副本總時大概是六十小時。」

雖然下雨的天氣基本上都是陰天，史賢的影痕技可使用的範圍也相對擴大，但相對的宙斯雷電的攻擊殺傷力也會提高，同時落雷處會閃光，造成史賢移動困難，奇株奕搖搖頭。

鄭利善發現不只是奇株奕，就連韓峨璘也摳弄指甲，表現出心煩意亂的樣子。他想起第二輪副本韓峨璘自信滿滿的模樣，讓鄭利善不由得擔心起來。

「雖然我的水屬性技能經過訓練後有增強，但這次要面對的是雷電……真是前所未有的惡劣情況。」

「你如果開口閉口都是擔心，倒不如閉嘴，別讓利善修復師感到不安。」韓峨璘指責奇株奕的嘆息，奇株奕意識到自己行為的不對，緊閉雙唇，然後道歉，他打算轉換氣氛，刻意用開朗的聲音向鄭利善問道：「修復師應該沒什麼問題吧？」

「什麼意思？」

「像是下雨天發動技能會不會比較困難，嗯，畢竟是修復建築物……會不會因為下雨沾濕，讓殘骸太重，飛不起來？還是下雨就會比較想睡？或是有不好的記憶……」

「奇株奕獵人，你很吵。」史賢的聲音打斷奇株奕，那道比平常還要冷酷好幾倍的聲音讓奇株奕顫抖身子，趕緊閉上嘴巴。

鄭利善緩慢地眨動雙眼，他感受到那道視線，與史賢四目相交，那雙清晰的瞳孔，沒有被濃霧所混濁……活人的雙眼，那雙眼睛凝視了鄭利善好一陣子，下雨的窗景映襯在史賢的身後。

鄭利善臉色有些蒼白，淺色的瞳孔就只是緩慢地眨眼，那副模樣比起正常，更接近所有情緒混在一起無法辨明。

就在史賢想要舉手伸向鄭利善時，瞧見手機螢幕顯示的通知，他站起身，那是副本前兆出現的通知。

「出發。」

聽見史賢的指令，待機中的隊員全部起立，鄭利善也慢吞吞地整理裝備，準備出發，史賢走近他的身邊，呼喊他的名字後，鄭利善平靜地說了一句話，他隱約知道史賢刻意打斷奇株奕的原因。

「我會順利完成修復。」

下雨的日子，是鄭利善失去所有朋友的日子。

他們進入副本。

難易度判定為S級，時間限制為六十小時，正如奇株奕所料想，副本裡正在下雨，黑紅色的天空傾倒著大雨，還吹起冷颼的風，看見副本狀態的獵人們，窺探隊長的臉色，倒抽一口氣。

這次的副本也與之前相似，從入口就已經坍塌，通往神殿的路寸步難行，神殿主體果然也是崩塌的狀態，無法輕易進入，一旁的平原如血一般赭紅，看來並非人類可以步行的地區，如果輕易踏入可能會踩進陷阱。

鄭利善望見眼前景象，向前走上一步，原先討論好這次無需使用過多的力氣進行修復，但從兩側平原的狀態來看，地面需要妥善修復才行，再加上戰鬥會在副本內展開，得要整理出能讓獵人們移動的範圍。

他戴上連帽衫的帽子，確認完畢現場狀態後馬上著手修復。他首先將前面的公路鋪平，但沒有修復一旁的欄杆，殘垣斷瓦懸浮在空中，唯有地上的磚頭移動，在前方鋪整出一條道路。接下來是通往神殿的階梯，由於階梯窄小，一下子就修復完畢，但也僅修復至可行走的程度而已。

然後他將倒塌在地、擋住神殿出入口的柱子立起，光是立起約十一公尺的高度就耗費不少時間。在攻略空中花園時，他選擇將柱子的所有水泥塊懸浮於空，然後一一築起，這次選擇使用柱子原始的型態，將它們放回原位。

傾倒的柱子發出巨大撞擊聲，於空中佇立，然後哐一聲回到原位。鄭利善接下來修復地板，速度比起柱子加快許多。

史賢稍微蹙起眉心，盯著前方的鄭利善，鄭利善撇頭瞄向史賢，史賢在確認完一遍修復狀態後，也點頭表示沒問題。

「辛苦了。」

鄭利善聽見這句話，才將手移開牆面，五位主要戰將遵照事前的戰略，在後面待命，由其他獵人率先進入，獵人們紛紛點頭向鄭利善致意，還有人拍手，感嘆他這次也很厲害。鄭利善僅是沉默點頭，在下雨天，自己的修復能力得到認可是件多麼可怕的事情，這樣的厭惡感在他腦裡不斷浮現，他極力壓抑住。

但問題發生在全體人員通往神殿時。

第三輪副本的基本怪物是飛翔的天使，以墮落天使型態出現的怪物，是所有人最擔心的情況。第二輪副本時，怪物需要敲擊幾下修復完畢的地面才會出現，還可以提前準備，但現在要對付突然從神殿後方飛過來的天使可謂相當不易，況且還要避免掉入一旁奇怪的平原，獵人們的行動範圍受到不小的限制。

「可惡……」

「等我們進去裡面再打啊，臭傢伙！」奇株奕吐出粗話，高舉法杖，想用火攻擊飛行的怪物，但怪物飛行的速度比他攻擊的速度還快，韓峨璘趕緊伸長棍子，將奇株奕推往內側，被長棍打到側腰的奇株奕像怪物一樣跌落在地，但其他獵人沒有時間上前關心他。

既然是在空中飛行的怪物，也代表難以抓住其影子，更甚，怪物會率先攻擊弱小的隊員，他們總是衝向鄭利善，讓一旁的史賢必須出面解決怪物，雖然他可以一次就將怪物擊斃，但一連串不順心的狀況，讓史賢面露不悅。

直到進入神殿之前，坦克型的獵人會在一旁保護遠距離攻擊的獵人，他們掩護著前鋒的安全，一邊攻擊、一邊移動。

「拜託，現在還下雨，他們怎麼還那麼會飛？根本犯規啊！」奇株奕拿著法杖大呼小叫，由於下雨，火屬性的魔法攻擊力降低，只能使用水屬性的魔法，然而那些怪物穿過水攻擊，在空中亂竄，讓他很心煩。

眾人好不容易才抵達神殿，就在鄭利善將內部修復完畢，一行人進入神殿後，一陣怪異的寂靜壟罩眾人，柱子上多了不知什麼時候點燃的火把，整座空間除了火焰的聲音之外，出奇地安靜。

在進入神殿之前，還有源源不絕的天使型態怪物，可一進入神殿後，次等怪物的攻擊瞬間停止，就像無法踏入神的領域般，只在外頭穿梭。

神殿充滿了壓迫感，高達十公尺的柱子與上方的三角形天花板帶有隆重的莊嚴感，獵人們無不發出讚嘆聲，由於不知道神殿外頭的怪物何時會飛進來，所有人繃緊神經。

「隊長，要不要乾脆熄滅火把？」

前方有一名獵人提問，倘若滅火，整座空間就會陷入黑暗，奇株奕表示同意，附和說可以用水熄滅，但史賢的視線鎖定前方。

「全體人員停止動作。」

史賢突然下達命令，獵人集體停下腳步，正當大家睜大眼睛望向史賢時，在一旁的鄭利善開口說道：「沒有神像……」

應該要坐落於視線彼方的宙斯神像，現在卻不見蹤影，那是古代七大奇蹟之一，更是本次副本所預測的魔王怪物，前一週都在研究復原圖的鄭利善，清楚知道這條路的盡頭有一張巨大的椅子，鑲滿寶石與黑檀木，木製的椅子用黃金裝飾，上頭應該要有手持權杖的宙斯，那是神像最基本的型態。

但既然神像不在的話……

「蹲下！」韓峨璘急忙高喊道，遠遠地，不，雖從遠方，但轟隆巨響瞬間就傳至耳邊，宙斯突然現身於柱子間，原本在神殿裡的神像，是以高達十三公尺的「坐姿」呈現，但現在祂站起身，看起來高達十八公尺，不僅如此，帶有一對漆黑雙眼的宙斯還揮舞著手上的黃金權杖。

如眾人所預想，宙斯神像就是第三輪副本的魔王。

魔王揮舞與柱子高度相當的權杖，使柱子發出哐啷的撞擊聲，眼看就要傾倒，鄭利善原本以為只要修復落雷處的地面即可，但沒想到就連柱子也東倒西歪。隨著魔王登場，空氣緊縮成一團，他緊張得顫抖身子。

下一秒，柱子倒塌，塵土飛揚，獵人們慌張地四處逃竄，混亂不已，史賢抓住鄭利善的手臂，拉向自己的身後，然後馬上呼喊韓峨璘，韓峨璘聽見後隨即往前，然後轉頭看了一眼鄭利善。

鄭利善不明白她突然望向自己的用意，只能驚恐地看著韓峨璘，在交錯的視線下，韓峨璘尷尬一笑，「利善修復師，你應該知道我很喜歡你吧？」

面對突如其來的一句話，讓鄭利善的表情逐漸露出困惑，韓峨璘轉了一圈手持的長棍，然後往地上大力一擊，瞬間，整座地板發出了震動，四散的獵人驚魂未定，視線馬上望向韓峨璘。

地表晃動得讓人難以站立，大約距離二十公尺的宙斯看到韓峨璘，隨即發出哐哐聲，朝她而來，鄭利善修復好的地板碎成裂塊。

此時，韓峨璘所站立的地面突然往上衝，不遠處的鄭利善失去重心，史賢則緊緊抓著他，讓他可以完整目睹整個過程。韓峨璘不僅讓地表震動，更讓自己所站位置的半徑兩公尺的土地往上升起，並且在瞬間就到達與柱子相同的高度。

她來到能與宙斯平視的高度，韓峨璘揮舞長棍露出笑容，「我不喜歡別人高高在上地看著我，面對面打一架吧！」

S級獵人韓峨璘使出其特有的地震技能。

鄭利善對於一連串的狀況感到訝異，當地表震動時，他就聯想到是韓峨璘所發動的能力，但沒想到可以抬高地面，並依韓峨璘的意志隨意移動。

再加上韓峨璘抬升地面後，形成了巨大的影子，她在上方用長棍攻擊怪物的臉部，當怪物想用權杖攻擊時，她就迅速地閃避，跳至柱子上，握住火把的韓峨璘朝史賢大喊：「要熄滅火把嗎？」

「不了，魔王只有一道影子，讓他轉向。」

聽見史賢冷靜的回答，韓峨璘大喊收到，再次奔向魔王，她降落在宙斯的肩膀，並跑向祂的胸口，每當韓峨璘用長棍攻擊神像的肩膀或脖子時，皆會發出巨大聲響。

但是，以木造且鑲入象牙石的神像變為魔王後，身體似乎更加強化，即使遭受長棍攻擊也不易毀壞，韓峨璘的攻擊力道是足以砸碎石柱的，但在宙斯身上卻起不了作用，就在反覆多次，似乎使之受到傷害時，魔王也漸漸掌握韓峨璘的攻擊模式，試圖想抓住她。

雖然體型龐大的神像移動緩慢，但每當神像一動作，韓峨璘便會自高處掉落，好不容易移動地表讓自己安全落地後的韓峨璘，還會大聲笑著辱罵宙斯，鄭利善看著韓峨璘邊笑邊罵的場景，感到有些不知所措。

此時，史賢命令獵人從下方箝制神像的移動，陷入短暫驚慌的獵人們馬上分好隊伍，負責神像的前方與左右，發動攻擊，史賢確認大家就位後，抓住鄭利善，將他帶往後方。
「申智按獵人、羅建佑獵人。」
「是的。」
「明白。」
似乎事前就已吩咐完畢，申智按與羅建佑點頭示意，前者來到史賢的前方，而後者則站在鄭利善身旁，牢牢抓住他，鄭利善看見這個隊形後，便知道史賢要發動的能力。
這是史賢的影痕技能之一，附身影子。
目前為止，他只將部分的物理力轉移至影子上，現在看起來是轉移全部了，站起身的宙斯高達十八公尺，動作幅度大，乾脆選擇將所有力量轉移至神像的影子，阻止宙斯的行動，因此史賢才會讓韓峨璘誘使神像轉向，讓神像盡可能露出最大的影子面積。
完全附身後的史賢無法移動主體，所以需要坦克型的申智按在前方保護，由羅建佑在後方以防突發狀況，隨時進行治癒。
隨著韓峨璘的攻擊，宙斯逐漸轉向，直到史賢看到影子完全露出後，他開口說道：「如果在我附身的期間，利善受傷的話……」
未將話說完的史賢，靜靜勾出笑容，表示最後一句話不用說出來，大家也心知肚明，看到這道笑容的申智按與羅建佑大力點頭。
史賢將手放在外衣口袋，隨即閉上雙眼，轉瞬間，宙斯像身後的影子似乎更黑一層，影子隨之起身。原本所謂的影子，只是主體身後的一塊黑影，但當史賢完全附身後，就會成為史賢的另一個身體，並且神像的影子面積龐大，可以活動的範圍跟物理能力皆更加強大。
彷彿進入神殿以前的兵荒馬亂都只是浮雲，現在大家團結一心，勝券在握，鄭利善吃驚地看著眼前的局勢，就算四處張望，也無法一眼看盡所有隊員的攻勢。

羅建佑似乎很快就適應狀況，用些許可惜的語調說道：「峨璘獵人還沒使用隱藏能力呢，還以為可以看到經典場景了。」

「抬升地面不是隱藏能力嗎？」

「嗯？那個只是地震能力的代表性技能之一，反正看現在的狀況，也沒必要使用了。」

話雖如此，羅建佑似乎還是感到可惜，咂嘴一聲後說道，不過韓峨璘隱藏能力的副作用很麻煩，他能理解，再加上隊長可能有事先吩咐韓峨璘可以視情況再使用，沒有一定要使用的必要性。鄭利善呆滯地頻頻點頭，因為他光是看到韓峨璘將地表變成像雲朵般移動的工具，就已經感到讚嘆不已。

一點點、一點點，鄭利善的臉浮現安心感。

神殿外依然下著雨，但雨不再觸碰站在神殿之中的他，無論是雨的氣味，或是下雨天特有的寒氣，在他失去朋友那天被包圍的東西，現在全都不見蹤影，只能聽見獵人們包圍神像腳邊的嘶吼聲，以及在高處於柱子與抬升地面間來回跳來跳去的韓峨璘，不斷對史賢說著什麼的聲音。

這樣的吵雜聲帶給鄭利善心安，原本他光是要進入副本就覺得喘不過氣，但現在看到隊員們的模樣，他認為自己說不定不會再害怕副本了。

就在此時，宙斯像高舉權杖。

「你們，接受審判吧——」

宙斯的腳部被獵人綑綁，身體被影子所壓迫，還被迅速跑跳的韓峨璘所攻擊，宙斯使勁將權杖大力往地上砸去。

「呃啊啊！」

「嚇！」

獵人們發出慘叫，地面猶如地震來襲，迸發震動，站在高處的韓峨璘也稍微踉蹌不穩，趕緊趴倒在地，壓低身子，但不僅如此，神殿內的空氣，不，應該說是整座副本開始嗡嗡嗡的震動，就在難以呼吸的壓迫感來臨時……

轟隆！天花板裂出一口大洞，落雷劈下。

剎那間，視線所及之處一片光亮，獵人們的高喊被雷聲蓋過，嗡——巨大聲響讓耳朵產生耳鳴，迴盪整座空間，並且襲來一股驚人的熱氣。

鄭利善的雙眼過了好一陣子才恢復視力。

「……」

韓峨璘所抬升的地面開始碎裂，跌落在地的韓峨璘無法起身，總是握在手上的長棍飛到遠處，掉在神像腳邊，阻擋行動的獵人們也因落雷受到不小的波及。

在落雷攻擊範圍裡的獵人，不但衣服著火，甚至被火灼燒，雖然治癒師們緊急進行療傷，但傷口範圍太大，而且魔王不會等他們整裝待發。

哐，魔王往前走一步，看來想用腳踩踏地上的人。

遲了幾刻後，影子移動了，剛才因為閃電的關係，使得整座神殿被白光籠罩，影子似乎短暫失去力量，不過再次找回影子權能的史賢將神像往後拉。

想往前的神像與牽制神像的影子開始纏鬥，鄭利善呆望著影子漸長的模樣，所有事皆在一瞬間發生。

雨，從外頭衝了進來。

暴雨從破掉的天花板狂妄落下，濕透的地板與被淋濕的人們，慘叫聲如幻聽般在鄭利善的耳邊盤旋。

申智按、羅建佑和鄭利善全都退至後方，雖然不在攻擊的直接範圍內，但仍受到間接性的波及。申智按雙手交叉，用藍色氣體的屏障抵擋了攻擊，兩手還是燙傷了，在後方的羅建佑吐著大氣，指向神像，「祂、祂，天哪……」

宙斯似乎聽見他的大喊，黑紅色的雙眼直視他們，鄭利善覺得自己絲毫吸不到空氣。魔王將權杖往他們頭上劈去，在強大的攻擊力道之下，申智按急忙伸手抵擋攻擊，用手抓住權杖上方的鉤環，那是比她身形還要龐大的鉤環。

但魔王馬上將權杖往旁邊一甩，將申智按丟出去，被丟在牆上的她咳出鮮血。

鄭利善呆望著一連串的景象，從某一刻起，原本這座截然不同的副本，在他眼中成了過去他第一次進入的副本；第二次大型副本，那奪走鄭利善的一切，殘忍又可怕的副本。

鄭利善眼前是史賢的身體，由於他附身至影子上，這個身體沒有任何的控制力，就這樣手無寸鐵地佇立在鄭利善的面前，魔王即將發動攻擊，祂舉起權杖，朝他們而來，這一切過程在鄭利善的眼中以慢動作播放，彷彿視神經與反應神經出現速度落差。

——啊。

——我眼前的人說不定會死。

「不可以！」

邊吼叫邊往前跑的鄭利善摟住史賢的身體，這是他飽受衝擊、極度恐慌之下的行動，那個原本認為絕不會死掉的人，有可能就這樣被五馬分屍，丟了性命也說不定，在那一瞬間鄭利善失去理智。

此時，史賢正好解除附身，回到原本身體的瞬間，他看到神像攻擊申智按後就馬上轉移自己，在進行完全轉移的情況下，要回到主體的時間通常短則一秒，長則三秒。

那是個相當危急的情況，如果迅速回來可以驚險地躲過攻擊，但若不是，就必須做好受傷的準備，但當他回到主體，正打算確認權杖到哪裡時，就被推往一側了。

「啊……」

掌握狀況的史賢露出僵硬且可怕的神情，視線掃描鄭利善的全身，幾天前買來保護他的防禦道具皆有發揮效力，所以沒有受傷。但如果鄭利善閃避不及，有可能會直接被權杖擊中，無論穿上再怎麼高等的防禦道具，他面對的可是S級副本的魔王。

如果鄭利善待在原先的位置，就不會受到波及，然而他非得要跑到史賢身邊，推倒他，史賢對這點感到相當憤怒。

「鄭利善，你瘋了嗎？你剛才差點死……」但史賢無法說完話，因為他看到鄭利善緊緊抓住他，雙眼落下斗大的淚水。

「不要死、求求你，嗚嗚——我、我錯了，求求你……」鄭利善緊抓住史賢大哭，他的雙眼滿是淚水，照理說應該什麼也看不見，但他還是固執地緊抓著史賢的手臂嚎啕大哭，彷彿確認對方是否還有生命跡象，不停在手臂上來回找尋溫度。

包含再度起身反抗魔王的申智按，以及在旁邊輔助的羅建佑，全都訝異地看著鄭利善，在史賢旁邊崩潰哭泣的鄭利善，絕非處於正常的精神狀態。

像是在刻意拼接之下，直到生命盡頭終於潰堤的人，不，或者說，打從一開始就遭受生命束縛的鄭利善失去了理智。說不定會在雨天的副本裡再度失去誰；說不定又會有人死在他眼前——這樣的恐懼壓倒了他。

他感覺隨時都會死去，無法呼吸，不過最後仍然能吐出氣息，他的人生充滿謊言。

「求求你，不要丟下我一個人……」

鄭利善失去理智，哭得撕心裂肺，史賢表情僵硬，靜靜地看著哭倒在懷裡的鄭利善。

神殿開始傾倒，現在神殿是用鄭利善的隱藏能力所恢復的狀態，因此當他失去理智時，能力被迫中斷。

地板逐漸消失，進入神殿時所蓋好的柱子伴隨聲響再度傾斜，魔王蓄勢待發，柱子粉碎在地，造成更大的崩塌。

同一時間，外頭天使型態的怪獸再度穿梭來去，獵人們不知所措地看著史賢，他則是低頭看向已經哭暈在懷裡的鄭利善，最後嘆了一聲，抓住鄭利善的肩膀。

「放棄進攻副本，請各位使用歸還石。」

Chord 324 在韓國連續七場突擊戰，第三輪進攻失敗。

他們在下午四點副本生成後隨即進入，但在六個小時內就退場，一切過程皆由獵人協會的電視臺轉播出去，進入神殿的他們，使用歸還石移動至裂口，攝影機拍下了他們走出來的模樣。

一起進入的協會攝影師，由於服用過高階透明藥水，所以躲避了怪物的攻擊，但在神殿倒塌時也差點陷入危險，這段驚險的過程全都用攝影機拍了下來，看到影片的大眾陷入一片絕望。

隸屬於韓國第一名的公會，號稱最強的 Chord，而且隊上還有兩位S級的攻擊型獵人，這樣的隊伍竟然鎩羽而歸，身為進入副本第二順位的泰信公會，雖然表示在精密分析 Chord 進攻影像後會進入副本，但卻無法平息早已沸騰的輿論。

陷入恐慌的市民一方面害怕難度增高的副本，另一方面也批評失敗的他們。

確切來說，是埋怨隊長史賢說出「放棄」一詞的原因。

史賢首先將暈厥的鄭利善送回家，然後回到HN公會，時間已經接近半夜，但為了分析失敗的原因，隊上所有的獵人都在待命。

雖然因為他們的失敗，進攻權移交給其他公會，但如果其他公會都輸了，他們還是得再進入副本。就算不輪到他們，也還是擁有優先進入第四輪副本的權力，只不過，若是其他公會成功清除第三輪副本的話，等 Chord 要進入第四輪副本時，輿論想必會更慘不忍睹。

「您來了。」

史賢一進到辦公室，獵人們紛紛起身問候，雖然他們無不愁眉苦臉，但史賢卻展現一貫從容的態度開始會議，申智按正好與獵人協會通完電話，打開會議室中央的電視，並且說道：「泰信公會預計凌晨六點進入。」

「待機的時間真長……要浪費八個小時嗎？」

羅建佑唉聲嘆氣，距離副本爆炸的六十個小時內，他們已經使用六個小時，泰信公會若要準備八個小時，那就過去十四個小時，由於 Chord 的進攻速度比其他公會快，代表泰信公會最少需要花費十個小時以上，若能成功當然很好，但要是失敗，剩餘的時間就不多了。

如果第三輪副本爆炸，將會產生相較於一般S級副本三倍的災害程度。以往首次大型副本的S級副本爆炸後，龍仁市有一半都被炸毀，這次的副本要是也發生爆炸，說不定整個首爾都會夷為平地。

羅建佑感到煩悶，大力抓頭，看著電視畫面，此時新聞收到插播，泰信公會即將對外公佈進入副本的時間，同時也正在商討攻略方向。

「泰信可以成功嗎？」

「不好判斷。」史賢回答一名獵人的問題，那雙漆黑的雙眼凝視畫面，大拇指輕敲桌面，「泰信特攻隊的核心S級獵人為雷電屬性的獵人，與第三輪副本的魔王相符，恐怕不會造成多大的傷害……再加上泰信近距離的補師比遠距離的多，在面對剛入場的飛行怪物，應該會陷入苦戰。次等怪物的屬性會如同魔王怪物，抵抗力較高，我想泰信公會會長的雷電技能應該無法派上用場。」

獵人們點頭贊成史賢冷靜的分析，隨後紛紛表示意見，並表示第三順位進入的樂園公會要奪勝的可能性也不大，樂園雖有較多的遠距離魔法師，但宙斯神像對於所有屬性皆有很高的防禦力，一般魔法很難與之對抗。

自然而然地，大家討論的方向轉為分析這次失敗的肇因，就算其他公會成功，找出眼前問題才是最重要的事情。所有人盯著進攻影片，各自講述所遇到的困難，當時有很多情況是攝影機沒有拍攝到的。

雖然在最後是因為鄭利善無法維持能力，導致神殿倒塌，所以決定放棄。但其實早在宙斯劈下雷電時，就已經註定失敗。

「若說失敗的關鍵，是在掌握雷電的規則前就著急結束的話，那無可否認這是我們的誤判。」史賢言簡意賅地整理結論，看來一旦對於魔王造成一定的傷害，就會觸發雷電，他們沒有掌握這點，一開始就將人力集中在魔王的周圍，導致傷害範圍較大，史賢認同這項失誤，所有的獵人低下頭，露出可惜的神色。

但電視突然出現快報，第三順位的樂園公會，次任會長千亨源突然舉辦記者會，在大半夜突然召集記者們的他站在講臺上，一臉看似可以體會民眾的不安與恐懼，對於當前狀態表達憂慮，他最後握緊拳頭，大聲喊道：「我們一定會成功清除Chord所攻陷失敗的副本。」

聽見這番話，羅建佑咂舌。

「這傢伙又在說大話……」

獵人們不禁低聲笑了，千亨源自從確定要繼承會長一職後，就不斷用盡手段想要超越史賢的紀錄，這是大部分獵人都知道的事實。Chord只花了四年就超越千亨源花了十年所累積的戰績，他們是韓國最強的隊伍，因此其他隊伍總是想方設法牽制他們。

史賢乏味地將視線移開畫面，看向申智按。

「韓峨璘獵人呢？」

「她在二十四樓的恢復室，醫師說半夜左右會醒來。」

史賢點頭，想起身去探望她，羅建佑跟在身後。

韓峨璘直接被魔王的雷電所擊中，就算身為S級獵人，防禦力再怎麼高強，還是暈眩了過去。她現在在HN公會獵人專用的恢復室裡休息，那裡不僅有韓峨璘，還有奇株奕，魔王進行閃電攻擊時，他在一旁受到波及，手部有些微燙傷，所以正在接受治療。

奇株奕一看到史賢過來，急忙起身，羅建佑急忙用手示意他別亂動。

「都受傷了，別動來動去。」

「只是手受傷而已，很快就可以恢復，醫師說大概今天之內就可以拿法杖了。」

奇株奕笑著握緊又攤開因破皮露出粉色傷口的手掌，只要他待的位置稍有差池，可能就會被宙斯踩斷整隻手，史賢確認完奇株奕的傷勢後，來到韓峨璘所在的病房，幸好韓峨璘沒有受重傷，身上的輕傷快速地恢復中。

史賢透過玻璃窗確認韓峨璘的狀態，低聲說道：「快的話明天早上，不然就是傍晚左右，我們會再度進入副本，請在那之前整裝完畢。」

「什麼，雖然泰信的主要屬性是雷電沒有錯，但樂園也會失敗嗎？」

「聽說樂園最近招募了許多攻擊系的獵人……」

一聽見要再度進入的命令，奇株奕與羅建佑紛紛感到訝異，雖然兩人也不喜歡樂園，但有看到樂園最近招募A級獵人的新聞，他們看準史賢帶領最強的隊伍，所以不甘示弱挖角許多獵人。

史賢見狀，勾起微笑。

「就算是A級，沒有真正合作過的人，算得了一支隊伍嗎？別用嘴巴說出那種烏合之眾會成功的話，我不想聽到我們的隊員只能說出這種低等的分析。」

「啊，好的……」羅建佑和奇株奕同時露出難為情的反應，他們交換尷尬的眼神，史賢動身走向走廊，他打算回到會議室繼續研究副本的影片。

但是奇株奕跟在身後，猶豫一陣子後小心地開口問道：「那、那個……修復師還好嗎？現在外頭的輿論很可怕……」

「什麼意思？」

「啊，就是，那個……我擔心他的狀態，能否安全地在明天或是後天進入副本，雖然我知道他不大上網，但我認為以防萬一，可能先讓修復師遠離手機會比較好。」看見史賢訝異的視線，奇株奕刻意擠出生硬的笑容，說輿論一點也不手下留情，還是多注意比較好，因為第三輪副本的失敗畫面透過電視轉播出去，而且神殿倒塌時的最後場景更是經過剪輯到處流傳，造成網路風向相當不樂觀。

「修復師原本的狀態就在不穩定了，如果看到那些東西……」奇株奕在那雙緊盯自己的視線之下，支吾其詞。

史賢則是默念著「不穩定……」然後繼續往前走去，但卻在走廊的盡頭聽見ＨＮ公會獵人的交談聲，二十四樓的恢復室之間有休息室，獵人們聚集在此低聲交談，他們在談論Chord 這次的失敗。

「這次進入的權限被轉移了，之後該怎麼辦？當第四輪 Chord 要再度入場時……」

「如果第三輪副本是由其他公會成功，然後第四輪回到 Chord 身上時，那真的是最惡劣的情況了，說不定會群起反抗要取消入場順序，畢竟如果副本爆炸，整座城市都會被夷平，誰都不希望浪費所剩時間。」

「當時說要帶修復師進去，我就有不好的預感了。」

ＨＮ公會裡除了 Chord 的進攻隊伍之外，將獵人分為一級、二級、三級，如果副本的難易度為Ｂ級以上，將派出一級進攻隊伍，Ｃ級的話即為二級，Ｄ級則是三級，雖然在公會裡歸類至二、三級，但對其他公會而言是一級的水準，這就是韓國第一名公會的威嚴。

現在聚集在休息室裡聊天的人是二級進攻隊伍的隊員，他們不停嘆氣，各自袒露對於這次副本失敗的擔憂，但這些表面看似憂心忡忡的想法，說穿了就是嘲諷。

「第二輪副本時，還說活用了修復師是整場戰役的壓箱寶，網路上吵吵鬧鬧的，現在變成這個下場。」

「老實說應該沒有修復路面的必要吧？雖然會造成阻礙，但好像不是必要的過程，難道不是刻意作秀嗎？」

「是吧？原以為只有我這樣想，說不定還跟獵人協會達成共識了，他們用華麗的修復技能當作噱頭，藉以吸引點閱率，然後 Chord 再從中抽成。」

「修復師，那個鄭利善？民眾把他捧得跟救世英雄一樣，但其他修復師卻認為他很奇怪，這次神殿的修復度也不高，看起來能力沒那麼好。」

「根本就是個負擔好不好，這次的影片可以看出來，他的精神狀態不怎麼好，怎麼會帶那種人去打副本……」

休息室的對話，一字不漏地在安靜的走廊迴盪。隨著ＨＮ副會長史允江與 Chord 隊長史賢明顯的嫌隙，讓公會內部也形成隱形的派系，支持史允江的獵人們當 Chord 榮獲戰果時，表現得像同一個公會似地一同祝賀，但當他們失敗時，就馬上在背地裡怒罵批評。

聽見他們這樣品頭論足，奇株奕氣得想要找對方理論，但羅建佑趕緊抓住他，指向史賢，奇株奕看著史賢的背，然後瞧見一旁的玻璃窗，上頭映照出史賢的側臉，一看到史賢臉上的笑容，奇株奕馬上乖乖地忍住怒氣。

史賢很快地走上前，輕聲向他們問道：「他是我挖角來的，有什麼不滿嗎？」

聽見史賢的聲音，聚集在桌邊的獵人嚇得震了下身子，特別是站在最前面的隊長，肩膀甚至抖了一下，不知不覺靠上前的史賢，用溫柔的語氣繼續說道：「好像有什麼不滿意的地方，說看看。」

「啊，不是，那個……」

「大家都是ＨＮ公會的同事，我想聽聽不同的意見，如果對於我的隊員安排有意見，歡迎表達。」

所有獵人馬上站起來，向史賢低下頭，然而史賢只是看著他們的動作，絲毫沒有退讓之意，佇立在原地，就在獵人彼此交換眼神時，他們的隊長緊閉雙眼，開口說道：「史、史賢獵人，我們並非批評挖角的部分，但老實說，把非戰鬥類型的覺醒者帶進突擊戰，況且還是S級副本的行為確實有些不妥，所、所以對大家而言都是負擔，就連協會的攝影師，都是戰鬥類型的獵人，但是竟然帶進一名連護身技能都不會的覺醒者……」

「請繼續說。」

「而且，這次失、失敗的關鍵原因，不就是因為鄭利善嗎？他好像也沒有將副本修復完全，精神狀態似乎不怎麼正常，趕緊踢出隊伍，說不定……」

「喔……」

「我不久前也聽說，副會長好像考慮當輪到Chord再次進入的順序時，要讓HN公會的一級進攻隊伍取而代之，完成任務。」

一聽見史賢輕微的嘆息，對方似乎得到勇氣，抬高了聲音，語畢後史賢仔細琢磨對方的話，不發一語，站在身後的奇株奕表情皺成一團，但史賢卻笑了。

「李碩民獵人。」

「是的？」

「你們隊伍在今年一月十四日進入C級副本時，第一次以失敗收場對吧。」

「啊？呃，是沒錯……」

「二月十日再進入也失敗，然後二十一日在失敗邊緣時，好不容易等到其他隊伍協助才成功清除，但在一週後又失敗。」

史賢笑著朗誦李碩民的戰績，史賢從他進HN公會當上二級隊長後的歷程，都完整地朗讀一次，「總結來看，你在首次進入副本就成功的機率是41.3%。」

「……」

「現在來看鄭利善好嗎？對了，利善直到目前為止，只有進入過副本三次，其中一次失敗，成功率是66.6%。但由於第二次大型副本時，他並非以進攻為目的進入，將那次屏除在外的話，他進入過兩次S級副本，一次成功、一次失敗，所以成功率為50%。」

史賢望著李碩民蒼白又僵硬的表情，繼續溫柔地說道：「成功率有50%的人就要被罵的話，那麼公會是不是該剔除成功率60%以下的人呢，對吧？HN公會太過寬容，給這些人太多次機會了。」

「這、這個……」

「這個世界因為僅是一次的失敗，就說別人精神有問題，看來HN公會跟不上這世界的腳步，身為韓國第一名的公會，怎麼可以被淘汰？副會長很重視公會的形象，得要上呈議案才行了。」

這句彷彿宣判死刑的話，不僅讓李碩民的臉色發白，身後的所有獵人也表情僵硬，面對突如而來的發展，他們支支吾吾，最後有一名獵人委屈地大喊：「但如果這次突擊戰失敗的話，將會造成多大的災害！要把奇怪的人移除進攻名單才……」

那個人無法將話說完，方才一直掛著微笑的史賢，瞬間收起笑容，注視著他，雖然史賢總是笑著的表情很可怕，但現在更加令人感到恐懼。

史賢用眼神分別注視在場的其餘獵人，確認這是否為該名獵人個人的意見，然後他勾起嘴角，這群人的表情已經給出答案。

「民眾因為害怕現在的局勢，所以對於首次的失敗會反應較大，內心充滿恐懼，不清楚副本的失敗原因，也無法釐清正確的因果關係，但你們呢？」

「我們……」

「現在站在這裡的都是獵人，不是嗎？啊，還是在我不知道的時候，就連一般民眾都可以進來公司了？或是你們想要辭職，過上一般人的生活？說不定這樣還比較好，我現在完全不覺得自己在跟獵人對話。」

「……」

「擁有什麼想法是個人的自由，但別輕易亂講。」

既非憤慨的語氣也沒有眉頭深鎖，大家紛紛看著史賢的臉色，不敢吭聲。

史賢拍了拍眼前李碩民的肩膀說道：「請你將在這裡講閒話的時間拿去訓練自己，與其在這裡對別人的失敗下指導棋，還不如提高你那可悲的成功率，這樣豈不是對你的人生更有幫助？」

李碩民不由得低下頭，史賢盯著他看，然後手機收到文字訊息，負責照顧鄭利善的照護員通知史賢，鄭利善醒來了，史賢不發一語地望著螢幕，然後轉身離開。

整座走廊唯有可怕的寧靜。

當鄭利善睜開眼時，已是凌晨三點。

雖然醒了，但感覺仍是半夢半醒，所以他選擇坐在床上發呆，這段期間照護員似乎有進來確認狀態，不過他也記不清楚，只是緩慢地眨眨眼睛，因為口渴而醒來。

雖然使用了隱藏能力，但由於只修復部分建築物，所以副作用不會如上次嚴重，但發燒與頭痛仍存在，鄭利善搖搖晃晃地走向廚房，照護員不知道什麼時候早已回家，看不見對方的身影。

「啊……」

好不容易來到飲水機邊，想倒水喝的鄭利善，踉蹌地靠著桌子，好笑的是當他的手臂觸碰冰冷的大理石之際，他才稍微清醒一些。鄭利善又維持了好一陣子這種渾噩的狀態後才發出一聲嘆息，開始找尋手機。

然後，史賢在這個時候出現。

「利善。」

聽見溫柔的嗓音，鄭利善慢了一拍才望向聲音的來源，不知道因為高燒，還是因為哭暈過去，鄭利善的眼角有些濕潤，但他的淺褐色眼珠卻乾燥地沙沙作響，彷彿枯萎的植物，滴水未沾，他的雙眼失去生命力，不，應該說像是被掏空一般。

鄭利善用這副模樣緩慢眨眼，然後低落地說：「對不起。」

聽見鄭利善的道歉，史賢的表情出現微妙變化，他沉默地凝視鄭利善，走上前問道：「你在做什麼呢？」

「喔，我剛醒來，想找手機看看現在的狀況，但不知道手機放在哪裡……」

鄭利善喃喃自語，走往電燈開關，家裡只有廚房開著燈，四處一片漆黑，他想走去打開客廳的大燈，史賢的目光轉到鄭利善的後方，然後聽見咚的一聲，就像手機掉落的聲音。

鄭利善聽見聲響，緩緩看向史賢，史賢則是帶著一如往常的笑容，「沒有了。」

「……我什麼話都還沒講。」

「我說沒有了。」

「……」

鄭利善露出稍微驚慌的神情，史賢利用家裡的一片漆黑，透過能力將手機丟至某處。雖然聽見聲音，但由於頭痛，所以無法分辨位置，至少沒有碎掉吧。鄭利善只能如此作罷，因為他連思考的體力都沒有，全身癱軟。

他癱倒在沙發，吞下一口氣，史賢來到他的前面，雖然房子很暗，但前面的影子卻很鮮明，鄭利善望著深沉的漆黑，冷靜地開口問道：「泰信公會進入副本了嗎？」

「預計凌晨六點進入，現在是凌晨三點。」

聽到鄭利善平靜的聲音，史賢有些意外，他望著鄭利善說明現在的狀況，雖然泰信會進入副本，但失敗的機率高，同時也簡略說明原因，鄭利善沉默地聆聽，並且低頭道歉：

「……對不起，都是我、我做出突發行為……因為我才……失敗……」

「突發，這句話並不正確，你跟屍體們生活了一整年的時間，這次的行動不能以突然來形容。」

「……」

「嗯，我不是在責怪你，只是說出事實，而且這次進攻失敗的原因，你的突發舉止並沒占太多的比例，所以無需過度自責，如果要以數據而論，占比大概也不到20%。」簡要說明的史賢，仔細端詳著鄭利善的狀態，他明明發著高燒，頭髮全被汗水浸濕，但仍然專心聽著史賢的分析。

「雖然我們考慮要再次進入，不過要視你的狀態再下定論，因為不知道副作用會持續到何時，而且也不能再重蹈覆轍。」

「我、我可以進去。」

「是嗎？這個之後再說。」聽見如此生冷的回答，鄭利善有些愣住，他的心頭一沉，臉色蒼白，大概是擔心如果第三輪副本失敗的話，就無法替朋友進行無效化，讓他們安息。

史賢沒有回應他的不安，只是從懷裡拿出藥水，「喝下吧。」

雖然鄭利善看似有話想說，但看到史賢盯著自己的眼神，他最後還是接下藥水，這罐藥水的瓶身與平常的不同，而且味道還更苦，或許因為頭痛的關係，讓苦味格外明顯，鄭利善稍微皺起眉心。

他用手背擦拭嘴角，露出錯綜複雜的表情，史賢猶如觀察似地望向他，然後用滿足的表情移動至廚房再回來，他用影子能力瞬間就取水過來。

其實史賢讓鄭利善喝下的，並非單純的恢復藥水，而是添加了安眠藥成分的藥水，服用後最少可以熟睡十二小時，最多可睡到一天，因此他特別找來這罐藥水，為的是害怕固執的鄭利善執意要參加會議。

再加上，鄭利善幾個小時前才剛精神不穩定，所以讓他睡一覺是最好的方法，一切正如史賢的計畫，當他取水回來後，鄭利善感覺視線逐漸朦朧。

不知道史賢有此用意的鄭利善，很快就昏昏沉沉地接過史賢的水杯喝下肚，瞬間襲來的睏意讓他昏昏欲睡，甚至握不住水杯，史賢自下方接住水杯後，鄭利善呆望著他，喃喃自語：「我有點好奇，可以問你嗎？」

「你知道這句就已經是問題了嗎？」

「你不是可以轉移至影子嗎？那是怎麼做到的？」聽見莫名其妙的問題，史賢露出困惑，但鄭利善用真摯的表情說，他真的從以前就很好奇了，然後嘮嘮叨叨地繼續說。

「訓練的時候，我看你可以移動到玻璃窗外……所以如果前方有障礙物也可以嗎？只要看得見的黑暗都可以移動嗎？」

「基本上是這樣，但為什麼突然好奇這個？」

「你每次都會分析我的能力，為什麼我不能問？」鄭利善蹙起眉心，表現出委屈的樣子，但他本來就有點神志不清，所以表情很快又放鬆下來，史賢看著他，瞬間懷疑藥水是不是含有酒精，但他早已確認過成分，不可能含有酒精，所以是睡前的掙扎嗎？

史賢用漆黑的瞳孔，仔細確認鄭利善的狀況。

「無論移動到多遠都可以嗎？只要視線所及的黑暗，有影子的地方都可以？」

「是的，我都不知道利善是這麼有求知欲的人……」

「那可以從這裡到那裡，那麼遠的地方嗎？」

他將手指向陽臺外側，因為他們住在頂樓，所以可將整座城市一覽無遺，鄭利善指著他目光所能看見的最遠建築物。

史賢計算著距離，沒有馬上回答，鄭利善將他的沉默視為肯定，發出讚嘆。

「好神奇喔……」

「……」

「那可以移動到用望遠鏡看得見的地方嗎？從這裡到龍仁呢？所以……你之前才會突然出現？」

「利善，要不要休息了？」

「如果用天文望遠鏡的話，哇，也可以到月球嗎？」

「哈。」最後史賢失聲笑了。

即使是S級，也無法移動到那麼遠的距離，要分好幾次移動才行，他雖然想計算大約的距離後告訴鄭利善，但他的問題太過好笑，史賢用無話可說的眼神凝視著他，開口說道：

「利善，要讓你乖乖入睡真不簡單。」

「不簡單的是你很像騙人的瞬間移動。」

「哈……」

史賢嘆氣，同時笑了，他用手蓋住額頭，在會議室裡分析失敗原因時，頭一點也不痛，但現在卻感到疲累，這種感覺比起討人厭的疲累，更接近好笑。

最後史賢坐在鄭利善的旁邊，讓他靠在沙發的靠枕，他打算讓鄭利善睡著後再將他移至床上，而鄭利善不斷含糊地發問，明明眼皮很重卻不放棄說話。

「如果可以用望遠鏡看到外國，也可以飛過去嗎？」

「利善，那樣是犯罪。」

「……」

在史賢的勸說語氣下，鄭利善的表情有些異樣，似乎不知道這件事，露出訝異的眼神，史賢安靜地望著他，就在視線來回幾次後，史賢率先開口：「如果一個國家的S級獵人，在未經申請的情況下就進入其他國家，會被視為危險行為，所以出入境的審查比較嚴格，不過當其他國家提出協助申請時，也會像派遣一樣得到出入境許可。」

「是喔？真羨慕。」

「你想出國嗎？」

「以前……曾跟朋友去畢業旅行過。」

經過史賢的調整姿勢之下，深深埋進沙發的鄭利善含糊不清地呢喃，這座沙發雖然很寬敞，足夠他躺下，但他固執地不乖乖躺好，史賢只好等待時機，聆聽鄭利善想說的話。

「是八年前嗎……國中畢業的時候，我們稱之為畢業旅行，一起來了首爾，明明住龍仁，只是來趟首爾算什麼旅行，但因為耗費比較多時間，所以稱為旅行嗎？總之，那時我們很開心，天南地北地聊……」

鄭利善想起當時的情況，不時露出淺淺微笑，迷蒙的視線似乎好不容易刻劃出那時候的場景。

史賢聽到「八年前」想起了當時的事件。

「那時我們說，既然國中畢業旅行來了首爾，那高中畢業旅行就要出國玩，然後，就發生了第一次大型副本……」

鄭利善突然中斷話語，似乎有什麼掐住他的咽喉，他躺在靠枕上，然後慢吞吞地呼吸，繼續開口，他似乎不想對於第一次副本，也就是讓他失去父母的記憶多說些什麼，進而轉移話題。

「二十歲的時候，我檢測出是S級修復能力，我們還說，這樣真的可以去國外了，只要高中畢業就可以一起去……我們還選出旅遊地點，可是……」

「你還記得嗎？」

「嗯，記得，雖然記得，但也是記得宏信公會來找我們的事情……我們正在客廳聊天，他們就這樣突然闖進來，真的是，臭傢伙們……」

史賢望向鄭利善，鄭利善的個性內向，說話也相對溫順，當他刻意口出惡言時，會讓人感受到一股不和諧，與他的存在呈現鮮明的距離感，但即使如此，他仍然使用這類粗俗的字眼，讓人能感覺到他的憤怒、委屈以及悲傷。

「真的……」

鄭利善將臉埋進雙手，不知是不曉得該怎麼繼續說，不，或者是想說的話太多，錯綜複雜的情緒交織在一起，無法輕易開口，他只能沉默以對，從雙手間能看見嘴唇開合幾次，然後緊緊閉上。

看著鄭利善的史賢，感受到一股難以言喻的情緒，這是相當單純的疲累，因為他截至目前為止，沒有安慰過他人的情緒。正確來說，他也沒有做這種事情的必要，所以他對於當前的情況感到很鬱悶。

他突然覺得，仍困在好幾年前事件裡的鄭利善有些愚笨，最後，他明白鄭利善所陷入的問題，並非自己能力所及的範圍，如果鄭利善是因為討厭某人，造成能力使用的限制，那麼史賢可以輕鬆處理掉對方；如果是錢的問題，就更好解決，但鄭利善不是這些類型。

史賢很討厭超出能力範圍的事情，他皺起眉頭，然後冷靜地說：「讓你簽下詐欺契約的宏信公會成員大部分都死了，他們被捲入第二次副本，幾乎沒有倖存，要我找出活下來的人處理掉嗎？雖然他們已經解散，但還是很好找。」

「……」

「你不是想報仇嗎？還是因為這次副本失敗，害怕無法讓一名朋友安息？這樣的話，你不一定要完成七輪突擊戰，之後如果完成其他事情，我也可以替他們進行無效化，要是我給你其他的機會，你可以不哭了嗎？」

雖然不是嘲諷的語氣，但越講越有催促的感覺，自從史賢講出「朋友」二字時，鄭利善就用有些詫異的眼神看他，雖然臉上沒有明顯淚痕，但從發紅的眼眶與濕潤的眼睫毛便能看出剛才埋在雙手底下的情緒。

鄭利善反而因為史賢的話而收起眼淚，臉上盡是無話可說的表情，而史賢則是感到更加無奈。

「每當你哭的時候，我都不知道該怎麼做。」

鄭利善聽了身體一震，他第一次聽見史賢說出不知道這個字眼，然後想反駁他。

「我只有哭過一次。」

「那之前那次呢。」

「……」

「而且只哭一次，就無法維持隱藏能力，造成神殿倒塌，代價較大，必須想出對策。」

聽見史賢這麼說，鄭利善逐漸死心，他忘記史賢就是這樣的人，還跟他講起了過去，他認定自己一定是因為睡意所以神志不清，失去判斷力。

鄭利善不知為何感到睡意很深，最後完全倒在沙發上，閉起眼睛，在那之前史賢好像還說了，如果第四輪副本也是倒塌的副本，那麼隊上的其他獵人需要擬定應對方案，或是哭之前得先給出訊號，要針對突發的舉動制定預防方法……等等，鄭利善沒有仔細聽，只是當耳邊風。

但鄭利善似乎又想說什麼，嘴唇開開合合地，看見這副模樣的史賢，乾脆用手遮住了他的雙眼。

「你在幹麼？」

「別睜開眼，睡吧。」

對於冷靜又果斷的語氣，鄭利善雖然有點不服氣，但沒有力氣將史賢的手移開，他感覺隨時都會睡著，因此呆呆地感受手掌的重量，不知道是否因為發燒，史賢的手也有點溫熱，不過對於這股溫熱感，鄭利善閃過一絲悲傷。

鄭利善害怕有生命的事物，在他眼前變得脆弱的瞬間，他在矇矓的意識裡，脫口而出：

「……只要你不要死就好了。」

用那彷彿隨時要中斷的微弱聲音。

「如果不在你的眼前死去，好好活下來是最好的對策……那就當作是對策吧。」

史賢靜靜望著他說道，雖然不知道其他的獵人是怎麼想。史賢想起第三輪副本鄭利善執意救他的模樣，繼續開口說道：「利善，S級沒那麼容易死。」

S級獵人對於傷害的防禦力，比其他獵人高出許多，而且在危急的情況下會激發生存本能，產生更高的防禦力與恢復力，所以不易死亡。S級獵人即使打最危險的副本，目前為止，在全世界死亡的S級依然相當罕見，這是有證據的現況，S級是即使受傷，也不容易死亡的一群人。

雖然史賢想說明這些事情，但鄭利善已經睡去，史賢僅是緩緩移開手掌，默念S級沒那麼容易死，那道語氣溫柔得像是安慰鬧脾氣的孩子般。

鄭利善似乎也對那句話露出微笑。

猶如自嘲般的微笑。

待鄭利善再度睜開眼，已經是晚上八點。

他探頭望見窗外漆黑的天空，以為自己在尚未開燈的凌晨時分醒來，不過桌上的時鐘清楚寫著八點，若是早上八點，太陽不可能還沒升起，再加上電子鐘明確顯示為PM，讓鄭利善有些錯愕。

他睡了十七個小時，就算再怎麼因為隱藏能力的副作用，他也沒睡過那麼久的時間，鄭利善回想起凌晨喝的藥水，與他平時喝的有所不同，然後深吸一口氣，或許，不，那一定不是單純的恢復藥水。

鄭利善甩開腦中的想法，走出房間，照護員在客廳，看到鄭利善在找手機，她露出為難的神情，「啊，那個……有交代說，不要將手機給您。」

鄭利善聽見這番話露出微妙的表情，但很快明白，他想到第二輪副本成功後，周圍熱烈的反應，便很快地想到原因，現在外頭應該已經眾所皆知第三輪副本的狀況，那麼輿論一定非常不樂觀，鄭利善短暫嘆氣，開口問道：「請問妳知道史賢獵人在哪裡嗎？」

「剛才看新聞，Chord好像持續在開會……」

鄭利善點點頭，迅速準備，打算前往HN公會，照護員雖然慌張地想阻止他，但鄭利善還是成功出門。或許因為休息了很長的時間，身體感到格外輕盈，就算沒有恢復，鄭利善也要去會議室，畢竟史賢說過打算重新進入副本，那麼他就不能坐以待斃。

過去幾天，他親眼見證史賢優秀的分析能力，因此當他說泰信公會的失敗機率高，又說打算準備再次進入，那就代表排名第三順位的樂園公會也會以失敗收場。

當鄭利善好不容易抵達HN公會，搭上電梯時，他突然擔心史賢會要求他回家，焦急地看著上升的樓層數字，電梯在二十四樓停下，一位熟悉的面孔走了進來，發著牢騷的聲音充斥電梯內。

「藥水為什麼有中藥的味道？難吃到不行。」

是韓峨璘，她面露不悅地走進電梯，一看到鄭利善後，吃驚地瞪大眼睛，鄭利善這才想起二十四樓是獵人專用的恢復室，然後尷尬地向她打招呼。鄭利善慰問她被落雷打中後，有沒有好一些，打算向她道歉，但是韓峨璘卻一股腦地抓著他的手臂大叫：「利善修復師！你沒事吧？你沒有受傷嗎？你一定嚇到了。」

「啊？喔，是……我沒事，反而是韓峨璘獵人妳……」

「哈哈，有夠丟臉，被打了一下就昏過去，但我沒事，S級可不是隨便誰都能當的，只是宙斯那傢伙突然天打雷劈，我活到現在，竟然第一次成了避雷針。」

韓峨璘張嘴想說些什麼，鄭利善知道她一定想咒罵自己幾句，鄭利善動了下嘴唇，雖然當時韓峨璘昏倒，但醒來後一定看過影片，正當他苦惱該怎麼道歉時，韓峨璘像是看穿他的心思，直接開口：「我先說，獵人進攻副本時，經常選擇放棄，因為利善修復師應該不大懂獵人們的習慣，其實一次就成功的機率反而很低。」

韓峨璘繼續說道，只要副本的入口不關閉，那麼也可以留20%左右再進入清除，隨著副本的難易度增高，有時進入魔王房間前，甚至會先到外面休息後再進入，韓峨璘擺出堅定的表情。

「所以！利善修復師，千萬不要認為是自己的錯就想道歉，現在的人們會有些敏感，是因為S級副本的關係……不過，這不是很奇怪，S級副本相對難度也高啊。雖然我們隊很自豪，有許多一次就成功的紀錄，但其實也有再進入的情況喔。」

「是嗎？」

「對，再進入這件事一點都不奇怪，反而是清楚什麼時候應該要放棄，重新擬定作戰策略才是最重要的，如果很清楚會失敗，還在裡面拖延時間，那才是更笨，不，是更不成熟的行動。」

鄭利善靜靜地聽，韓峨璘的話讓他有些安心，同時也感到壓力，因為極力表示的意圖太過明顯，鄭利善認為是不是自己滿是愧歉的表情太過明顯了。

「其實不用這麼安慰我，不過謝謝妳，我感覺好多了。」

「啊，我不是在安慰你啊……」韓峨璘表情複雜，搔了搔後頸，簡單說明 Chord 在掌握落雷時機前，操之過急想清除副本，所以出現失誤，然後又因落雷的傷害超乎想像所以才決定退場。

「簡單來說……我太沉醉於棒打宙斯，所以沒有躲開落雷，畢竟是按照宙斯的型態所產生的怪物，本來就應該要注意雷電技能的，但是揍他的感覺太開心了，所以……」

「喔……」

「因此，是我該道歉，雖然利善修復師也是覺醒者，但並沒有經常進入副本，看到那種衝擊性的場面一定……」

韓峨璘說因為感覺就快要成功，所以感到自滿，進而造成這場失敗，她露出真心抱歉的表情，鄭利善對她的道歉感到不知所措，急忙揮手示意，此時電梯來到四十二樓。

史賢理所當然地出現在電梯門口，或許接到了照護員的通知，他擺出稍微懊惱的神情望著鄭利善，鄭利善明白他想講什麼，馬上開口：「這次我不會失誤，我也會控制好能力，我保證。」

「即使不管那些事，再次進入的時間，仍然在你副作用的期間內。」

「我會帶藥水進去，每兩小時喝一次就行了。」

聽見鄭利善的回答，史賢有些哭笑不得，韓峨璘見狀也在一旁附和史賢，鄭利善現在來公司，竟然是想再一起進入副本？現在的身體有狀況該如何勝任？但看著鄭利善發自內心的懇求，韓峨璘雙手輕拍他的背。

「先進會議室再說吧，我是病人，利善修復師也是病人，坐著討論會比較好。」韓峨璘用手將鄭利善推往會議室，她明明比鄭利善矮了一截，但卻能輕鬆地將鄭利善像紙娃娃一樣推走。

看著鄭利善被韓峨璘推走的模樣，史賢低聲嘆氣，然後跟上扶住鄭利善的手臂。

「妳這樣推，他會跌倒。」

「啊，因為都在跟獵人相處，一下子沒有控制力道。」

幸好有韓峨璘吸引了史賢的注意力，鄭利善才能進入 Chord 的會議室，總是參與會議的獵人們都在那兒，奇株奕最先訝異地迎接鄭利善，然後羅建佑也過來確認他的狀況，就連中智按也向他打招呼，鄭利善非常尷尬地點點頭，坐在椅子上。

眾人似乎持續進行會議，大家回座後，繼續盯著電視畫面，螢幕播放泰信公會進入副本的畫面，鄭利善看著陌生的影片內容。

「泰信公會結束了嗎？」

「是的，三個小時前，他們在下午六點放棄後出場，使用了十二小時，他們公會會長似乎盡力了，由於同為雷電屬性，幾乎無法構成傷害，再加上落雷使副本倒塌，讓公會成員手忙腳亂，光是走在路上就已經很危險了，落雷更是讓他們無法招架。」

奇株奕補充，說一進去就是苦戰了，鄭利善緩緩點頭，羅建佑指著電視上方的時鐘，現在是晚上九點。

「現在距離爆炸還剩三十一個鐘頭，啊，智按獵人，樂園打算什麼時候進入副本？」

「預計十二點整進入。」

「他們的準備時間比泰信短，泰信當時為了準備，浪費了八個小時，那現在重點在於千亨源多快放棄……偏偏那傢伙很固執……」

羅建佑搖頭，表現出無奈。

「那傢伙也說，如果泰信失敗，他一定會成功，要民眾別擔心，不用避難也沒關係，那傢伙真愛開記者會……」

A級以上的副本，如果距離爆炸只剩十二小時，會對爆炸範圍發布避難令，副本發生區域是松坡區，況且還是S級副本的第三輪戰役，如果真的爆炸，那麼整個首爾都會灰飛煙滅，樂園公會進場時，距離爆炸只剩二十八小時，羅建佑補充，現在首爾市已經有人開始撤離了。

鄭利善仔細聽著眾人的資訊，原來在自己昏睡的這一天，發生了這麼多事，Chord已經詳細分析過上次失敗的原因了，現在正對照泰信公會的進攻影片與他們的經驗，找出落雷的模式。

然後，韓峨璘發現一件驚人的事，大力地用手拍打桌子說道：「魔王的雷電會攻擊最靠近的對象，雖然我們因為一次的落雷就失敗，不過由於泰信的主要攻擊手是雷電屬性，所以可以跟魔王來回幾次攻防，這裡就可以看出既定的模式，魔王會攻擊距離最近且高度最高的對象。」

在副本裡，韓峨璘用地震的能力抬升地面，成為了與宙斯最靠近的人，她負責攻擊宙斯的上半部，而其餘隊員負責限制宙斯的腳部行動，大家就在不知道攻擊模式的情況下，讓韓峨璘遭受攻擊，同時使隊員受到波及。

「膽敢與神平視，所以受到天譴，是這個意思吧？」

泰信的進攻隊內，有人因為使用飛行魔法，所以受到攻擊，韓峨璘邊說邊搖頭，然後又說了自己的新發現，就是當魔王揮舞權杖，即是開始選定落雷的對象，若視線範圍裡，最靠近的對象處於移動的狀態，那麼選定的時間就會拉長，因為每當泰信的飛行魔法師在空中穿梭時，宙斯的視線也會跟著他們移動。

如果對象在視野裡消失，那麼魔王馬上就會選定其他對象，所以史賢的能力較難發揮，韓峨璘直接點明結論，讓不是獵人的鄭利善可以清楚明白。

「所以有人必須一直在上方吸引注意力，那個角色就是我。」

「啊，搭著地面上去……」

韓峨璘稍微瞥了一眼鄭利善的臉色說道，她要盡可能使用地面，大範圍地移動，所以不得不破壞地板。鄭利善回答說，反正修復副本的基本原因，是方便大家順利進入，在戰鬥的過程中有所破壞也是情有可原，鄭利善點點頭，表示沒問題，韓峨璘這才露出輕鬆的笑容。

鄭利善繼續研究泰信的戰鬥影片，並且發現一件奇怪的事，那與Chord進入副本時有著明顯的差異。

「為什麼泰信公會進入神殿後，天使型怪物依然存在？」

「啊，這還是個未知的問題，我們那時候天使型怪物沒有飛來飛去……不過也不全然如此，當修復師失去意識，神殿開始倒塌時，怪物又飛了進來……根本不知道標準是什麼，首先最明顯的差異，就是修復師的存在與否。」

奇株奕講起當時的事情，用極其委婉又謹慎的語氣述說，但鄭利善僅是以客觀的角度抱持著疑問，專心研究影片內容，第三輪副本的怪物是長出翅膀的天使型怪物，他們拿起長矛進行攻擊的模樣非常可怕。

隊員們一開始進入副本，因為這些怪物陷入苦戰，幸好在神殿內沒有這些天使們搗亂；只是從泰信的影片裡，可以看到即使他們進入神殿，天使依然緊追不放。

「進入神殿前，修復師不是有再進行一次修復，那時候是不是有修復什麼東西，讓天使無法進入？」

「你記得當時修復了什麼嗎？」

面對湧上的問題，鄭利善思忖了一會兒，他最一開始修復從入口處至神殿門口的道路，然後到達神殿後再使用一次隱藏能力，將裡面倒塌的柱子擺正、修復地板……

「修復最多的是柱子跟地板，但那些在戰鬥過程就已經毀壞，好像不是線索。」

鄭利善緩緩回想曾修復的元素，他在腦裡描繪復原圖然後回溯記憶，奧林匹亞的宙斯神殿宏偉，結構端正，所以背誦簡單，像是繪製長方形般所豎立的柱子、位居正中央的宙斯神像、椅子以及底座。

原本的宙斯像是坐在以寶石、黑檀木、象牙所裝飾的金椅之上，雙腳踩在黃金底座，巨大的椅子與底座抬高了許多高度，讓眾人的視線落在神像的腳邊。

……視線高度。

「因為宙斯神像是七大奇蹟，所以我也修復了椅子跟底座。」

鄭利善說出自己回想的畫面，當他說出「視線高度」時，史賢的表情出現變化，然後拿起平板電腦，要申智按隨即跳轉電視畫面。

「放大這支影片可以看得更清楚。」

申智按所播放的影片，是泰信公會進攻的內容，由於只派遣一名攝影師，能拍攝的角度有限，所以要盡可能分析影片細節。申智按拉近畫面裡宙斯神像的「椅子」。泰信公會的影片裡，能看到椅子已經出現裂痕，底座呈現斷成兩截的樣子，這就是副本倒塌狀態的原貌。

接下來播放了Chord進攻的影片，當畫面一拉近，可以看到椅子與底座皆呈現完整的模樣，然後在鄭利善失去意識，隱藏能力消失時，椅子和底座就開始龜裂。

一看見影片內容，奇株奕大噴一口氣，「哇，這如果用遊戲來形容，就是Bug了。」

「這是神殿的漏洞了吧？因為是神的領域，所以天使無法隨意進入的意思？」

羅建佑在一旁附和，望向鄭利善，雖然好不容易知道了副本的隱藏攻略法，但這項方法仍存有一項最大的問題。

「可是……利善修復師可以進去嗎？現在仍然在副作用期間。」

「可以的。」

「利善。」

「我這次不會失誤。」

史賢的視線落在鄭利善身上，雖然他打算第四輪突擊戰再帶鄭利善進去，但由於第三輪的再入場時間，是副作用尚未退去的期間，所以抱持保守態度。比起擔心鄭利善的精神狀況，他更擔心時間的限制。

但事實證明鄭利善的能力可以帶來超乎想像的結果，鄭利善看著史賢陷入思考，懇求地說絕對不會再發生相同的事，雖然鄭利善的話沒有太大的說服力，但在計算所有可能性後，必須要讓鄭利善一同前往，才是最有效率的作戰方式。

「……好吧。」

史賢點頭，所幸其他的獵人也拍手同意，鄭利善露出些許的安心感。

首爾發布了緊急大型避難令。

距離S級副本爆炸只剩不到十二小時，但還沒有清除成功，以千亨源為主要攻擊手的樂園公會，雖然已進入超過十二小時，但看來毫無希望。

「那些傢伙如果打不贏就要趕快離場啊，為什麼拖延時間？」

「他們帶了一堆恢復藥水在裡面死撐，但那又能怎樣，反正又打不贏……」

「真是浪費錢。」

「他們如果也浪費了生命，不知道會不會清醒一點？」

樂園公會的進攻影片正同步進行轉播，每位 Chord 成員都看著影像搖頭，雖然泰信公會的主要攻擊手因為跟魔王的屬性相同，無法造成大量的傷害，但至少是以策略性的方法進攻副本。

不過樂園的進攻隊就並非如此，很明顯已經大勢已去，但還是不停喝著恢復藥水，在裡面拖時間。

Chord 看著會議室中間的大螢幕，分析影片內容，但每次都困在相同的模式裡，就算研究泰信公會的影片也沒有新的收穫，獵人們敲打桌子，表現出內心的煩悶。

唯有鄭利善觀看影片時，發現了一項新情報，「原本的宙斯神像是左手持權杖，右手捧著尼姬的雕刻，那座雕刻像也跟怪物一樣擁有翅膀……」

鄭利善在神殿內看到的魔王只有拿權杖，就連泰信與樂園的進攻影片，都沒有看到宙斯拿著尼姬像，史賢聽見鄭利善指出的實際神殿與副本的差異點，露出微妙的神情。

「尼姬……」

尼姬是勝利女神，假如她代表著次級怪物，那就能說明難纏的理由了，如果連次級怪物都是以神作為模型，難對付的理由可想而知，再加上無論怎麼殺，還是不停地從神殿後方竄出，妨礙他們進入副本，就連在神殿裡也不斷發動攻擊，造成混亂……

假使鄭利善將宙斯椅子修復完畢，就不用在神殿裡對付天使型的怪物，但史賢似乎在思考什麼，注視著畫面，看過其他公會進攻影片的他站起身，呼喊獵人們的名字：「奇株奕獵人，申智按獵人，我們談一下。」

「啊？」

申智按沉默起身，但奇株奕面露不安，抬頭望向史賢。史賢看到他的眼神，笑著溫柔地說：「上次不是說，你的火就連濕柴也可以點燃嗎？」

「啊、啊……」

「這次好好試。」

這句話在奇株奕聽來跟宣判死刑一樣，露出恍惚的表情，最後還是晃晃悠悠地跟著史賢出去，鄭利善望著他們的背影，向羅建佑問道：「雨什麼時候會停？」

「不知道，好像在副本爆炸時才會停……」

下雨的話會增強宙斯的攻擊力，如果雨勢得在副本爆炸之際才會停止的話，那運氣真的太差了，雖然所謂的副本爆炸會使附近成為廢墟，但副本的入口仍在，會逐漸擴大影響。

雖然可以等天晴時再進入，提高成功機率，但卻無法阻止損害，遏止爆炸發生是最重要的目標。

Chord已經決定要再次入場，當距離爆炸六小時前，獵人協會會介入，規勸樂園公會退場，但等到全體人員離場完也需要時間，所以等到Chord真的能進入副本，時間也只剩四、五個小時。

羅建佑用筆敲擊桌面，嘆了口氣：「現在只希望不要是最壞的情況，嗯，樂園得趕快撤退才行……」

很遺憾，還是迎來了最糟的情況。

現在距離副本只剩六小時，樂園公會還在裡面苦撐，他們已經用了二十二個小時，有些看著直播的人，對樂園的堅持很感動，但大部分都覺得很鬱悶，希望他們趕緊撤離，不過副本裡聽不見外頭的消息，最後還是由獵人協會出動。

他們要等獵人協會進入副本後，才能對外公布再入場的消息，但那時時間就只剩下四、五個小時，Chord第一次進入也用了六個小時，無論怎麼看情況都很急迫。

對於首爾發布的緊急避難令，全國上下人心惶惶，民眾驚慌失措，全世界的人都在替韓國禱告。

但即使身處在這種情況，Chord還是很冷靜，史賢打從一開始就切斷慌張的根源，全體獵人沉著地討論著戰略方向，HN公會的其他獵人也聽從避難令離開首爾，公司裡只有

Chord留守。

「抵達神殿之前的時間，要控制在一個小時，最多兩個小時內要結束。」

這次他們打算進入後由史賢領軍，按照以往的經驗來說，五位戰將直到魔王房間前，都在後方進行輔助，但這次他們決定從一開始就打先鋒。

在離開辦公大樓前，韓峨璘用悲壯的神情拿著一個盒子，把手掌大小的盒子放在包包，鄭利善好奇地看著她，韓峨璘苦澀地低聲說道：「該償還我的罪孽了……」

「哇，聽說那是挖角的時候拿到的。」後方的奇株奕笑嘻嘻地說，鄭利善想起她發動隱藏能力的條件，是將礦石埋進土地，這才點點頭，那個盒子裡大概裝著昂貴的礦石吧。

「姐姐原本隸屬於小型公會，以她的實力幾乎能成為公會代表了，是隊長帶著寶石才成功挖角的，這也是很有名的故事。」

「是嗎？我第一次聽說……」

「哇，修復師你真的對獵人一點也不好奇耶！簡單來說，姐姐第一次拒絕了隊長的挖角，她說『我才不要去那麼遠的地方』，然後把腳擺在桌子上，隨後隊長拿出那個盒子，姐姐就加入了，而且修復師也去看過拍賣現場了吧？隊長真的很有錢。」

HN公會在史賢大展身手以前，就是韓國的三大公會，而其會長的兒子當然坐擁財富，再加上史賢二十歲就成功清除第一次大型副本，他的首場出道戰役使HN公會成為韓國第一名的公會，因此得到鉅額補助金也是理所當然……

「所以要挖角韓峨璘姐姐當然很容易，發動隱藏能力的條件是礦物——也就是寶石，隊長先遞出一顆寶石，再依序遞出裝滿寶石的盒子，說只要加入隊長的行列就可以得到更多，然後就大功告成了！」

「別再說以前的事情，我要哭了。」

「那個嘴上說不出遠門的姐姐，馬上就簽合約……直到現在，都還是很珍惜那些寶石……」

在一旁補充說明的奇株奕拍拍韓峨璘的肩膀，鄭利善隱約聽到他們說，使用隱藏能力的代價，就是獻出寶石，意思就是寶石也會隨之消失。鄭利善逐漸好奇韓峨璘的能力，同時也對明明離爆炸只剩不到半天的時間，大家卻還能輕鬆對話的場景感到神奇。

鄭利善突然想起，由於錯過清除的黃金時機，造成S級副本爆炸，導致自己居住的城市被炸毀的第一次大型副本，當時透過電視看到的瞬間在腦中閃過，使得他有些反胃，他極力壓抑這股感受，現在不能讓這些情緒成為絆腳石。

這次他必須成功，才能阻止爆炸再次發生，即使首爾已經發布避難令，人員傷亡可以降至最低，但鄭利善仍然不希望看見任何災害產生，而且他必須清除第三輪副本，才能使朋友安息。

就在他撫平情緒的同時，在前方的申智按，接獲獵人協會的通知，「聽說樂園公會要離場了。」

這句話猶如信號，在公會裡待命的獵人們起身移動，從大樓到副本需要十分鐘的車程，在避難令下達之前，Chord從公司出來的那一刻就有電視臺的攝影師會跟著他們，但今天一個人也沒有。

街道一片寂靜，雨滴不斷，雨聲是這座城市唯一的聲響，鄭利善在大廳望著窗外的世界，接近半夜十二點的夜空因為下雨，沒有一點星辰，沒有一絲月光，鄭利善抬頭盯著漆黑的天空好一陣子，當他將視線回到平地時，與盯著自己的史賢四目相交。

鄭利善這時才匆忙地邁開步伐，他擔心自己望著窗外的模樣，會讓人誤以為自己無法進入副本。

「抱歉，我在看雨有沒有要停的跡象……」

「利善，我們的隊員全都是A級以上。」

「啊？喔……我知道。」

「過去四年的時間，我們進入過無數座副本，但沒有任何人死亡，一個都沒有。」史賢深黑的瞳孔，眼裡唯有鄭利善。鄭利善被那雙眼睛，那雙清晰分明的瞳孔再次綑綁。

「請看看韓峨璘獵人，她受到S級副本的魔王攻擊，被雷劈到後還是活得好好的。」

「嗯……」

「沒有人會在你的面前死去。」溫柔的聲音在耳邊響起，史賢告訴他這項客觀的事實，然後念出目前為止隊員曾在副本裡受重傷的比例，並說獵人們的防禦力都很高，即使是防禦力較低的魔法師或治癒師，也都配戴了S級的道具，最後他向鄭利善伸出手。

「這樣算是對策了吧？」

史賢所下的結論非常莫名其妙，他沒頭沒尾地滔滔不絕，眼前的副本與Chord曾歷經的戰績相比的確相對危險，但即使如此，也不會出現死亡，鄭利善感覺自己像是聽取了Chord的戰績報告。

不過最後，鄭利善淺淺地笑了出來。

不知道是不是太無語所以失笑，總之他低下頭笑了幾聲……然後緩緩注視著史賢的雙眼，輕輕點頭。

手掌的另一端，富有生命的溫度鮮明不已。

當樂園公會的進攻隊伍完全退場時，距離爆炸只剩四個小時。

Chord的全體隊員早在入口前待命，猶如扭曲空間的四周颳起了怪風，像是預告爆炸逐步逼近，強力襲來，整座入口像是深海般漆黑不見底。

樂園公會的成員剛好出來，遍體鱗傷的他們，在獵人協會的攙扶下行走，所有人的臉愁雲慘霧，由於他們名列最後，所以深怕放棄的話就會爆炸，因此帶著重大的責任感在裡面苦撐著。

最後一位走出來的人是千亨源。他的頭流著鮮血，露出沮喪的表情，看起來有些做作不自然，他拒絕獵人協會的攙扶，低垂著手拿著法杖，走路的模樣就像悲劇電影的主角。

以史賢為首的Chord走向他，獵人協會已經告訴他再入場的事情，攝影師也替換新成員，如果距離爆炸只剩下不到一個小時，攝影師會先行撤退。

不過就在史賢走向入口時，千亨源露出輕蔑的微笑，擋住了他，「搞什麼，你們要再進去嗎？你們以為再一次就可以成功？」

灰頭土臉的千亨源對史賢一陣冷嘲熱諷，史賢那雙漆黑的雙眼僅是靜靜地端詳他，打量這個擋路的不速之客。

「啊，我知道了，因為你們已經名譽掃地，所以打算乾脆死在副本？想要假裝光榮為國捐軀？」

在尖銳的嘲諷下，周圍的獵人全都望向他，就連獵人協會的員工也對突如其來的挑釁感到慌張。不過唯有Chord冷眼相待，站在前方的史賢發出「啊……」的嘆息，然後瞇起眼睛，露出微笑，「我還以為我們是要去收屍的。」

語畢後史賢再度邁向入口，看來沒有繼續對話的心思，其餘隊員也沒有向千亨源點頭示意，繼續向前邁進，鄭利善雖然短暫與千亨源視線交錯，但還是迅速別過頭，繼續往前走。

A級以上的魔王大部分擁有恢復技能，所以若是攻擊中斷，會啟動重置機制，雖然Chord緊接在樂園之後，馬上進入副本，基本上這段時間差內，魔王不會恢復太多血量，但由於樂園公會幾乎沒有造成多大的傷害，因此形同無效，反而是泰信公會所造成的傷害值，都在樂園公會進攻的時候恢復得差不多了。

副本裡帶有些許血腥味，眼看怪物沒有馬上衝過來，史賢請鄭利善先恢復地板，他們已經透過影片看到了，如果站在血紅色的平原上，腳就會踩進陷阱，因此必須確實地修復地面道路。

鄭利善隨即來到前方修復路面，雖然他有喝過藥水，但由於仍在副作用期，所以完成度降低至一半，再加上他從一年前開始，能力就已經減弱，現在的恢復程度大約落在30％至40％，因此鄭利善比起將注意力放在仔細修復道路，更著重於不要讓隊員們走至平原，他經過縝密的計算，讓隊員不會不小心就走偏。

就在鄭利善修復完畢後，史賢叫來奇株奕，他雙手握住法杖，語帶傷心，臉上也露出委屈的神情，「隊長……真的要這樣嗎？」

「對。」

「我可能從一開始就昏倒……不會變成負擔嗎？」

「反正你也看到了，魔法攻擊對魔王不足以構成威脅？所以現在將魔力全都用完吧。」

聽見史賢平和的語氣，奇株奕抽泣了幾聲，他喃喃自語想親眼見證攻打到最後一刻，史賢要他別在這裡浪費時間，成為大家的負擔，他只好走向前方。

往內走不久後，次級怪物開始發動攻擊，他們已經透過影片確認觸發的位置，當奇株奕站在那個位置上時，神殿後方的天使型怪物，隨即發出猶如翼龍般的聲音飛向他們，奇株奕抓準時機高舉法杖。

「嚇啊！」奇怪又響亮的大喊，奇株奕的四周燃起火焰，細小的火種馬上轉變為熊熊大火，瞬間蔓延至周遭。

嘩，火焰猶如布幕頓時開展，即使抬頭也看不見火焰的盡頭，這場火幕不僅往上方延伸，就連左右兩側也全是火海，雖然副本內下著雨，但奇株奕似乎傾注所有魔力，使得火幕在雨中也不被澆熄，看著眼前的光景，鄭利善輕微張口，發出讚嘆，這是奇株奕展現自己是A級獵人裡，排名前五名的時刻。

怪物們被這道巨大火海阻擋，唯有一頭怪物發出嘶吼聲衝過火焰，雖然牠的攻勢猛烈，但的確看得出來速度減緩許多，明亮的火海使得怪物下方出現影子。

當鄭利善看見影子的瞬間，那層影子似乎變得更深，突然，那片黑暗中伸出了手，史賢已經迅速地使用他的影痕能力。

漆黑的手馬上飛躍起來抓住怪物，讓怪物毫無防備地大力摔落在地，碰，伴隨巨大的聲響，史賢低沉地下達指令，「請斬斷翅膀，或是撕掉。」

申智按最先跑過去，一腳踩在怪物的背，拽著赭紅色的翅膀往下摔，跌落在地上的怪物雖然極力想再次振翅，但申智按手背浮起青筋的速度更快。

隨後，喀啦，翅膀被大力扯下，傳來骨頭斷裂的聲音。

看著怵目驚心的場景，鄭利善倒抽一口氣，翅膀底部滲出黑血，翅膀被拔除的怪物發出慘叫，此時鄭利善想起某件事。

尼姬被譽為勝利女神，擁有一雙翅膀，據說由於雅典娜不想將勝利的象徵流落他人手裡，所以斬斷了尼姬的翅膀。實際上，許多國家都擁有翅膀被斬斷的勝利女神像，為的是讓勝利女神留在自家。

因此斬斷尼姬怪物的翅膀，不僅僅只是攻擊，也是反抗天神的行為，倒臥在地的怪物身體顫抖，四肢無力，完全喪失攻擊力。

獵人們見狀，臉上顯現出歡呼，雖然能聽見怪物們發出哀號，穿過火幕飛向眾人，但短暫變慢的速度與漆黑的影子，讓牠們跌落在地。

鄭利善驚奇地看著一連串的發展，原本擔心怪物迅速的飛行速度，但足足有十頭怪物的影子裡同時伸出黑手，史賢正分散使用他的能力。

其餘獵人俐落地朝摔在地上的怪物翅膀進行攻擊，第一次進來時，因為這些怪物纏鬥了好長的時間，現在則能迅速解決，奇株奕舉著巨大火幕在前方走著，穿越火幕的怪物則是被史賢推倒在地。

雖然斬斷翅膀的場景有些驚悚，但這個作戰方法讓他們很快就進入了神殿，鄭利善趕緊修復神殿的椅子，阻止不斷從後方飛來的怪物。全體獵人都知道隱藏在神殿椅子的祕密，所以一進到神殿就長吁一口氣。

「如果沒有修復師，我們要怎麼打副本？」

「對啊，真是太感謝了。」

對於獵人們的感激，鄭利善只能尷尬地點點頭，其實要不是那張椅子，鄭利善可能無法進來攻打副本，所以對他來說，也得感激那張椅子。看著椅子修復完畢，怪物就真的不再飛過來的模樣，讓鄭利善感到安心。

此時，奇株奕像紙娃娃一樣在前方失去重心，看著奇株奕倒下的模樣，讓鄭利善慌張不已，但史賢似乎早已告知治療師這項狀況，因此羅建佑上前替他治療，不過只治療到可以行走的程度，再次站起身的奇株奕依然臉色發白。

「哇，根本是壓榨勞工……」鄭利善明白在昏倒前使用治癒技是什麼心情，他露出憐憫的眼神，輕拍奇株奕的背部。

現在是宙斯即將出現之際，眾人繃緊神經邁開步伐，這次魔王一樣揮舞權杖，將一根柱子敲碎，但因為是已經歷過的攻擊模式，所以獵人們沒有驚慌，迅速排好隊型。

負責吸引宙斯的韓峨璘迅速發揮地震技能，將地面抬升，她揮舞長棍，來到與宙斯平視之處，她靠得很近，甚至來到比宙斯的視線還要高的地方，為的就是挑釁魔王。

「這次好好打一戰吧，嗯？我準備好要折磨你了。」

韓峨璘躲避魔王的權杖攻勢，猶如戲弄般不斷攻擊魔王的眉眼，比起單純的吸引注意力，更偏向想發洩上次被當成避雷針的憤怒。

不久後就傳來宙斯的怒吼：「大膽，竟然有不守戒命之輩闖進神殿……」

「哈囉？無故闖入人類地盤的人是你們耶，還說要造新天新地，結果做了什麼？如果是蓋亞就算了，祢一個宙斯在說什麼大話？」

韓峨璘生氣地指責，既然來到人類的土地，怎麼可以因為繳不出房租，就大鬧房價最貴的地方。就在韓峨璘負責吸引魔王的同時，其餘獵人則在下方持續攻擊魔王。

若是魔王試圖用權杖攻擊下方，史賢就會轉移至神殿的影子，阻擋攻勢，如果當魔王的視線正要往下，韓峨璘就會飛快地攻擊神像的眉間，鄭利善覺得她真的是來對付魔王的。

很快地，魔王高舉權杖，如果他要使用落雷技能的話，那麼史賢的影痕技將無法使用。

此話一出，韓峨璘快速移動地面，她之前只在固定之處吸引宙斯的視線，現在她選擇移動整塊地面。

「要把你們……」

抬升的地面猶如雲朵往前挪移，下方的地面也隨之裂開，魔王為了追趕目標，也揮舞權杖往前碰碰碰地走去，魔王追趕韓峨璘，讓其餘的獵人能攻擊毫無防備的後方，他們透過分析知道，魔王在選定攻擊目標時，無法分心做其他事情。

鄭利善看著眼前的光景，正確來說是呆望著裂得亂七八糟的地板，奇株奕靜靜問道：

「修復師，真的沒關係吧？」

「啊，對，當然沒關係。」

雖然鄭利善事先就知情，並且也明白在戰鬥過程裡，建築物會受到損害是理所當然的事情，但不知為何，心中還是有點苦澀，鄭利善怕自己的表情會被攝影機拍到，所以將臉埋進帽子內。

此時宙斯追趕著韓峨璘，試圖進行攻擊。

「審判……」

「唉唷，祢隨便出現，現在又要剝奪我們的司法權喔？」

韓峨璘大聲斥責宙斯私闖土地還侵犯自主權，宙斯此時已將權杖往下一插，眼看攻擊即將降臨，大氣攪動作響，韓峨璘迅速往地上一跳。

轟隆隆，巨大的聲響伴隨落雷，雖然鄭利善修復的天花板，讓雷電消耗了一些時間才打進神殿內，不過落雷準確地落在韓峨璘曾站的抬升地面，隨之四分五裂，掉落在地板上。

幸好韓峨璘閃得快，躲過攻擊，雖然她摔落在地，但卻興致勃勃地迅速起身，她享受驚險刺激的模樣，讓鄭利善再次肯定她身為S級的理由。

現在鄭利善、奇株奕、羅建佑一起躲在柱子後，看著前方的獵人們、魔王以及韓峨璘戰鬥的模樣。落雷處沒有任何獵人，所以沒有造成人員受傷。

不過就在魔王再次想對韓峨璘揮舞權杖時，後方的獵人比起上次，更快地進行攻擊，這項進攻充分吸引住魔王的注意力，讓鄭利善感到驚奇萬分，而奇株奕則是發出驚呼，緊緊抱起柱子。

「應該要開始了。」

「什麼？」

「姐姐的隱藏能力，請盯著那裡，不要錯過任何一分一秒喔！」

奇株奕指向韓峨璘的所在地，當魔王的注意力移至後方，韓峨璘獨自站在原地，此時回到主體的史賢也已經站在她的前方。

韓峨璘看見史賢一來就呼著大氣，傷心地說：「你來監視我的嗎？」

「對。」

「你馬上就承認，害我不知道該說什麼。」

「這次請全部使用完。」

聽見史賢平和的語氣，韓峨璘扭動幾下後，掏出衣服內的項鍊，然後當場扯斷，五顆寶石隨即滾落在地，亮麗的寶石就連在遠處的鄭利善，都能看得出其昂貴的程度。

韓峨璘再次大嘆一口氣，然後單膝跪地，用手往地上使力，將一顆顆寶石嵌入地板的裂縫，鄭利善見狀，想起奇株奕曾說「就像祭祀的時候，要把礦物埋在地上」的條件，韓峨璘的行為的確就像奇株奕所形容的。

放置完五顆寶石的韓峨璘，不斷張開、握緊手掌，像是猶豫般地晃動雙手，史賢平靜地說：「用吧。」

「哈……那是我真的很珍惜的……」

韓峨璘從腰間拿出盒子，她握住盒子片刻後，還是打開了蓋子，剎那間，寶石在神殿的火把下閃閃發亮，就連遠方的鄭利善都能望見的驚人亮度。

那些比手指的長度還長，且晶瑩剔透的寶石——鑽石。

即使鄭利善絲毫不瞭解礦物，但光看就知道是很高價的鑽石，比起項鍊上的寶石還要更加昂貴。

她拿起鑽石，雙手發抖，站在一旁的史賢用親切的語氣說道：「妳知道現在如果死在這裡，就永遠欣賞不到了吧？」

「現在貢獻出去……也看不到了啊……」

「妳不想再看『那個的光芒』一眼嗎？」

韓峨璘發出嗚咽聲，用雙手捧起鑽石，將頭埋入，猶如向寶石行禮般，她望了一眼後方的獵人，輕嘆一口氣，將其安插在地，哐，大力地鑲進地面。

隨後整座地面開始震動，震幅比起她使用地震的代表性技能都還要劇烈，兩側石柱搖晃，粉塵紛飛，就連獵人們也停止攻擊，企圖穩住重心，整座地板彷彿要裂成兩半，神殿天搖地動。

就在宙斯轉頭的同時，地板哐哐哐地竄升，韓峨璘鑲進寶石的地面如狂風般捲起、交織，竄入天空，成為一道石柱，甚至高過被雷電打穿的天花板。

韓峨璘伸出手，從石柱間拿出鑲嵌在內的某物，望見那副模樣的奇株奕低聲喊道：「王者之劍！」

鄭利善不明所以地看著他，然後對下一秒的場景驚呼不已。因為韓峨璘手握一項神奇的物品。

她從石柱拿出了一把「劍」，細長的劍身猶如鑽石般透明發亮，在神殿內的火光照耀下，顯得更加閃爍，尤其加上了五色寶石鑲嵌在劍身，那是把用寶石與鑽石所鑄造的劍。

「哇……我這輩子沒看過這麼閃耀的劍……」韓峨璘靜靜嘆息，下一秒，魔王的權杖剛好正朝著她而來，而韓峨璘還在讚嘆自己的劍，史賢即使意識到即將迎來的攻擊，卻也不為所動。

鄭利善眼看著這一切，正當他焦急時。

哐啷，震耳欲聾的聲響，朝下的權杖圓端被寶石之劍砍斷，碎片擊中柱子，直到目前為止，獵人們皆無法對權杖進行有效的攻擊，但權杖的頂端卻在瞬間破裂，只剩孤獨的桿子。

就在魔王停止動作的瞬間，韓峨璘再度發動地震技能，往上而去。她斜握寶石之劍，站在與神像平視之處，嘟噥幾句：「讓我們正式打一場吧，如果祢太快死掉就太委屈祢了，別那麼無聊，好嗎？」

神像馬上發動猛烈的攻勢，魔王用僅剩的權杖，朝韓峨璘揮去，但在寶石之劍的面前，權杖就像是枯枝般直接被削成兩半，韓峨璘輕鬆揮舞著巨大的寶劍，在空中跳來跳去。

她從竄升的地面，迅速地跳到神像的肩膀，動作雖然輕盈，但攻擊卻是刀刀見骨，揮舞的長劍砍進肩膀，一聲巨響，神像重心不穩，在此之前，無論如何攻擊，都無法使神像的身體出現裂痕，如今卻開始龜裂。

韓峨璘見狀，露出微笑，開始胡亂攻擊，她用斜切的方式砍向肩膀，將寶劍揮舞一圈後再次猛烈攻擊，魔王似乎意識到危險，想伸手摧毀竄升的地面，但韓峨璘不以為意，在柱子間跳躍，接二連三的攻擊讓怪物踉蹌不穩。

超乎想像的光景讓鄭利善目瞪口呆，一旁的奇株奕興奮地解釋：「姐姐不是單純的魔法師，她是魔劍師！」

沒想到除了能移動地面，還可以從石柱裡拔出劍，在鄭利善讚嘆之際，獵人們再度攻擊魔王，史賢也再次轉移至影子，阻礙魔王的行動。在魔王被箝制行動的時候，韓峨璘不斷使出攻擊，那些破碎的部位似乎變得很脆弱，讓獵人們的攻擊產生有別於以往的效力。

岩石碎裂的聲音持續了好一陣子，魔法迸發的聲響結合粉碎聲，讓整座空間相當紛亂。韓峨璘雖然好幾次想砍斷脖子，但或許頸椎防禦力較高，用劍砍了數次才出現了一點裂痕，韓峨璘決定比起浪費時間，倒不如先砍斷雙臂，因此使勁往肩膀落刀。

面對一次性的劇烈攻擊，神像單膝跪倒在地，轟，攻勢越來越猛烈，最後當一條手臂被砍斷時。

「這群傢伙！」

轟隆隆，天空閃過曦白，大氣突然緊縮，使人難以呼吸，天空發出巨響，彷彿震破耳膜的雷聲迴盪在大氣中。鄭利善深吸一口氣，抬頭望向天空，在幾乎坍塌至一半的天花板間，天空交錯著數十道閃電。

雖然權杖被破壞，無法揮往確切的方向，但由於四周變為銀白色的，讓史賢無法使用影子的技能，就這樣，掙脫影子箝制的魔王，馬上奮力轉身甩開肩上的韓峨璘。

脫離原本位置的神像，拔腿奔向某處，地面發出碰碰碰的聲音，天空依然雷電交加，所有的聲音全混在一起，巨響使得鄭利善頭暈目眩，但他發現神像正朝向「椅子」而去。

雖然他不知道宙斯回到椅子上會發生什麼事，但下意識地知道必須阻止祂。這道強烈的念頭促使鄭利善衝向前方。

「喔、喔喔！修復師！」

「嚇……」

就在奇株奕跟羅建佑被轟隆巨響弄得頭昏眼花時，他們被鄭利善突然衝出去的行為嚇了一跳，想趕緊抓住，但他的速度更快。

鄭利善的腦海裡閃過一道念頭，一個可能性。

上次進入副本時，鄭利善因為無法維持隱藏能力，所以讓副本倒塌，意思是用隱藏能力修復完畢的內部，不僅是因為鄭利善與建築的物理距離，更與之「精神」狀態產生連結。

因此整座空間，都在鄭利善的理智下保持原狀。

藉此鄭利善推論出一件事，雖然未曾真正執行過，但奇怪的是他堅信不移，如果他可以控制自己的隱藏能力，那麼說不定就可以破壞部分已經修復完畢的建築物。

帶著這道想法的鄭利善來到宙斯身後，他現在仍是副作用期間，若想精準使用能力，必須盡可能縮短距離。

鄭利善的兜帽隨著奔跑的動作往後掀開，他同時伸出手，凝視宙斯跑去的方向，他的雙眼發出鮮明光亮，不知何時出現的金粉，一下子散落在鄭利善的上方。

哐！一聲巨響，兩側的柱子倒下擋在宙斯面前，雖然龐大的柱子傾倒，導致天花板掉落，但不至於坍塌。

宙斯愣了一下後，發出咆哮，然後再度向前，祂摧毀擋住去路的柱子，打算直接衝向椅子，從宙斯沒有轉身攻擊鄭利善的行為來看，祂的血量一定所剩無幾。

此時韓峨璘從背後快速追上，在她經過鄭利善的瞬間，她低聲稱讚他「做得好」。

迅速抵達神像後方的韓峨璘，伸長了寶劍，在一聲巨大碎裂聲後，怪物的腳踝龜裂，變成碎塊，韓峨璘再度高舉寶劍，往腿部砍去，她知道一次無法成功，因此很快地持續攻擊，震碎的聲響迴盪神殿內部。

最後神像的腿碎落一地，怪物往旁邊一倒，雖然想繼續移動殘存的肢體，但韓峨璘猛烈的攻擊使得怪物的下半身全都破碎。

「呃啊……」

魔王想用僅存的手臂爬行，但韓峨璘早已來到神像的背上，殘缺無力的上半身倚靠在柱子邊，韓峨璘走上前。

長劍在地上拖行，發出摩擦聲，魔王身軀顫抖地緩緩轉過頭。韓峨璘彎下膝蓋，俯視神像，她戳戳神像的雙頰，笑著說道：「已經玩得很開心了，現在結束吧。」

韓峨璘起身，往神像的脖子精準劈下，魔王的防禦力已經見底，長劍一下子就刺穿頸椎，望著劍已經刺進一半的模樣，韓峨璘短暫吸氣，然後用雙手握住劍把，再次將劍推往更深處。

啪滋滋，彷彿通電的玻璃珠破裂的聲音，長劍徹底刺進脖子，鄭利善看見長劍的底部露出外頭，他緩慢眨動雙眼。

鄭利善突然意識到視線轉為明亮，不久前天空還是雷電交錯，大氣轟隆作響，現在一點閃電也沒有，壓迫感極重的空氣也消散，他緩緩呼氣……並且抬頭。雖然副本內的天空還是赭紅色，但天氣與外頭相同，因此鄭利善馬上就察覺變化。

……雨。

雨停了。

「……」

淺褐色的眼珠呆望著天空，他呼出一口氣，閉上雙眼，他站在神殿正中央，感受平靜的空氣。

距離副本爆炸的兩個小時前，Chord 成功清除第三輪副本。

✦ 附錄 ✦

獵人們：
獵人與SO市民們（2）

本章為虛構的網路討論區與社群留言。
即使略過本章也能理解小說內容。

＜第三輪副本，Chord 失敗時＞

主旨：Chord……第三輪失敗……

影片名稱：【HBS】韓國七輪突擊戰，第三輪副本 Chord 324 失敗

哈……

一開始我因為飛來飛去的翅膀怪物嚇得不輕……但想說至少他們有成功進入神殿，這次應該也可以成功的……

我真的在韓峨璘出場的時候歡呼大叫耶？？？？那時候整棟公寓都在歡呼……

結果、結果……媽的……哈……

宙斯的雷電到底想怎樣？這種失衡的攻防比例如果是線上遊戲，玩家們一定鬧翻天 QQQQ 這根本是連課金又排名前端的玩家也破不了的地圖吧……

然後最後鄭利善……鄭利善他怎麼會那樣……？？哈，該死的，現在根本不知道要找誰出氣，好想哭。

我們是不是要死了？媽的，嗚嗚波比 QQ

留言

#1
啊，真的好可怕 QQ 可是波比是你養的狗嗎？？QQ 狗狗不要死，人類死就好 QQQQ

↳（W）我想像中的小狗狗 QQ 三歲的瑪爾濟斯 Q，都還沒有帶牠去國外玩過 QQ

↳ 貼文者已經瘋了吧……

↳ 是電子雞嗎？

↳哈哈哈阿哈哈厂阿哈哈哈阿哈哈哈哈哈哈阿哈哈哈哈哈哈哈阿Q，神煩，哭到一半笑出來。

#2

Chord 都失敗了，第二、三名的進攻隊伍還有希望嗎……

↳但至少 Chord 讓大家知道裡面的模式，說不定會很容易。

↳因為其他隊伍沒有拖油瓶，哈。

↳竟然說拖油瓶？ Chord 打得很好啊，幹麼這樣……

↳全部都很好嗎？？哈哈哈，那鄭利善最後那是怎樣？哈哈

↳也是多虧有他才可以進入啊？

↳哈哈哈，也是因為鄭利善才放棄的啊～～～？

#3

歃血守護我都要哭了，別再說了，太陽捕手們。

↳太陽捕手的粉絲團完全一片安靜哈哈哈，當時說他是耶穌再臨怎樣怎樣的，現在都埋在地下了嗎～～都去哪了～叩叩～～～

↳打從一開始要帶修復師進副本就很讓人不解了，哈……

↳這些罵人的網友有對第二輪副本鄭利善的表現感到讚嘆的請投票。

↳↳哈哈哈，啊，丟臉死了……你們好好看。

鄭利善第二輪有無重大貢獻？→有。

鄭利善有無在第三輪讓大家順利進入→有。

鄭利善有無因為崩潰導致第三輪失敗？→嗯嗯有。

接受事實吧

↳↳就算不是利善，反正也沒有希望了……

↳↳哈哈阿哈阿哈哈阿哈哈哈哈哈哈哈哈哈鄭利善就算穿上血之護衛，還是搞垮了 Chord 哈哈哈哈哈。

#4
啊，如果這麼不滿，那你們自己進去副本啊……你們做得到嗎？

↳ 又來了，正義魔人～

↳ 才想說正義魔人怎麼都還沒出現，哈哈。

↳ 就是因為我們做不到，所以才納稅拜託獵人啊……

↳ 如果只能擬訂這種戰略，倒不如減點稅金，哈哈。

↳ 還妄想什麼減稅，我們都要死了啦哈哈哈哈哈哈哈。

↳ 獵人真是好職業哈哈，只要死了就不用負責，哇～哈哈。

#5
最後因為鄭利善無法維持能力導致神殿倒場，全員退場是事實，但搞清楚，魔王是連用水攻也很難對付的傢伙，所以他們一直在掙扎，而且在落雷的時候，Chord 不是到處四散了嗎？看第三輪副本韓峨璘站在隊伍前方的樣子，這次進攻的主角應該是她，所以在她被雷劈中的瞬間，其實也代表 Chord 沒有希望了……

↳ 所以說是 Chord 的錯嗎？哈。

↳ 別再用非黑即白的論調了……副本本身難度就高，天氣不好，魔王正好又是史賢最難發揮的屬性……再加上這是未經研究過的 S 級副本，老實說可以打到那種程度已經很厲害了吧？Chord 其實表現得不錯，只差在沒有掌握模式所以失敗……

↳ 啊，我可以截圖這則留言，上傳到社群嗎？？ QQ 太多人都在罵鄭利善，看得心情好差……

↳ 沒問題！！多多散播也可以！！

#6
所以說 S 級副本不能一次就解決哈哈，你們去看看其他國家進攻 S 級副本的影片吧，哈哈哈，幾乎很少有一次就成功的，那是因為 Chord 的速度太快，堪稱 5G。

↳ 完全符合韓國文化的 Chord 哈哈哈。

↳ Chord 本來就是韓國人。

↳ 啊……

#7

樂園的千亨源已經說他要一次解決了耶？哈哈，把 Chord 付出血汗的經歷輕鬆拿來用，哈。

↳ 他不是第三順位嗎？？

↳ 嗯嗯嗯，會先從第二順位的泰信開始入場。

↳ 不過千亨源為什麼抖成那樣？？哈哈，他有對買大樓花了 35 億元的這件事發表聲明了嗎？？？哈哈哈

↳ 他已經還給本部了，你不知道嗎？

↳ ？？？？？？？？？

↳ 連結：機車賢又樹立新事蹟（new!）https://www.hunters.kr/29308120

↳ 哇，機車賢真有才能。

↳ 什麼才能？？？

↳ 惹禍的才能……

#8

古代七大奇蹟根本不在韓國，該死的，為什麼搞在韓國，氣死了。

↳ 就是說啊，不是應該一一產生在原本的地區嗎？？？為什麼搞死我們？？

↳ 啊……七大奇蹟的國家……出處……原產地，該死，反正就是他們自己去用就好了，或是叫他們的獵人過來支援啊……

↳ 原產地哈哈哈哈哈哈哈哈哈哈哈哈哈哈哈

↳ 這次法國沒有偷走了？

#9
可能這是韓國的特色……從歷史來看也不斷因為周邊國家而受罪，現在成了世界文化遺產的重要角色。

↳ 雖然嘴上說 Pray for Korea，然後給了一點補助金，哈，但媽的，錢超少。

↳ 遺跡的觀光收入不是該分一點給我們嗎？

↳ 壇軍爺爺……我們受到不動產的詐騙了……

#10
利善……雖然很生氣，但太心疼了，無法罵你。

↳ 為何？怎麼了？？？

↳ 你的手指有多珍貴，連動動手指查網路資料都不願意嗎？搜索鄭利善的過去就知道了。

↳ QQ……老實說如果了解利善的過去，就不會想責怪他了吧？他在第一次大型副本失去父母，又在第二次大型副本失去了所有的朋友……光是能進入副本就很勇敢了 QQ……

↳ 每次看到他哭都好鼻酸……竟然說不要丟下我死掉 QQ……

↳ 這次的七大突擊戰應該也會被稱為第三次大型副本……哈哈哈……利善經過這三次應該會精神分裂吧……

↳ 只要有過去，一切都值得被原諒嗎？如果精神狀態不佳就不要進去啊……如果收了錢也做不到，倒不如逃命，哈哈

↳ 鄭已 RUN。

#11
老實說鄭利善在第二次大型副本後不是消失了，我還以為他自殺，哈。

↳ 22，他在宏信公會被折磨成那樣，還在第二次副本失去一切，我真的以為他死了，結果一看到他出來嚇死我，哈哈。

↳ 33333，不過他感覺現在精神狀況很差，Chord 真辛苦，帶著一個神經病打副本。

↳ 聽說史賢還到奇株奕的大學去照顧鄭利善，哈哈哈，真是用心～

↳ 好好說話，瘋子……

↳ 我又不是亂說的，怎樣？他讓朋友們死在第二次大型副本，然後自己去 Chord，真是人生勝利組 b

↳ 他該不會用朋友的死亡補助去償還宏信的債吧？哈哈。

↳ 一個人多少？應該一個人 1 億吧？哇，6 億好賺。

#12

【作者刪除的留言。】

↳【遭到屏蔽的留言。】

↳【遭到屏蔽的留言。】

↳【遭到屏蔽的留言。】

↳【遭到屏蔽的留言。】

↳【遭到屏蔽的留言。】

↳【遭到屏蔽的留言。】

#13

上面……是發生什麼戰爭嗎……？

↳ 哈哈哈哈哈哈哈哈哈哈哈哈哈哈哈哈哈哈哈哈哈哈哈哈哈哈哈哈哈哈哈哈成為拿著披薩走進火海的主角。

↳ 前前一則留言還沒有被屏蔽……那上一則是……發生什麼事……？

↳ 感覺知道太多很可怕。

#14

我會截成 PDF 寄給 HN^^，請小心網路發言喔。

↳不不，不要寄給 HN，要寄給 Chord，允江忙著抵制 Chord 呢。

↳PDF 寄到這裡：Chord 324desk@hn.com

↳真可憐，明明是事實卻被告名譽毀損？哈哈

〈Chord 再入場後成功〉

主旨：Chord 再入場第三輪 _ 直播聊天版

（直播影片連結）
有替換攝影師，所以從一開始就拍攝了。
唉，四個小時，拜託 QQQQQ 希望這裡不要成為最後的熱門話題 Q

留言

#1
千源哥拜託閃邊站。
↳亨源啊，退下吧，太丟人了。
↳等樂園公會的股價跌到一千元韓幣以下，他就會清醒了吧。
↳千亨源，千元股。
↳笑瘋，自然到不行。

#2
哈哈哈哈哈哈哈哈哈哈哈哈哈哈對於擋路的千源，機車賢又神來一筆
我還以為我們是要去收屍的。
嗶。
我還以為我們是要去收屍的。
嗶。
我還以為我們是要去收屍的。
嗶。
我還以為我們是要去收屍的。
↳機車賢！！！！！！！！！！！每次都是名言製造機，媽的 QQQ

↳ 機車賢又 QQQQ 該死，以後再繼續講 QQQQQQQ

#3

看著死不出場的樂園真是悶死我了，一看到 Chord 整個身心舒暢，像用汽水洗澡般暢快啊啊啊啊啊

↳ 進場順序應該要排除樂園臭傢伙才對，該死的，還以為我們要死了，感覺塞了 349290318 個地瓜在嘴巴，然後兔子跳一圈本島，有夠氣真的以為要死了。

↳ 上面的人先冷靜一下哈哈哈哈哈。

↳ 先喝點水吧哈哈哈哈哈哈哈哈哈哈哈哈哈。

↳ 哈哈哈哈對啊，上上上則留言說的對，樂園講得一副自己是最後的希望哈哈哈哈哈哈哈結果失敗了又裝可憐，哈哈哈哈哈哈哈哈真的有夠難看，看到情勢不對就要趕快撤退了啊……

↳ 最後連他們的隊員都提議離場了，他自己死不出來一直要別人喝藥水……所以說要選對隊長才行。

#4

史賢真的把刀子磨得有夠利哈哈哈哈哈從一進場的眼神就真的跟吃炸藥一樣，一看就是要把在旁邊礙事的傢伙一擊斃命的眼神哈哈哈哈

↳ 火幕→亂扔怪物→扯翅膀……真的是暢快組合包。

↳ 哇，天使型怪物真的很惱人，沒想到這樣處理掉了，抖抖。

↳ 應該都分析完其他公會進攻的影片了，超帥。

↳ 奇株哭哭啼啼也行不通哈哈哈哈哈哈哈哈哈。

#5

當他說斬斷翅膀或是撕掉的時候，真心是瘋子中的瘋子，但哥就是喜歡這一款哈哈。

↳從下面的影子伸出手，根本恐怖片哈哈哈哈哈哈。

↳誰說恐怖片不會發生，就在我們眼前好不好。

#6

QQQ 智按姐姐 QQQQQQQ 降臨在世的神 QQQQQQ 想被姐姐撕翅膀的我……不正常了嗎？

↳你沒有翅膀啊……

↳↳閉嘴。

↳↳抱歉……

↳哈哈哈哈哈哈哈哈哈哈哈哈哈哈哈哈哈哈哈哈哈哈哈哈哈哈哈哈哈哈哈哈哈哈哈哈哈哈。

#7

哇，不過為什麼一進到神殿後天使怪就不來了？這是什麼操作？

↳是因為一直被撕翅膀，嚇到了嗎？

↳哈哈哈哈哈哈該死哈哈哈像虎鯨一樣怕人哈哈哈。

↳才不是，是因為裡面有再臨利善，所以他們不敢靠近。

↳真的，鄭利善到底什麼意思？其他公會即使進到神殿裡，還是一堆天使，而 Chord 跟其他人的最大差異就是鄭利善啊。

↳Chord 的獵人也跟鄭利善道謝耶？？感覺應該真的有什麼。

↳？？？？？？？利善到底怎樣……？是驅蚊劑嗎？？？？

↳感覺以後要等著看 Chord 的攻略說明會了，期待期待。

#8

看看韓悟空搭乘筋斗雲飛行的速度，抖抖。

↳原來那就是落雷的模式，Chord 的分析力真的好讚。

↳ 真的是避雷針耶，韓雷針。

↳ 哈哈哈哈阿哈哈哈在角落的利善哈哈哈哈哈看著自己修復完的地板又被摧毀的表情哈哈哈阿哈哈哈哈哈哈。

↳ 想起那個土撥鼠看到房子倒了的梗圖 QQ 哈哈哈哈。

↳ 利善超可愛啦啦啦啦啦啦。

#9

韓峨璘的隱藏能力哈哈哈哈哈哈有夠哈哈哈，一直笑哈哈哈哈哈哈哈哈哈哈哈哈哈哈哈哈哈。

↳ 1:18:40 奇株奕在角落，嘴型說著「王者之劍！」哈哈哈哈哈哈哈哈哈哈哈哈哈哈哈哈哈。

↳ 鄭利善在旁邊聽得一愣一愣哈哈哈哈哈哈。

↳ 21 世紀的亞瑟王，韓峨璘 ^^777777。

↳ 英國有亞瑟王，韓國就有韓亞瑟（^^）>

#10

韓亞瑟威鎮八方 ^^7

↳ 向韓亞瑟王行禮。

↳ 行禮 222。

↳ 行禮 333333。

↳ 4444444444444。

#11

韓峨璘用顫抖的手把寶石埋在地上的樣子哈哈哈哈哈哈哈哈哈哈哈哈哈哈哈哈哈哈哈哈真的哈哈哈哈哈，真的有夠悲壯哈哈哈哈。

↳ 機車賢在旁邊：「妳知道現在如果葬身此地，就永遠欣賞不到了吧？^^」

韓亞瑟：「現在貢獻出去……也看不到了啊……」

機車賢：「妳不想再看『那個的光芒』一眼嗎？」

哈哈哈哈哈。

↳史賢的機車技是人人平等的。

↳哈哈哈哈哈哈哈哈哈哈哈哈韓峨璘的臉真的有夠臭哈哈哈哈哈哈哈哈哈哈哈哈哈哈。

#12

每次拿寶石的時候都很好笑哈哈哈哈哈哈哈哈哈。

↳把項鍊直接拆開埋在地上，根本是強化的過程哈哈哈哈。

↳+1 強化。

+2 強化，

+3 強化。

+4 強化。

+5 強化（韓亞瑟：該、該死……！）

↳最後：+12 強化券。

結果：（SSS）+17 王者之劍。

↳ >>>100 克拉的鑽石威嚴 <<<

#13

聽說那些鑽石是之前以 239 億得標的鑽石…

↳這些鑽石再次登上拍賣會的時候，不就是史賢買來給韓亞瑟的嗎哈哈哈哈哈哈哈，還想說那些鑽石去哪了，結果現在用上wow。

↳哇，真的哈哈哈哈哈哈寶劍真的好亮，堪稱最新顯示器的亮度。

↳寶石真的裝飾得太美了，世界名劍。

↳問題是期間限定的名劍。

【道具名稱：韓亞瑟的王者之劍（+17）

等級：SSS 級。

成分：100 克拉純淨鑽石。

使用地點：副本內限定。

使用期間：直到副本清除完畢（2 小時 30 分）】

↳韓峨璘拔出劍的表情哈哈哈哈讚嘆到一半又開始傷心哈哈哈哈哈哈哈阿哈哈哈哈哈哈哈哈哈哈。

#14

竟然用那麼昂貴的寶石……因為所剩的時間不多，所以才用這個方式 Q 哈哈哈哈感激到想哭……QQ

↳如果千亨源可以早點出來，說不定不需要用到這招……

↳就是說啊，千亨源浪費錢在喝高級藥水，而他們是把錢花在刀口上，讓武器可以進行有效攻擊 QAQ 真的太讚嘆了。

↳要花錢就要像 Chord 一樣。

#15

咦？鄭利善幹麼突然跑起來？

↳什麼，怎麼了。

↳天哪…………………………

↳我屏氣看完，天哪……太驚人了，竟然用這個方法擋住宙斯。

↳這個板跟直播留言一直吵吵鬧鬧的，就在這個時刻完全安靜，抖抖。

↳那些說因為利善崩潰，建築物也跟著崩塌的人全都被打嘴巴媽的 ^^。

#16
【進入神殿前】
0:04:28 再臨利善修復道路。
0:10:12 奇株的火幕。
0:14:44 史賢用影子亂丟天使。
0:15:50 智按撕天使翅膀。
【神殿內】
1:02:31 坐筋斗雲吸怪的韓悟空。
1:19:01 韓亞瑟降臨。
1:55:50>>> 光利善 <<< 阻止宙斯。
2:05:02 韓亞瑟的宙斯斷頭秀。

↳謝謝幫忙整理，不知道大大在哪裡，所以朝東南西北行禮。

↳追加 1：55：42 奔跑時帽子被風吹落的利善

↳哇，真的太刺激了 QQQQ 救世主鄭利善跑過來了 QQQ

#17
2:08:40 利善啊……你就是光。

↳光利善……鄭利 sun……你的名字裡就有太陽……

↳從今開始，鄭利善＝光的官方聖名就此成立，噹噹。

↳5252 我相信！

↳最後一幕拍攝利善的攝影師是誰？你其實是太陽捕手吧？

#18
現在還有討厭鄭利善的人嗎？
噹。
還有討厭鄭利善的人嗎？

↳無法一腳踩死的臭傢伙可是很多的……

↳↳我有機關槍。

↳↳你果真是太陽捕手。

↳【作者刪除的留言。】

↳利善啊，拜託你修復一下……我想印成 PDF 啊……

#19

鄭利善在哪？？？？我只有看到一片光明，抖抖。

↳哈哈哈哈哈哈哈哈，光看第一句，還以為要截圖成 PDF 檢舉你了哈哈哈哈。

不過我是說真的，利善出來的時候不是有亮亮的東西嗎？？？這是粉絲濾鏡嗎？？？

↳我還不是捕手，但也看到。

↳↳這樣已經代表是捕手了。

↳↳根本已經從骨子裡了哈哈哈哈啊快點加入啦。

↳↳哈哈哈哈哈哈哈哈該死，真的啦，我從第二輪的修復片段就有看到了啊？是能力的效果嗎？？？有閃亮亮的東西散落（截圖）

↳就連光點也聚集在利善身邊了呢，哈哈。

↳鄭利 sun 身邊有光是理所當然的 ^^。

#20

從今開始，我本人撤回對鄭利善的所有指責，與他同為一體，合而為一，現在開始任何攻擊鄭利善的行為，就是針對我的行為。

↳堪稱太陽捕手們的宣示文。

↳哈哈哈哈哈哈哈哈哈哈粉絲團的入口網站要改了哈哈哈哈。

↳捕手們開始聯合要抓惡意流言了。

#21
哇……真的清除成功了，2 個小時就成功也太猛了。

↳ 第二輪副本只花 4 小時也很嚇人，抖抖。

↳ S 級副本竟然可以 2 小時就清除，是無人可敵的世界紀錄。

↳ 其他的進攻隊伍花了 6 小時才到神殿門口……代表他們只花 1 個小時？

↳ 這條艱辛的路 Chord 做到了。

↳ 因為有利善在，所以 2 個小時就成功 ^U^)>

#22
原本想說只剩 4 小時，他們打算進去光榮地為國捐軀嗎？哈哈哈哈哈哈哈哈哈哈哈哈結果哈哈哈哈哈哈哈哈哈真的只想拍手叫好哈哈哈哈哈哈哈哈哈哈哈阿哈哈哈哈哈哈哈哈。

↳ 看完龜速樂園，再看 Chord……還以為在看兩倍速或十倍速的影片……

↳ 首爾避難的市民眼看自己要成為歷史，然後現在都起立拍手哈哈哈哈哈哈哈哈哈哈哈

↳ 首爾真的距離滅亡只剩 4 個小時 QQQQ 哈哈哈哈哈哈哈哈哈哈這真的是真實上映的災難電影 QQ。

↳ 嗚 QQQQQQQQQQQQ 我在帳篷裡跟媽媽抱著哭 QQQQQ

#23
我的老家也在首爾，真的一直哭 QQQQ 看著 Chord 再進入的影片邊哭邊歡呼 QQQQQ 我家活下來了 QQQ 現在還是手好抖 QQQQQ。

↳ QQQQQQ 如果家住那裡一定很害怕 QQQ 拍拍。

↳ 真的，該死的，而且還有房貸 QQ 才住沒多久，如果房子沒了

只剩負債，那我寧願選擇去死，媽的，不行，我要帶著千亨源那傢伙像論介一樣投江。

↳ 有病哈哈哈阿哈哈哈阿哈哈哈。

↳ 哭一哭突然變成戰鬥民族。

#24

國外看這支影片，都叫我們快速韓國哈哈哈哈哈哈。

↳ 哈哈哈哈哈哈哈根本以速食店的快餐車道的速度在打副本哈哈哈哈哈哈哈哈哈哈哈哈哈。

↳ 剪出來的影片超好笑，瘋掉，哈哈哈哈哈，快餐車道內出現尼姬怪物的話，就把機車賢 + 奇株奕 + 申智按裝在紙袋裡遞出去，來的是宙斯的話，就把韓亞瑟 + 光利善拿去哈哈哈哈哈。

↳ 然後打工仔是羅建佑的臉哈哈哈哈哈哈哈哈。

↳ 影片在哪，我也要看 QQ 哈哈。

↳ https://wetube.com/jQmYgdjLwzw

↳ 這就是韓國的魂。

↳ 不愧是國碼是「+82」⑤的民族。

↳ 哈哈哈哈啊哈哈哈哈哈啊哈哈哈啊這就是我們國家。

#25

你們看推特的熱搜榜。

（螢幕截圖）

快速 Chord
韓亞瑟降臨
機車賢

注釋⑤　+82：82 的韓文發音與「快點」相近。

光利善
首爾房價暴跌
太陽捕手 _ 宣示文
35 億
抓頭抓頭
把千亨源送去樂園
不曾有過的樂園

↳ 哈哈哈首爾房價暴跌為什麼上熱搜哈哈哈哈。

↳ 因為每次發生突擊戰，大家都怕首爾會被炸飛 QQ 哈哈哈哈。

↳ 別笑，這也是你們的事。

↳ 現在還笑得出來吧？等到第七輪看笑不笑得出來。

↳ 哈哈哈哈哈哈哈哈哈哈哈哈不曾有過的樂園哈哈哈哈哈。

#26
？？？？？什麼？最後難道只有我看到嗎？？？？？最後一刻利善昏倒了耶？？ QQQQQ 利善 QQQQ

↳ 史賢用影子移動後接住了他 QQQQQQ

↳ 隊長，要讓我們利善吃滿漢全席，我們利善太瘦了 QQQQ

↳ 聽說他們兩個有包下餐廳用過餐耶，真的嗎？？

↳ 別空穴來風喔。

✦ 第五章 ✦

預兆

因為鄭利善在副作用期間又使用了隱藏能力，他為此付出煎熬的代價。

清除完第三輪副本後，他總共睡了五天。

第一次進入時，因為沒有過多使用隱藏能力，所以在睡了十七小時後服用藥水，便能維持幾乎正常的狀態，但他還是在副作用期間內過度勞累，導致結束後直接昏厥。

第二次副本時，他在第四天還能起床交談，但這次完全陷入熟睡。

雖然他昏睡了五天後，好不容易終於能有意識地醒來，但這次鄭利善沒有執意外出，他得知距離第四次副本發生還有一段時間，決定好好休養，使用隱藏能力後會有一週的副作用期，所以他需要再休息兩天。

這次的副作用特別嚴重，連粥也吃不大下，只能喝藥水，直到第六天才能勉強進食。雖然這次照護員也將肉切成小塊，放在不同的碗中，但他已經不去多想了，腦袋絲毫提不起勁兒去在乎這些東西，而且老實說，這個方式挺方便的，無需使用筷子，只要用湯匙就能進食，有時鄭利善還會想著，手指肌肉會不會萎縮。

就這樣過了一週，鄭利善第一個前往的地方當然是龍仁，他讓另一位朋友安詳地閉上雙眼，第一次送走姜勇俊時，還覺得很不真實，現在他可以接受這份奇怪的契約，反而還有些心急。

「這次的線索分析完畢了嗎？什麼時候要開始準備？」

心急的他一從火葬場出來就問史賢，不過史賢卻冷淡地回答：「還沒，這次分析會花上不少的時間。」

「已經一週了耶……」

「這次線索是焚燒過的羊皮紙，而且還是被撕裂的狀態，所以還需要幾天的時間。」史賢在車子內一派輕鬆地看著平板電腦，鄭利善感到有點失望，當他們打完第三輪副本時，他因為昏倒，所以不知道魔王掉落的道具，沒想到這次的線索竟然是毀損的狀態。

線索打從一開始就是毀損的狀態，所以無法讓鄭利善修復，不過標示下次副本的日期部分沒有損壞，能確認所剩時間，之前間隔為十五日，這次則是二十一日。

鄭利善只能點點頭，慶幸還有剩餘的時間等待分析，史賢遞出手機，「現在把手機還你，我刪除得差不多了……」

鄭利善輕嘆一口氣，這一週他只有吃飯、睡覺，都快忘記手機的存在，確切來說他從首次進入第三輪副本的那天起，手機就已經不在身邊，直到現在，睽違十天才再度碰到，鄭利善確認螢幕沒有裂痕，這才慢一拍問道：「把什麼刪除了？」

「沒什麼。」

「喔……看來網路上應該紛紛擾擾。」鄭利善相當木然。

史賢望向他，深黑色的眼睛仔細確認著對方的狀態，鄭利善表示曾聽奇株奕大略提過，所以知道狀況。自從第一次進入第二輪副本前，奇株奕就有些擔心他，準備再次進入時，他也在一旁探問是不是真的沒有手機，因此很難不注意到奇株奕做此反應的源由。

不過鄭利善從以前就不甚在乎他人的言語，自從八年前首次大型副本後，就是如此，他乏於應付同情的視線，也對殘忍嘲弄的部分網友感到厭倦，所以乾脆置身事外，尤其在宏信公會工作後更是如此。

不過朋友們跟他相反，他們熱衷於網路、社群……等領域，大部分的消息，都可以透過朋友們得知。因此在他們死後，鄭利善可說是與世界斷絕關係，雖然直到最近才會偶爾看手機，但頂多也只是獲取情報罷了，就算偶然看到關於自己的消息也會快速滑過。

自從他成為S級修復師之後，他對那些無數的忌妒視若無睹，早已習慣睜一隻眼閉一隻眼度日，正確來說，他沒有多餘的力氣能浪費在這種事情，鄭利善的人生已經相當艱困難行，沒有餘力在乎這些身外之物。

「我不大在乎這種事……不過還是謝謝。」

鄭利善簡短道謝，史賢靜靜地凝視他，然後轉頭說道：「不是我。」

「嗯？」

「是奇株奕獵人率先提出不能放任那些人，然後隊員們也都贊同，大廳接待的職員那邊，也已經將相關資料整理後才給我的，我是最後一個知道的人。」

「啊……」

「看來隊員們都很疼你。」

史賢的表情一臉平靜，平靜地轉達消息，但鄭利善有些愣住，他雖然看過大型公會，會針對惡意中傷所屬獵人的網路留言進行法律程序，但Chord幾乎不曾發生這類的事件，因為他們本來就是無懈可擊的組織。

然而，能讓這樣的隊伍首次進行法律程序的人，竟然是自己？

鄭利善覺得心情有些微妙，加上Chord可說是凌駕於法律之上的組織，竟然會親自出馬對付網友，這讓他突然感到如釋重負。

車子恰好抵達HN辦公大樓前，鄭利善與史賢一同搭乘電梯，就在抵達四十二樓後，史賢才說自己還有事要去獵人協會，然後轉頭就走。鄭利善搞不懂，既然有事，那為何還要一起進來辦公室，就在他摸不著頭緒時，辦公室內傳來吵鬧聲。

「鵪唷，為什麼把這個變成石頭！我的毯子！」

「唉，峨璘獵人，副作用的期間請發揮公德心，別觸摸食物。」

「我又不是故意的，吃到一半就無法控制了啊……」

熟悉的聲音讓鄭利善小心翼翼地走去，就在他靠近時，接待職員親切向他問候，並且出來開門，鄭利善想起史賢曾說過的話，感覺有些難為情，向他們點頭致意。

他進到辦公室後，聽得出來吵鬧聲是由休息室傳來，其餘的獵人也聚在休息室附近，鬧哄哄的，當鄭利善一走上前，他們開心地向他打招呼，奇株奕聽見聲響趕緊高喊起來迎接他，「修復師！你好點了嗎？」

「啊，有的，不過……怎麼了嗎？」

只見奇株奕手拿一條像是用石頭做的毯子，羅建佑坐在休息室的桌邊搖頭嘆氣，桌子上有一顆咬了一口的蘋果，不，是一顆看起來接近石雕的蘋果。韓峨璘在桌子後方，像個罪人般低著頭。

「姐姐現在副作用大爆發，只要用手觸碰的東西都會變成石頭。」

「什麼？」

「使用隱藏能力後的一週內，會有一天隨機發生這種情況，八小時內只要用手觸碰的物品都會變成石頭，要兩天後才會恢復原狀……真是災難般的副作用。」

鄭利善慢慢瞪大雙眼，如果要說奇株奕在開玩笑，其他獵人的表情也太過平靜，再加上那條石毯的細節逼真，以石頭來說，不大可能雕刻得那麼精細，看起來就像掛在椅背上後，直接被變成石頭。

鄭利善突然想起，羅建佑說韓峨璘的副作用很麻煩，他思考所謂的S級隱藏能力的副作用，他只知道自己會昏睡一週，或是像史賢一樣，一整天無法使用能力……等等。

光是從地裡拔出長劍就很神奇了，沒想到副作用是觸摸物品就會變石頭。鄭利善露出些許訝異與讚嘆的表情，韓峨璘則是一臉傷心，因為休息室裡大部分的東西都變成了石頭。

「昨天晚上突然這樣，你要我怎麼辦啦？我還以為這次可以安然度過一個禮拜的，殊不知……」

「唉唷，怎麼可以小看副作用，本來就應該好好待在家裡，幹麼來休息室！妳說在副作用期間，擔心睡在公寓裡會出問題，那就買獨棟的房子啊！」

「喂，你知道一覺醒來發現床變成石頭的心情嗎？啊？」

「這樣很不錯啊，可以長壽。」

「你給我過來。」委屈辯解到一半的韓峨璘，突然站起身朝奇株奕追過去。

「呃啊啊，韓達斯⑥要殺人了！」

繞在桌邊追趕彼此的兩人就像一對姊弟，鄭利善低頭笑了幾聲，然後與坐著的羅建佑四目相交，那雙在眼鏡底下的眼睛睜得圓大，然後發出陣陣笑聲，「終於看見利善修復師笑了，這才像與株奕同年紀的孩子嘛。」

聽見這番話，鄭利善有些難為情，緊抿嘴唇，然後視線瞄到桌子中央的原子筆，他覺得有些困惑，怎麼有枝像石頭的筆，順手拿起來看，奇株奕見狀，馬上大呼小叫：「哇塞，姐姐也把原子筆變成石頭了，還想蒙騙眾人把筆插回去！」

大概在繞著桌子跑到第五圈時，奇株奕的體力就透支了，他雙手撐在桌子上氣喘吁吁，韓峨璘想從對面爬上桌子衝過來，鄭利善看見即使韓峨璘的手觸碰到桌子，桌子也沒有變成石頭的模樣，確定她的副作用期間已經結束。

「一天了嗎？」鄭利善喃喃自語，實驗性地將修復能力運用在原子筆上，雖然原子筆沒有碎裂，但修復能力是將損傷狀態物品的時間倒流回去，他抱持著實驗的心態，只是不知道自己是否能成功，畢竟是因為S級的副作用而毀損的物品……

「嚇。」

「哇，這是……」

鄭利善手上的原子筆變回原貌，奇株奕最先感到吃驚，然後羅建佑發出讚嘆聲，接下來站在桌子上的韓峨璘則是慢一拍地發現。

韓峨璘慢慢眨動雙眼……然後發出接近哭號的歡呼，馬上跪在鄭利善面前，「我的救世主！我的救贖！光！」

「我也不知道真的可以成功……」

鄭利善訝異得不知該作何反應，韓峨璘二話不說朝他伸出手，似乎想接取恢復原狀的原子筆，鄭利善尷尬地將筆輕放在韓峨璘的手上，她哭哭啼啼地發出讚嘆，仔細端詳原子筆的狀態，「你怎麼這麼晚才出現，嗚嗚，我真的過得好辛苦。」

充滿真心的一句話，讓奇株奕、羅建佑，還有周遭的獵人全都笑了出來，而鄭利善感到無比慌張，不知道該怎麼面對在眼前啜泣不已的韓峨璘。

注釋⑥　韓達斯：原為麥達斯，希臘神話中點石成金的國王，奇株奕藉此嘲諷韓峨璘，只要觸碰東西即會變成石頭的副作用。

辦公室的喧鬧，直到韓峨璘回家後才平息，由於HN公會的辦公大樓有施加空間保護的魔法，所以身處副作用期間的獵人，有時會居住在大樓內幾天。

奇株奕說，因為她待在大樓裡，所以才只讓部分小東西變成石頭，不然可能會釀成更大的災害，鄭利善聽得一愣一愣，只能點頭。

「姐姐以前為了鬧我，手機錄影到一半就變成石頭了，真是個臭脾氣。」

「真是厲害的副作用……」

「是吧？根本就是麥達斯，我們都叫她韓達斯。」

由於副作用被廣為流傳的話，沒有任何好處，所以大部分的S級幾乎不提這件事，不過因為韓峨璘無論是其隱藏能力，或是副作用都很驚人，所以自然而然眾所皆知。

據說她以前曾經把公寓的電梯變成石頭，幸好沒有墜落，但也讓運作中斷，造成不小的混亂，鄭利善不由得發出嘆息。

當時雖然出動了修復師，也只能修復20至30%左右，因此當看到鄭利善修復至70%以上時，韓峨璘當然喜極而泣，鄭利善不禁認為，自己的副作用還真的很溫和。

奇株奕將手機放在桌上，點進影音網站，他是經常上網、活躍於社群軟體的人，因此習慣性地點按應用程式，由於奇株奕最近看的影片，全都跟Chord有關，畫面裡最顯眼的推薦影片就是Chord進攻副本的影片，然而鄭利善的目光不經意地停留在畫面上。

「那裡為什麼有我？」

「啊？嚇。」

一聽見鄭利善的疑問，奇株奕急忙倒抽一口氣，把手機螢幕朝下。因為影片的顯示縮圖用鄭利善當作主角，非常顯眼，那支影片精選了第三輪副本的重要場面，其中恰好用鄭利善當作縮圖，是最後鄭利善為了抵擋宙斯往前奔去，帽子被風吹落的瞬間。

「啊，那是、那個……」

奇株奕冒出冷汗，他拜託史賢不要讓鄭利善接觸網路上的評論，結果自己卻最熱衷看網路評論，奇株奕是 Chord 裡年紀最小的隊員，相對地更在乎網路上的反應。

但奇株奕很快就想起來，Chord 已將惡意中傷的留言清除乾淨，而且這部影片全是稱讚的留言，即使鄭利善觀看也無妨，自己現在的過度反應，反而是最奇怪的事情。

因此奇株奕再度打開手機，傻乎乎地笑著：「啊，這是第三輪副本的進攻影片，他們選出重要時刻，剪輯成精華版！」

「不過為什麼封面上的人是我……不應該是韓峨璘獵人嗎？」

「唉唷！修復師也做了很厲害的事情啊！」奇株奕自信滿滿地大喊，再加上五天前，Chord 對外公開說明了第三輪副本的作戰方法，因此修復副本椅子一事也受到眾人的矚目。

「那張椅子無論怎麼看，都是恢復血量的地方，如果修復師沒有擋住宙斯的話，後果一定很嚴重。宙斯恢復的話，我們需要花更多時間再次進攻，說不定連權杖也會換新，並且召喚閃電攻擊。」奇株奕一邊興奮說著修復師在第三輪副本有多厲害，一邊想展示影片，鄭利善的表情有些微妙，並非單純因為尷尬或難為情，而是有些異樣。

他用一如往常蒼白、毫無血色的臉孔看著螢幕，不發一語地撫摸外套，在這短暫的沉默之間，奇株奕大概在三秒裡煩惱了三百次，然後急忙轉移話題：「不、不過，修復師好像幾乎都穿連帽的衣服或外套，你很喜歡嗎？也對，這種衣服很方便。」

「啊，嗯……就只是剛好可以遮住臉而已……」

「……」

雖然語氣委婉，但也完全表達出鄭利善不想暴露在他人面前的打算，奇株奕不禁鼻酸，並非因為不知道該怎麼接話，而是對於造成這種現況的原因感到心疼。

就在奇株奕思索接下來的話題時，史賢走進辦公室，現在奇株奕與鄭利善坐在史賢對面的辦公室，也就是屬於鄭利善的辦公室，奇株奕隨即從位置上站起，向史賢打招呼：「協會已經將結果分析完畢了嗎？」

「他們說兩天內會出來，目前看起來副本跟火有密不可分的關係，奇株奕獵人請盡早做好準備。」

由於關於下一輪副本的線索有燒焦的痕跡，因此大家全都猜測與火有關，奇株奕自信滿滿地說，自己是火的達人，將下巴高高提起，但史賢只是盯著他不發一語，奇株奕只好識相地走出辦公室，身為隊長的史賢，不是那種會回應玩笑的人呢。

鄭利善的餘光瞥見史賢坐在自己的前方，但自己的視線仍盯著桌子，回想七大奇蹟裡與火相關的古代建築，然後他忽然想起什麼，大力抬頭說道：「下一場副本，會不會是阿耳忒彌斯神廟？」

「怎麼說？」

「那裡是七大奇蹟之中，因火災而燒毀的建築。一名叫作黑若斯達特斯的人，認為如果要犯下惡行，就要做出足以震驚後世，讓自己名留歷史的大事，因此向神廟縱火。」

自從確定加入突擊戰隊伍的那天，鄭利善已經瀏覽完古代七大奇蹟的影片，對於所有的建築物都擁有基本的認識，方便加快修復建築物，所以總是抽空研讀相關資料，當聽到下一場副本與縱火有關時，他隨即想到這段歷史。

史賢靜靜聆聽，一雙眼凝望著鄭利善，然後嘴角緩緩勾起微笑，「你很認真做功課呢，從以前就對建築很有興趣嗎？」

「啊……也不是從以前開始，嗯，只是會了解我要修復的建築而已。」

「你講的時候，感覺很開心。」

「……什麼？」聽見從未料想過的話，讓鄭利善有些意外，他就只是講出腦海裡的東西罷了，是因為講太快了嗎？自己也沒有笑不是嗎？鄭利善想不起來剛才講話時的表情，尷尬地摸著嘴角。

史賢用平靜的口吻繼續說：「協會也推測這次的背景，是位於以弗所的阿耳忒彌斯神廟，只不過由於文字尚未確切分析完畢，所以還沒對外公開，也不清楚為什麼一直以來都是完整出現的線索，會在這次呈現受損的狀態……」

鄭利善嘆了口氣，無論是巴比倫的空中花園，或是宙斯神像的線索，全都完好如初，石板與木板都用古代語言，清楚刻畫下一次的線索，唯獨這次出現異樣讓人不禁感到奇怪，說不定這與副本狀態也有關係。

正當鄭利善整理書桌，打算研究阿耳忒彌斯神廟的相關細節時，史賢開口問道：「利善喜歡做什麼呢？」

「……啊？」

「興趣或是喜歡的休閒活動……之類的，你從事什麼活動時，會覺得心情好？」

真是個莫名其妙的問題，鄭利善花了一點時間才意會過來，他歪著頭，不知道自己有沒有理解錯誤，但史賢僅是笑著坐在他面前。

感覺要趕快回答才行，鄭利善好不容易開口：「跟朋友們玩桌遊的時候，好像很有趣……」

「除了那個之外，其他的呢？」

「嗯，看朋友們開心玩撞球的時候……」

「利善。」史賢打斷鄭利善凝望著他。

那雙深黑色的雙眼，雖然找不到煩躁或鬱悶，但鄭利善知道自己的回答，並非史賢想聽的方向，他緊抿雙唇，史賢露出溫柔笑容。

「別說那些不可能的回答，請以現況回應，要我用影子讓屍體如同人偶般行動的話，你會開心嗎？雖然我的確可以辦到。」

「……」

「而且不要以和死去的朋友們一起做的事情為基準，請以你自己的想法回答。」

那道語氣雖然平和卻也堅決，鄭利善沉默了好一陣子，即使早就心知肚明，但史賢的一番話，再次點醒他及早認清，那些都是不可能的事情。

雖然他沒有產生思念，但事到如今，他才真正明白那些回憶已成過去，這份遲來的心情，讓他感到無比陌生。

鄭利善從未在沒有他們的人生裡感到有趣或開心，加上他安靜的個性，總是被朋友們拉去玩，而他也喜歡那種感覺，所以打從一開始，他就沒有擁有屬於自己的快樂，他猶豫了許久該怎麼回答。

但就算兩人陷入長久的沉默，史賢仍然望著他，最後是鄭利善自己受不了，出聲回問：

「為什麼要問這個？」

「畢竟，第三輪副本你出現精神不穩定的狀態，造成相關的影響，所以我希望在進入第四輪前先照顧好這一部分。當時距離再進入宙斯神殿沒有多少時間，但現在不一樣，可以好好準備。」

鄭利善輕嘆一口氣，史賢繼續冷靜說明，他因為害怕鄭利善感到孤獨，所以等他的副作用期一結束，就讓他來辦公室，也知道剛才與韓峨璘所發生的事情。

「一步步解決吧，雖然我也有考慮帶你出國旅行，但依照你的情況來看，想去國外也是因為朋友們……」

「……」

「還是在突擊戰結束後，送你去旅行，像休假一樣？如果有這種目標的話，會不會比較開心？」鄭利善就只是呆愣在地，史賢似乎早已料想到他的反應，露出微笑。

「看你的表情應該不是這麼想，所以你說吧，以現在的自己為基準的話，什麼事會讓你開心？」

「喔，嗯……」面對又丟回來的問題，鄭利善不知道該如何回答，理由與先前相同，他從未想過做什麼事可以讓自己的心情變好，他沒有探索過自己的興趣，但史賢一臉無論如何都想要現在得到答案，鄭利善欲言又止了好一陣子。

在他好不容易回溯記憶後，這才擠出回答：「……麵包剛烤好的香氣？」

「意思是聞到那個會讓心情很好？」

「嗯，朋……對。」

朋友們很喜歡做菜，因為他們從十七歲開始，就需要自行解決三餐，理所當然學會了煮飯，絲毫沒有煮飯天分的鄭利善，還被下達不准出入廚房的禁令。

六名朋友之中有兩名特別會下廚，今早徹底閉上雙眼的那位朋友擅長烘焙，只要到週末就會烤麵包，家裡的烤箱可以說是他們唯一的奢侈。

笑容。

鄭利善將這一切背後的故事，都吞進肚子裡，慢慢點頭，史賢盯了他好一陣子後，露出

「這個簡單。」

聽見簡短的回應讓鄭利善鬆一口氣，看著史賢原本想繼續追問的表情，還讓他有些緊張，幸好兩人的對話和平地結束，史賢站起來說道：「現在是我的副作用期，兩天後我會準備好，然後請再想另一項。」

好不容易講出烤麵包了，為什麼還要兩天？雖然鄭利善很困惑，但聽到史賢處在副作用期，也只好閉上嘴巴。史賢在二十四小時內無法使用能力，接下來能力也只能恢復至50％，對於總是保持最佳狀態的史賢來說，副作用的影響確實相當不方便。

只不過烤麵包這種事，感覺自己只要去麵包店就可以解決了，鄭利善不明白需要史賢出面的理由，但他不想再發問又開啟另一場對話，因此把這個念頭深埋在心。

下一場副本的分析結果出爐。

離第四輪副本發生還有十二天，鄭利善才剛想差不多該著手準備時，恰好接到分析完畢的消息，當他準備前往會議室之際，收到申智按向全體隊員發送的旅館地址。

看著會議要辦在旅館的消息，鄭利善有些摸不著頭緒，但史賢沒有多說什麼，就帶他來到了現場。

進到雄偉又氣派的大廳前，鄭利善暗自在內心感嘆知名旅館的氣勢，也心想原來 Chord

有時會在這種地方開會。

Chord 是韓國最頂尖的獵人隊伍，最近由於突擊戰的關係，許多企業紛紛提供贊助，說不定這次是由旅館提供場地，或是為了轉換氣氛，讓大家換個地方開會。

但在他進入早餐自助吧時，就聞到一股味道，整個空間瀰漫香甜可口的味道，讓他察覺眼前的情況。

剛烤好的麵包香氣。

鄭利善想起兩天前曾對史賢說過的話，然後停下腳步，他四肢僵硬地環顧四周，最後將視線停留在史賢身上，他多麼希望史賢告訴自己一切只是錯覺，但史賢卻瞇起眼角，笑著對他說：「你開心嗎？」

「……」

「如果要把機器搬進會議室太麻煩了。」

史賢說著他不想弄髒會議室，鄭利善則恍神地坐在餐桌邊，而似乎有話要跟申智按說的史賢離開了座位，留下鄭利善呆呆地四處張望。

餐廳的另一端有五位廚師，他們全在製作麵包，剛出爐的麵包香氣撲鼻而來，其他隊員也紛紛抵達餐廳，他們向鄭利善打招呼後開心地取用麵包。

韓峨璘與奇株奕也走了過來，友善地向鄭利善打招呼，他們不假思索地就坐在鄭利善身邊的空位，坐在同一張圓桌。

鄭利善神情複雜地朝他們問道：「你們以前有在這裡開過會嗎？」

「嗯？沒有吧，我記得沒有來過，奇株奕你有過嗎？」

「喔，我也沒有來過。」

韓峨璘是第三位加入Chord的成員，奇株奕是第四名，獵人們經常聚在一起開會，討論副本的進攻方法，但大部分會在HN公會大樓，若是要前往其他縣市解決副本的話，就會到那附近開會，這還是第一次在旅館內召集大家。

「是因為打贏第三輪副本，所以很多贊助嗎？」

「一樓只有我們耶？是把一樓都包下來了嗎？」韓峨璘自言自語地問。

奇株奕則說畢竟要集合英雄們，所以旅館可能會直接將一整層都空下來了，邊講邊點頭。從以前開始，就有很多贊助的邀約，因為Chord擁有極高的知名度，光是他們的來訪，就能掀起話題……

雖然鄭利善很想相信他們的話，但在濃郁的麵包香氣內，他不得不接受現實。如果是旅館自行租借場地，那麼菜單裡不可能只有麵包這個品項，看見成員們彼此交談，困惑著為什麼旅館只供應麵包，他更加確信是因為自己的緣故。

鄭利善面部僵硬地坐在位置上，從餐檯回來的韓峨璘，拿著裝滿麵包的餐盤回來，將一個麵包放在自己的盤子內，再拿一個給鄭利善。

「什麼！姐姐我的呢！」

「你……難道期待著自己受到跟利善修復師一樣的待遇嗎？你以為自己跟他是同一個等級嗎？」

「哇，這句話太讓人傷心了吧。」

韓峨璘用真摯的表情望著奇株奕，奇株奕嘟囔幾聲，站起身前往餐檯。

鄭利善先是向韓峨璘道謝，用錯綜複雜的神情望向餐檯，那道眼神有些銳利，讓韓峨璘感到意外。

「利善修復師討厭麵包嗎？」

「不是，不是這樣的，只不過以後可能會討厭……」

「是喔？那還是要換地方？」

一道溫柔的嗓音從後面傳來，鄭利善嚇了一跳往後看，史賢正朝著自己走過來，不知道什麼時候，他結束了與申智按的對話，回到餐廳。

史賢低頭與鄭利善對視，如果鄭利善回答討厭麵包，感覺史賢會馬上更改地點，鄭利善不得不說自己喜歡這裡。

史賢自然地坐在鄭利善旁邊的空位，用溫柔的語氣說道：「因為利善你沒有說特定種類的麵包，所以我告訴他們，做出所有可以製作的麵包，如果你有喜歡吃的可以告訴我，我會特別吩咐。」史賢親切地說明情況。

鄭利善表情僵硬地點點頭，一旁的韓峨璘則是很開心，託鄭利善的福來到飯店開會。

全員到齊後，眾人稍微填飽肚子，第四輪副本的會議接續開始。

前方的螢幕亮起，顯示上次打敗第三輪副本魔王後掉落的道具，畫面是將羊皮紙拼湊成原狀後放大的照片，申智按開始說明：「這次的線索用古代希臘文寫上『獻上祭品吧，讓以弗所再次重返光榮』。」

以弗所位在土耳其伊茲密爾城的一塊地區，曾是古希臘的殖民城市，申智按冷靜地朗誦資料，將畫面跳轉至以弗所的遺跡照片。

「以弗所是座港口都市，相當繁榮，透過與希臘的興盛貿易，擁有高度發展，當地有一座象徵豐饒女神的神廟，即是知名的阿耳忒彌斯神廟。」

阿耳忒彌斯是代表月亮與狩獵的女神，同時在古代信仰裡，也象徵豐饒與繁華。畫面出現兩層樓建築的阿耳忒彌斯神廟，長一百三十七公尺、寬六十九公尺的巨大神廟，用約二十公尺的白色大理石製成的愛奧尼柱式柱子總共有一百二十七根，現在遺跡內只剩一根柱子。

「因此我們推估，下一場副本是以弗所的阿耳忒彌斯神廟。」

「又要跟神級的怪物戰鬥？真是受不了。」韓峨璘最先說話，她煩躁地抓頭，表現出不情願的模樣，奇株奕則是露出純真的笑容。

「我很喜歡阿耳忒彌斯耶。」

「那你要不要去受死？當成獻祭品？」奇株奕對於韓峨璘的冷嘲熱諷感到委屈，說自己小時候所看的漫畫就有阿耳忒彌斯，而且很厲害，如果可以直接與化身為阿耳忒彌斯的魔王對戰，該有多開心。

申智按似乎聽見兩人的對話，操作平板電腦片刻後，將畫面跳轉成下一則影像。

「這是在以弗所神殿遺跡裡所發現的阿耳忒彌斯塑像。」

留存在遺跡內的塑像，看起來離厲害有些差距，塑像筆直地站立，彷彿要指揮般似雙手張開朝下，下半身成圓筒狀，上頭刻畫著數十頭野獸。

甚至連頭部後方的石板，也全都雕刻著野獸像，看起來就像原住民的圖騰，在希臘神話裡女神與以弗所的土著信仰有著密不可分的關係，因此形成這樣原始風貌的雕像。

奇株奕似乎沒有聽見申智按的說明，就只是望著畫面發呆，然後嘆了一口氣。

羅建佑望著奇株奕受衝擊的表情，邊笑邊輕拍他的肩膀。

會議持續進行，大家推敲副本線索呈現燒焦狀態的原因，正如鄭利善所料想，神廟遭受祝融的歷史也被提出，神廟前後總共毀壞了三次，第一次是洪水，第二次是火災，第三次則是受到戰火波及。

其中第二次的縱火最為有名，為了讓自己名留青史，而打算犯下重大罪刑的黑若斯達特斯在神廟縱火，造成火災。

而在重建之後，又因為東日耳曼人的入侵，洗劫神廟並且蓄意縱火，使其再度被火舌所吞噬。

由於外來人的入侵，使得神廟走上衰退之路，此時鄭利善想起線索的句子——獻上祭品吧，讓以弗所再次重返光榮……

「神殿的祭壇會不會也代表什麼意義？」

第三輪副本時，宙斯的椅子擁有特殊的意義，說不定在第四輪副本裡的祭壇也有特定的象徵用意。

「很有可能。」史賢肯定鄭利善的猜測，凝視螢幕，並用大拇指敲擊桌面，在思索什麼的他似乎下了定論，開口說道：「奇株奕獵人，這次的副本不要使用火屬性的魔法，其他魔法屬性的獵人也請注意。」

「嗯？為什麼突然這麼說？」

「那座神廟連續兩次遭到火災的波及，所以在裡面使用火，有很大的機率不會有好效果，再加上線索有焦痕一事也很奇怪。」

獵人們聽了史賢的猜測也頻頻點頭，奇株奕發出哇的讚嘆聲，暗自默念說不定神廟對於火焰抱有怨恨也說不定。

但是腦海裡閃過某種想法，奇株奕開口說道：「但會不會是某種罩門？就像第三輪副本的尼姬怪物。」

接續這句話之後，全員正式展開會議，由於在第三輪副本時因為沒有掌握好宙斯發動雷電的規律，造成進攻失敗，為了不再重蹈覆轍，他們嚴陣以待所有備案，不斷提出意見。

鄭利善專心聽著大家的想法，然後注意到眼前的餐盤都已經掃光了，他明明以為自己會因為史賢的舉動而吃不下麵包，但因為麵包都是一口大小，一眨眼就全都吃光。

鄭利善有種輸了的感覺，情緒複雜地望著餐盤，他聽見廚房傳來烤箱的聲音，廚師們再次烘烤麵包。

鄭利善瞥向廚房，然後有些不悅地將目光放回史賢的身上，兩人在空中四目相交。

「……」

看著史賢微笑的臉龐，鄭利善多麼希望史賢的觀察力如果能再遲鈍一些就好了。

會議持續超過三個小時。

大約每間隔一小時會有休息時間，麵包不斷出爐，新鮮香甜的麵包香氣瀰漫整座空間，鄭利善覺得自己的嗅覺說不定會麻痺。更叫人不甘心的是，麵包的種類還一直更換，自己不知不覺也喜歡上這種味道。

就在會議差不多結束時，奇株奕說最後要再來一盤麵包，便往餐檯走去，鄭利善原本對於Chord因為自己才移駕到這裡開會感到很惶恐，而且菜單還只有麵包一個選項，不過看著每小時更換的麵包種類，每個人都一口一口地將麵包吃光的模樣，讓他不自覺放心許多。

但是奇株奕夾滿麵包回到位置上時，突然問道：「不過為什麼只有麵包。」

「你安靜。」

「不是啊，這間飯店的早餐不是很有名嗎？麵包是真的很好吃，可是我也很想吃其他的東西……」

韓峨璘急忙摀住奇株奕的嘴，但奇株奕不明所以，露出委屈的眼神，鄭利善不知該說什麼，尷尬地望向他處，史賢低聲問奇株奕：「你想吃其他的東西嗎？」

「對！」

「那麼你去其他地方就可以吃了。」

「啊？我、我不是那個意思……」

「去其他地方吧，不要在這裡讓利善感到為難。」

奇株奕這才驚覺事態，還發出一聲驚呼，他手忙腳亂地抓抓頭，搞懂來龍去脈後，馬上低垂著頭。

「沒事，我超喜歡吃麵包，我其實是尚萬強⑦啊，以後請叫我奇萬強，周歲的時候我可是抓了麵包喔。」

韓峨璘看到奇株奕的反應，在一旁直搖頭，低聲說道這麼不會看臉色的人，到底是怎麼加入Chord的。

韓峨璘對鄭利善露出非常親切的笑容，與面對奇株奕的表情是天壤之別，「利善修復師，我喜歡麵包。」

「我也喜歡，哈哈，這裡供應很多種類的麵包，真不錯，我喜歡。」羅建佑好似也明白現況，很快地接續說道。鄭利善不知道在這個情況下該做何反應，只能尷尬地不斷點頭，大夥兒似乎想證明自己的話是真的，說著要再去取麵包，又起身前往餐檯，就連奇株奕也說要再吃一盤，急急忙忙地離開了位置，明明才剛拿了新的，現在又匆忙地離去。

注釋⑦　尚萬強：音樂劇《悲慘世界》的男主角，他因為飢餓偷麵包被關入監牢。因此「尚萬強」衍伸為熱愛麵包者的代名詞。

就這樣，史賢與鄭利善獨自留在桌邊，史賢開口問道：「心情有沒有好一些？」

面對非常平靜的提問，鄭利善思索該提及哪個部分，如果說自己吃到好像要鬧肚子，那麼廚師可能會遭殃，他左思右想後才開口：「……一般來說喜歡烤麵包的味道，應該不會包下旅館餐廳來烘烤麵包吧？」

「……」

「利善你是S級修復師，怎麼能用一般人的水準看待呢？正好今天分析的結果在凌晨左右完成，而你說過自己很孤單，所以我把會議移來這裡，是因為太多人，比較吵雜，所以影響心情嗎？那下次我可以不讓隊員們過來，這樣能比較自在地說話。」

鄭利善想請求他不要包下整座餐廳，但這句話卡在喉間，只好以一聲嘆息取而代之，自從認識史賢後，他領悟到史賢的思考方式與他有著極大的不同，深切明白想跟史賢對話的本身就是個錯誤。

望見鄭利善複雜的表情，史賢湊上前，明明就坐在一旁，還特意靠過來的行為讓鄭利善輕顫了一下。

「感覺你不大開心。」

「心情這種東西，不是說做了某件事，就會馬上好轉或低落的數學公式吧？」

「意思就是不開心呢。」

雖然史賢的話沒有多大的情緒，但鄭利善害怕地趕緊補充說明：「絕對不是因為麵包不好吃，這裡的麵包真的很不錯，只是……」

「只是？」

「沒事，我的心情好像好多了。」

聽到鄭利善彷彿被逼到牆角的回答，史賢瞇起眼角笑了，他的微笑並非滿意的那種類型，鄭利善問他在笑什麼，史賢親切地回答：「我在想如果乖乖被你騙的話，你會開心還是不開心。」

鄭利善連一句話都不想說，雖然史賢講過好幾次，要照顧鄭利善直到他的能力恢復至100％，但沒想到會是以這種方式，讓他有點，不，應該說非常有壓力。

但除了包下餐廳這種大手筆的事以外，其實他不討厭眼前的情況，人似乎是比想像中還要單純的動物，一旦滿足了六感中的嗅覺，心情好像也跟著好轉。

再加上，其他隊員看起來也很開心能在這裡開會，總是關在公會大樓裡的大家，有機會能來到不同的空間轉換心情，臉上都是喜悅的神情。

其他獵人不知道從奇株奕那裡聽到什麼，紛紛從餐檯向鄭利善道謝，雖然有些難為情，但另一方面也有些微妙的感覺。

鄭利善對於人們的好意感到很陌生，他原本很在意大眾的目光，總是能閃則閃，但或許因為跟隊上的其他隊員逐漸熟悉，因此產生了不一樣的感受。鄭利善靜靜地摸著桌上的餐巾，此時史賢的手伸過來。

看著朝自己伸出來的手掌，鄭利善習慣性地握住後才發現不對勁。到底為什麼這麼自然地就握住了呢？這是因為反覆進行而成習慣嗎？行為制約？鄭利善滿臉錯綜複雜的神情，史賢平靜地說：「只要誠實告訴我你的感受就好，因為你的感受是第一順位。」

「不需要這麼大費周章地配合我。」

「如同我剛才所說，因為你是S級修復師，所以這種程度根本不算大費周章，反而是很正常的事情。」

聽見這番話，鄭利善沉默了片刻，雖然他從二十歲開始就從事S級修復師的工作，但從未經歷過這種事，也不曾想像過。

當他在宏信公會做牛做馬還債時，從未受到任何的禮遇，公會會長反而還威脅說，以他的能力要償還債務沒那麼容易。

「第三輪副本時，利善相當擅於操控能力，對於情勢的判斷能力快速、理解度也高……」史賢用平和的語氣默念客觀事實，直視鄭利善的雙眼並且微笑。

鄭利善知道他與人對話時習慣直視對方，剛才的這些話，也是對於修復效率的分析。

史賢繼續說道，即使現在還未能完全發揮修復能力，但也完成了相對程度的工作，很期待恢復至100％時的表現。

即使明白史賢的意思，但鄭利善對於這份陌生的感受，仍然不知道該如何反應，雖然真的一點也不想承認，但史賢總是能觸碰他的弱點。

「所以，你再想想可以讓心情更好的事物吧。」

第四輪突擊戰正式對外發表後，Chord全員進入準備階段。

雖然第三輪副本，在第二次入場後成功清除，但這次的目標是一次完成，因此眾人進行了嚴謹的準備與訓練。他們推敲出阿耳忒彌斯神廟的副本，可能會出現的攻擊模式，事先準備所需道具，大部分的道具都可以在ＨＮ公會裡找到。

ＨＮ公會雖以Chord最為知名，但在組成Chord之前，ＨＮ就已是極具規模的公會。

公會內理所當然設有齊全的藥水組、武器製造組、魔晶石組……等等，獵人們能經由這些單位獲得相關道具。

由於鄭利善只出入過 Chord 專用的四十二樓，所以當今天跟羅建佑一起來到五十五樓時，眼前的景象讓他相當驚奇。這裡是藥水組專用的空間，但看起來就像百貨公司，放在陳列架上的藥水就連包裝也高級無比。

鄭利善難以掩飾眼神裡的驚奇，環顧整座空間，羅建佑見狀笑呵呵地說：「從五十一樓至五十五樓都是藥水組所使用的樓層，你如果造訪每一層的話，下巴應該會掉下來了。」

「真的嗎……？」

「我幹麼說謊呢？不過如果你喜歡五十五樓的話，隊長會不開心的。」

聽見這番話，鄭利善露出困惑的神情，羅建佑用食指指向五十五樓的盡頭，那裡有座用玻璃門間隔出來的空間，看起來像是某人的實驗室。

「五十五樓是史允江專用的空間，不過最上等的藥水，只會存放在這裡，我們不得不上來這層樓。所以當列出進攻所需的藥水清單後，我們的隊員就會先來五十五樓拿取藥水。」

「這樣啊……」

「其實隊長自己並不介意踏入五十五樓，但每次他來這裡，史允江都會找麻煩……所以我們從一開始就阻止他上來了。」羅建佑說，只要他們兩個碰頭就準沒好事，邊說邊搖頭。

聽見羅建佑這麼說，鄭利善想起之前在電梯裡，那兩個人的對話場景，很快就懂了，他明白為什麼其他獵人，想盡可能地阻止兩人在單獨情況下見面的理由。

羅建佑走進陳列架間，拿取所需的藥水，大多是恢復魔力或體力的藥水，偶爾也帶上一些提高屬性防禦力的藥水。

Chord隸屬於HN公會，所以購買時會有折扣，羅建佑說即使沒有折扣也不需要省這筆錢，然後拿著大把的藥水就往包包裡裝。

鄭利善新奇地看著很快就裝滿的包包，視線望向陳列架的盡頭，史允江親手製作的藥水全都放在那區，他瞧見一款熟悉的名稱。

解除異常狀態藥水。

淺褐色的瞳孔緩慢地讀起文字，即使一次便能看完的字句，但鄭利善還是分好幾次才讀完，他這半年以來努力找尋的藥水就放在這裡。

他曾寄望這款藥水可以使朋友們活死人的狀態失效，雖然那是因為自己的修復能力所造成，但他不想放棄微薄的希望，因此殷切渴望這些藥水。過往半年的記憶突然湧上，鄭利善的心情有些低落，凝視著藥水區，他慢慢往那裡移動，即使只是一眼，他也想仔細看看。

史允江雖然是A級的治癒系獵人，但擅長製作藥水，較少進入副本，據他所說，為了致力於做出最好的藥水，所以才不常進入副本；但網路上卻說，他害怕副本的戰鬥，所以才在安全的外面製作藥水。無從得知謠言的真假，不過在藥水市場裡，史允江的藥水的確是最具價值。

即使謠言頻傳，史允江仍是HN公會的副會長，鄭利善想起最近史允江的藥水在拍賣會上出售的價格，仔細看著陳列架，他靜靜凝望著鑲印上公會名稱的透明瓶身。

此時身邊卻突然傳來一道聲音。

「為什麼修復師會在這裡？」

「啊……」

是史允江，他在襯衫外頭披了件實驗室的長袍，充滿不解地透過玻璃門看著鄭利善，鄭利善剎那間嚇了一跳，原本還沉浸在過往的記憶裡，現在卻突然被喚醒。

鄭利善好不容易才冷靜下來，開口說道：「我們來拿取第四輪副本所需的藥水。」

「你以為我不知道嗎？」

「……」

「副本會需要的藥水都在前面，我是問你為什麼來到解除異常狀態的這一區，還是這次的魔王會使用詛咒？」他用挑釁的語氣不斷逼問。

鄭利善思索著史允江是否習慣用這種高傲的態度看人，鄭利善沉默地眨眨眼，然後輕微點頭致意，「好的，我這就去其他地方找正確的藥水。」

鄭利善至今經歷過許多不懷好意的視線，因此不會受史允江的行為影響，再加上由於史允江每次對史賢的挑剔都毫無作用，常將脾氣發在他人身上，所以鄭利善一點也不想再與之多說什麼。

史允江看見鄭利善快速道別的模樣，感到有些荒唐，嘴角露出笑容，但他的視線卻停留在陳列架上許久。

就在鄭利善想回去找羅建佑時，口袋的手機傳來震動，他困惑有誰會連絡自己，好奇地拿出手機，他的通訊錄裡只有Chord的獵人跟元泰植大叔，隊員們都知道他在公會的辦公大樓內，不可能刻意用手機連絡，鄭利善看著螢幕。

我有一項好提議，碰個面吧。

雖然下方有一串住址，但卻是不認識的號碼，對方沒有表明自己是誰，就說要給提議，鄭利善覺得有些不明所以。

他思索著，周遭為什麼總是有人要給自己提議，認為一定是對方傳錯訊息，隨即關閉了畫面。

時間過得很快，距離第四輪副本只剩一天。

Chord為了能一次解決第四輪副本，預測了許多攻擊模式並且密集訓練。鄭利善也仔細研究阿耳忒彌斯神廟的復原圖，由於這座神廟比宙斯神殿的梁柱還要多，也有許多建築的細節，需要花費更多心力將其記在腦海。

尤其線索裡出現「祭品」，更讓他專注於祭壇之上，不過以往阿耳忒彌斯神廟裡的祭壇並沒有特殊的特徵，所以相關資料並不多，搜尋起來很費神。

鄭利善早上出門時滿臉倦容，史賢開口說道：「今天下午休息吧。」

「嗯？可是明天就是副本了……」

「你應該也熟記復原圖了，所以沒關係，這十天裡都埋在資料裡面，今天下午做點其他的事。」

「要去訓練嗎？」

鄭利善不明白史賢突如其來的話語，而史賢笑著回答：「我剛才說要你休息的，難道你在記憶復原圖的時候，會選擇性聽不到嗎？」

鄭利善已經熟悉史賢的說話方式，所以沒有多做反應，只是一下子不知道該怎麼面對突然得到的休息時間，史賢冷靜地問道：「你有想好其他可以讓心情更好的事情了嗎？」

「啊……」

「你要花好長的時間，才能找到喜歡的事物呢。」

聽見這番話，鄭利善又再次猶豫，以前跟朋友們生活時，他的標準就是朋友，並非沒有主見，而是因為他們只有彼此，所以為了避免摩擦，只好選擇順從，就算不是這樣，跟他們在一起的所有事情都很開心，他很習慣這種方式。

因此當被問到自己到底喜歡什麼時，相當難以回答，他陷入思考，不知不覺他看到車子已經來到公會前方，但史賢仍然盯著自己，他知道必須現在回答才行。

最後鄭利善好不容易才開口回答：「我……應該……喜歡，看書吧？」

「表達自己喜歡的東西有那麼困難嗎？」

「……」

「而且你現在不是讀了很多書了？」

「我、我以前喜歡去圖書館，小時候常去市立圖書館。」

那座圖書館雖然在首次大型副本後就消失，但他記得小時候常去那裡，不僅如此，即使到了國中、高中，他也很喜歡圖書館。雖然朋友們的個性活潑，總是拉他到操場玩，不過他會選擇坐在座位區看著他們玩耍，午休時間的鄭利善，很常去圖書館，有時候還會因為不想被朋友拉去操場，拜託圖書館的老師不要告訴朋友們他在這裡。

他回想過往模糊的記憶，告訴史賢自己喜歡圖書館的氣氛。史賢緩緩點頭，看到史賢的反應，他知道終於可以下車了，就在他要握住門把時，突然感受到另一隻手的溫度，史賢自然地靠近他，並且用手覆蓋他的手背。

鄭利善訝異地望著他，史賢溫柔輕拍鄭利善的手背，彷彿在安慰般：「雖然不知道為什麼，你講述自己喜歡的事物時，需要用推測的方式……但你可以多想幾個，可以在嘗試過後，選一個你最喜歡的。」

「有必要做到這種地步嗎？」

「要確實準備才行，既然利善已經確定可以不讓自己陷入不安的關鍵，那麼現在要找到可以全方位改善狀態的方案。」

聽見史賢平緩的語氣，鄭利善露出微妙的表情，以史賢的思考方式來說，如果出現問題，腦袋裡就會列出A、B、C計畫，然後猶如進行實驗似地嘗試，最終找出最有效果的選項作為對策。

這是個詭異，但又符合史賢的做事風格，鄭利善不由得點頭同意。

他突然想起史賢把旅館的餐廳包下來的事情，不過這次他有明說自己喜歡閱讀，也喜歡圖書館特有的氣氛，應該不至於把全體隊員帶到圖書館，鄭利善極力消除內心不安，然後前往公司上班。

不過鄭利善的不安成為了現實。

「……」

他不知道對於眼前的狀況該如何做出反應，他的嘴巴開開合合，找不到適切的話語，只好緊閉雙唇。

上午他分析完資料，在史賢的呼喚下共進午餐，然後來到圖書館。所幸全體隊員沒有跟著過來，而且他們去的地方距離公會不遠，是首爾相當知名的圖書館之一，藏書高達幾萬卷，同時也是電視劇的熱門拍攝場景，由於這裡是民眾喜愛造訪的地點，他怕被認出來，所以將帽子緊緊戴上。

不過當他進入圖書館後，發現一個人都沒有，找不到任何的圖書管理員或工作人員，整座圖書館出奇地安靜。

「在傍晚前盡情閱讀你想看的書，有喜歡的話可以買下來。」

「你也把這裡包下來了嗎？」

「如果是呢？」

「……」

「為了防止你想讀的書被其他人借走，而且在眾目睽睽之下，你應該也不自在，所以我包下這裡了。」

史賢講得一副理所當然，讓鄭利善只好沉默以對，他明明說過喜歡圖書館的氣氛，所謂的氣氛，就包含人們走動的腳步聲、細碎的低語……等等，鄭利善喜歡的是在群眾裡的孤獨感，如今真的是名符其實的孤獨感。

「……」

鄭利善心頭在剎那間閃過，是不是自己的要求太過分了，但無論怎麼看都是史賢的標準太過奇怪。

「不喜歡的話，要換個地方嗎？準備時間大概一個小時左右……」

「不會，我喜歡這裡，真的。」鄭利善倉皇回答，就在史賢想盯著自己之前，趕緊快步走向書櫃，幸好史賢沒有跟上。

鄭利善心想，以後表達喜愛的事物時，需要格外謹慎，他要斬釘截鐵地說不要包下任何場地，還要強調想要的僅是平凡的事物，但想到這裡，他不禁有些委屈，自己所說的事物分明都已經很平凡無奇了。

雖然腦裡有些混亂，但鄭利善的視線仍誠實地落在書架上，新書與舊書特有的香味，相互融合的整座空間讓人無法討厭，反而帶給他懷念的感覺。自從被宏信公會綁住後，他幾乎沒有空閒時間來圖書館，再加上成為S級修復師後容易被人認出，所以鮮少外出。

他用指尖緩緩劃過書背，沙沙沙，久違的觸感讓他感到懷念，直到十九歲以前，他都經常待在學校的圖書館，這樣算起來，他已經六年沒有踏進圖書館，最近所讀的全都是跟七大奇蹟有關的書籍，除此之外，一本都沒有，讓他有些不敢置信。

「哇……」

他曾經是圖書社團的學生，大約是國中的時候，鄭利善回想當時的種種，苦澀地笑了。書架上的書看來有些陌生，不過幸好仍然找到了熟悉的書籍，在六年的時間裡，他喜歡的書已經印刷了好幾版，更換全新的封面，他看著喜愛的書籍印刷成增訂版，靜靜地被放置在書架的一角。

即使史賢租下整座圖書館，鄭利善還是壓低聲音後才發出讚嘆，真的好久沒來了，他喃喃自語，翻開書架上的書本，如今閱讀到熟悉的文句，他才想起從前的自己喜歡抄寫文句。

他感覺這份記憶已是許久以前的事情，不，不單單是因為時間的長度，而是這份記憶猶如另一個人的記憶，對於現在的他來說，喜歡抄寫的這個興趣太過陌生。

在過去一年的時間，他完全與從前的自己分離。

充滿迷戀的心情貼在胸口，奇怪的是他有些呼吸困難，鄭利善在書架之間來回走動了一個小時多，直到雙腿些許疼痛後，這才拿出一本書走到座位上。

那是高中時喜歡的一本書，他抱著思念又有些苦澀的心情撫摸書皮，然後緩緩翻開，這裡看不見史賢在哪裡，也感覺不到他的動靜，但鄭利善知道史賢原本就是這樣的人，所以完全將他拋諸腦外。

陽光使得圖書館內部相當溫暖，陽光灑落在展開的書上，鄭利善抬頭望著一旁的窗戶，但不想因此移動位置，他再度專注於書本，在陽光底下更加淺淡的褐色眼珠，細細探索著紙張上的鉛字。

鄭利善在既寧靜又溫暖的空間內，睽違許久地再次閱讀書籍。

史賢依然待在圖書館的入口附近，他不是來圖書館看書的，所以坐在入口附近的沙發，雙眼盯著平板電腦。他正在思考排練著第四輪副本可能的攻擊模式與數十種應對方針。

反正這裡只有他與鄭利善，而且任何動靜都在他的掌控之中，不需要緊跟著鄭利善。S級戰鬥獵人的他，對所有聲音都很敏感。

史賢知道鄭利善在書架之間走了一個多小時，也知道他偶爾會自言自語，直到鄭利善終於坐在桌邊後，史賢心想，他終於要開始看書了，雖然不時聽見翻書的聲音，但史賢沒有太在意。

就在兩個小時左右後，翻書的聲音停下，一開始史賢並不在意，幾分鐘後卻聽到熟睡的聲音，史賢的視線離開平板，鄭利善明明說喜歡看書，所以把他帶來這裡，但卻睡著了又是什麼意思？

是因為最近都在研究副本，所以太累嗎？但因為史賢屢次要求鄭利善管理好健康狀況，所以鄭利善的睡眠時間相當規律，相反的，鄭利善似乎也挺喜歡睡覺的。是因為這裡太舒適，所以想睡午覺？如果是不自在的環境，不可能有睡意，那麼有相當高的機率，表示鄭利善覺得這裡讓他很放鬆。史賢自然而然推敲出結論後，輕輕閉上雙眼。

當他再度睜開眼睛時，已經站在鄭利善身後，這是史賢的影痕能力之一，如果用手在對方身上做記號，那麼即使看不見對方，也可以藉由對方的影子進行移動，無論距離多遠。

在副本裡與魔王對抗時，就算視線裡看不到魔王的影子，也可以在標記後進行移動。隊上的獵人大部分都知道，但由於史賢從未對這項技能多說什麼，大家也心知肚明，沒有多加討論。

假如對象只有一名，只要接觸的時間夠長，技能最多可以維持至一週，雖然要消耗較多的魔力，但史賢第一次與鄭利善碰面時，他就盡可能做了能維持較久的記號，所以當鄭利善修復市政府別館時，他才可以馬上從身後出現。

不僅如此，史賢其實經常從鄭利善的影子裡出來，只不過鄭利善沒發現罷了。

但記號標記時間長，會消磨許多精力，所以完全掌握鄭利善的移動範圍後，比起長久的記號，史賢更傾向短暫但多次的標記，即使不用移動到身邊，也可以透過對方的影子，聽到很細微的聲音，知道對方周遭的情況，並判斷當時附近正發生什麼事。

雖然這個能力需要消耗大量的魔力，也會造成精神耗損，但史賢仍然時常對鄭利善進行標記。

一部分是因為鄭利善是非戰鬥系覺醒者，避免發生危險情況，不過確切來說，是為了預防鄭利善將會長的死訊跟施加修復技能的事情公開。史賢也是因為這個能力，才知道鄭利善家裡的那些活死人。

「……」

史賢站在鄭利善的影子上，凝視著鄭利善趴在桌上睡著的模樣，不知不覺，太陽西下，窗外的陽光輕柔地覆上他的臉頰，史賢靜靜望著陽光逐漸從鄭利善臉上離開的模樣。

這場景看起來就像寧靜死去的屍體。

雖然是一瞬間的想法，但史賢其實經常這樣覺得，即使有照常吃三餐，鄭利善依然不像一般的活人，白皙的皮膚總是毫無血色，就連他的瞳孔也是。

鄭利善對大部分的事情，幾乎沒有太大的情緒反應，眼睛雖然會眨、會動，但就像一具無機質的娃娃，明明能聽見他輕微的呼吸聲，卻不像真的活著，而是被某物牽引才有動作。

這是一種很奇怪的違和感，是因為跟屍體們生活了一年，所以也被同化了嗎？

史賢靜靜地坐在鄭利善的身邊。

從窗戶透入的陽光被史賢的背擋住，讓鄭利善完全處於陰影下，因為陽光而皺起的眉頭，現在也逐漸鬆開了，史賢凝視著他，然後視線移到鄭利善手上的書。

明明已經睡著，不知為何還握著立起的書，書本好像隨時會往後躺倒在書桌上，史賢伸出手，因為書本要是倒下會發出聲響。就在他打算要拿起書時，鄭利善喃喃自語：「不要，朴宇俊……」

猶如夢話般的呢喃，朴宇俊是第三輪副本後，讓史賢施加無效化，使之安息的朋友，史賢不發一語地看著鄭利善，當他想再次拿走書本時，鄭利善的手卻伸了過來。

「我才沒睡著……」

夢話？史賢想起上回鄭利善也嘟囔許久才甘願睡覺，冷靜地盯著他看，史賢以為鄭利善因為睡眠時間長，所以需要按時睡覺，但如果是這種睡眠品質，根本一點也沒有用，畢竟夢見死去的朋友，並不是件好事。

史賢思索片刻，如果現在喚醒他，鄭利善會記得這個夢嗎？還是他醒來後就會忘記夢境？他現在似乎處在快速動眼期，這時候會做許多夢，乾脆讓其他的夢境蓋過惡夢還比較好，史賢暗自決定，然後放棄將書拿走，只將手放在書的後面，書要是倒在桌面時會先碰到他的手，而不會發出動靜。

鄭利善的夢話持續了好幾次，他嘴唇開闔默念自己不想去操場，夢境裡的他似乎回到了國高中的學生時期。

雖然史賢用背遮擋陽光，但晚霞仍然散落整座空間。桌上的陽光逐漸轉紅、變暗，慢慢的，史賢發現鄭利善已經停止說夢話。

他的目光移至最近的書架，並用影痕能力拍落一本書，然後輕輕接住書本，將其墊在鄭利善的手邊，防止他手上的書本倒下，史賢想著與其在這裡浪費時間，倒不如回去策劃第四輪副本的事宜。

就在他放好書準備離開時，鄭利善突然握住他的手，確切來說是按住他的手背，對於突如其來的行為，已經站起身的史賢低頭望向鄭利善，鄭利善嘴唇開闔好幾次後，「拜託……不要走。」

「……」

「我錯了……嗯、不要死……」

充滿啜泣聲的話語在空氣中迴盪，鄭利善緊握著史賢的手，發出嗚咽聲，史賢漆黑的瞳孔彷彿更深了一階，原本以為其他的夢可以覆蓋惡夢，結果成了惡夢循環。

鄭利善真的被困在惡夢之中，他一開始還在高中圖書館看書，午休時為了躲避朋友們拉他到操場，所以躲在圖書館，最後被他們發現且拉出去，他說不要，與朋友們拉扯，就在此時，整個空間逐漸轉黑，朋友們一個接著一個死去。

高中的圖書館原本還很明亮，卻突然變為黑紅色的天空，就像是他們的血，不，不是，就像自己手上不知何時所沾染的血跡一般。

殘忍的是，這個瞬間在眼前清晰無比，他站在一座大血坑邊，血水沾濕他的腳邊，往上攀升束縛著他，還想勒住他的脖子，但鄭利善很清楚，他的人生不會這麼輕易地解脫。

在被欺瞞的人生裡，鄭利善悲慘地找到了一絲溫暖，他在朋友們的屍塊裡極力找尋殘存的溫度，不斷撫摸屍體的手。

在某一刻，鄭利善感到雙眼被按住，那股力道讓他有些疼痛，甚至讓鄭利善顫抖了一下，他睜開雙眼。

他意識到明明睜著雙眼，卻還可以再睜開眼睛時，才明白一切都是夢境。

對方似乎注意到鄭利善醒來，所以移開了手，他的視野恢復得很慢，不知道是因為對方用手掌按住他的眼睛，還是因為惡夢的後遺症，他覺得眼皮有些刺痛。

他最先看到的是透過窗戶灑下的夕陽，還有眼前的黑暗，其實他現在只能分辨色塊，能隱約感覺到黑色區塊帶有溫度，鄭利善這才明白，自己正握住某人的手。

在視野依稀變得清楚後，他看見對方的臉龐，發現黑暗中有雙深色的瞳孔望著自己時，才發現史賢站在面前，而他正握住史賢放在桌上的手。

由於史賢上半身往前傾，讓鄭利善完全處於陰影之中，鄭利善緩慢地眨動眼睛，望著上方的影子。

「鄭利善。」

鄭利善知道每次史賢要確認自己的狀態，或是心情不好時，就會連名帶姓地叫他，現在是兩者並存的情況。

「你為什麼老是在哭？」

鄭利善不明所以，史賢張開手掌，他剛才用手壓住鄭利善的雙眼，所以掌心有著鄭利善的淚水。

那雙漆黑的雙眼短暫闔上之後，又隨即睜開盯著鄭利善，那雙眼睛沒有一絲溫度，相當冰冷。

「……」

鄭利善一句話也說不出來，史賢的手飛快伸向鄭利善的眼角，彷彿要觸摸被淚水浸濕的眼睫毛，鄭利善嚇得瞇起雙眼，但史賢仍然覆上了他的臉頰。

史賢大力地將手按在滿是淚水的眼角，感覺他的心情真的很糟。

史賢猶如自語般說著：「每次你一哭，我就感覺計畫好的事情都會出差錯。」

雖然是相當小聲的呢喃，但就在鄭利善回過神時，史賢已經轉身離去，鄭利善被史賢突然抽離的手驚嚇到，但還是緊抿雙唇。

在陽光逐漸褪去的空間裡，一陣靜默。

（未完待續）

作者訪談

〔特別收錄〕

紙上訪談第一彈，創作花絮大公開

Q1：도해늘老師您好，請您先跟讀者打個招呼吧！這應該是您第一次出版繁中版作品，大家對您可能會比較好奇，所以首先想問問您筆名的由來？

A1：各位讀者好，我是도해늘（Do-Hae Neul），我第一次出國旅遊就是拜訪臺灣，所以作品能在臺灣首次翻譯出版，甚至還收到訪問邀請，真是讓我備感榮幸。我的筆名해늘（Hae Neul）是純韓文，意為「總是猶如太陽般正向樂觀地活著」，至於도（Do）則是因為讀音好聽（笑）。

Q2：能否談談當初怎麼開始走上寫作這條路？

A2：我喜歡用想像力建構一個全新的世界，可以恣意創造所有的人事物！開始寫作時，我的讀者只有自己；後來改變了想法，若能跟和我有相同喜好的人，一起閱讀應該會很有趣，便開始公開發表文章。

Q3：請問老師，在撰寫《太陽的痕跡》這本作品前，是已經想好了世界觀和職業這些設定的嗎？一開始就決定要用古代七大奇蹟當連續副本的主題嗎？構思的過程中有沒有遇到困難？又是如何突破的呢？

A3：小說裡的「修復師」是我在觀賞英雄電影時，看著那些倒塌的建築物，不由得心想「這些房子該怎麼辦……」，由此獲得了創作靈感，此外並沒有事先構想的職業與世界觀。

小說裡，鄭利善以讓朋友安息作為條件，願意與史賢一同工作，因此相對必須做出代表性的成果，如果只是修復一般建築物有點太過普通，我打算讓鄭利善修復「知名的坍塌建築」，所以最後選擇了古代的七大奇蹟，創作的過程雖然不容易，但為了寫出我內心想要的場景，這些收集資料的辛苦都是值得的。

Q4：如果您也在這個世界觀裡的話，您覺得會是哪類型的覺醒者，以及是什麼等級呢？

A4：嗯，感覺我不會是覺醒者，而是一般人……

其實看到這個題目的第一個念頭是F級小說家……哈哈哈。

Q5：很喜歡作品裡史賢和鄭利善的互動與關係進展，想問老師是如何設計出這兩個角色，是否有將自身或周遭認識的人當作模型參考呢？一開始的設定，是否在開始撰寫故事後，有所調整呢？

A5：有時我會突然在腦中閃過一些場景，例如小說裡鄭利善那張「死不了而擺出的木然表情」……這不僅是單純的無力感，而是因為罪惡感使然，因此我創造了那群「變成喪屍的朋友」，接著寫出以這些朋友作為脅迫工具的人物。

我的創作先從這樣的因果關係開始……但是無論怎麼想，現實生活裡應該都不會有這類的人存在吧？首先如果身邊有著像鄭利善這樣的朋友，感覺每天都會很心疼他，反觀如果身邊有史賢……我認為不要認識這種人比較有益於身心健康。

Q6：將毀壞的古代建築，以修復師的能力修復後，進行副本攻略的設定非常有趣，也很像是線上遊戲的感覺，好奇老師是否也有玩遊戲的興趣？通常都會透過什麼方式收集靈感？有沒有偏好的創作題材呢？

A6：我小時候曾經玩過幾次線上遊戲，甚至還會熬夜，但長大之後，或許是因為體力的關係，已經無法高度集中在遊戲世界了。不過多虧童年時期的經驗，讓我能更順利地創作這本小說的細節，偶爾想過要不要以找資料的名義玩一下遊戲，結果一開遊戲視窗就覺得頭好痛……因此我通常會選擇閱讀或看電影、連續劇，在腦裡累積一些資料庫，靈感不時會從這當中冒出來。

（未完待續）

i小說 068

太陽的痕跡1

國家圖書館出版品預行編目（CIP）資料

太陽的痕跡– A trace of the wonder / 도해늘著 ;
莫莉譯. -- 初版. -- 臺北市 : 愛呦文創有限公司,
2024.03-
冊 ;　公分. -- (i小說 ; 68-)
譯自 : 해의 흔적
ISBN 978-626-98197-1-3(第1冊 : 平裝)

862.57　　　　112021811

愛呦文創

原書書名	해의 흔적（A trace of the wonder）
作者	도해늘（Dohaeneul）
譯者	莫莉
人物繪圖	HIBIKI-響
背景繪圖	Zorya
責任編輯	高章敏
特約編輯	羅婷婷
文字校對	劉綺文
版權	Yuvia Hsiang
行銷企劃	羅婷婷
發行人	高章敏
出版	愛呦文創有限公司
地址	10691台北市忠孝東路四段59號10-2樓
電話	（886）2-25287229
郵電信箱	iyao.service@gmail.com
愛呦粉絲團	https://www.facebook.com/iyao.book
總經銷	聯合發行股份有限公司
電話	（886）2-29178022
地址	231新北市新店區寶橋路235巷6弄6號2樓
美術設計	廖婉禎
內頁排版	陳佩君
印刷	沐春行銷創意有限公司
初版一刷	2024年3月
定價	360元
ISBN	978-626-98197-1-3

愛呦文創

ao 愛呦文創

愛吻文創